COLLECTION SÉRIE NOIRE
Créée par Marcel Duhamel

Parutions du mois

2545. PUTAIN DE DIMANCHE
(PIERRE WILLI)

2546. L'ŒIL MORT
(JEAN-MARIE VILLEMOT)

2547. MOI, LES PARAPLUIES
(FRANÇOIS BARCELO)

2548. ENCORE UN JOUR AU PARADIS
(EDDIE LITTLE)

1832. UN POULET CHEZ LES SPECTRES
(ED McBAIN)

ED McBAIN

Un poulet chez les spectres

TRADUIT DE L'AMÉRICAIN
PAR R. FITZGERALD

TRADUCTION REVUE ET AUGMENTÉE
PAR PIERRE DE LAUBIER

nrf

GALLIMARD

Titre original :
GHOSTS

1

Ils auraient pu être eux-mêmes des fantômes, ces inspecteurs qui se tenaient sous la neige tombante de part et d'autre du cadavre de la femme qui gisait sur le trottoir. Environnés de flocons tourbillonnants, les pieds dans huit centimètres de neige, ils se pressaient comme des spectres flous contre la façade grise de l'immeuble d'habitation qui s'élevait derrière la morte. Les deux hommes de la criminelle qui étaient sur le trottoir en compagnie de l'inspecteur Cotton Hawes étaient vêtus de manteaux noirs et coiffés de feutres gris. Hawes était nu-tête. Ses cheveux roux, hurlant dans le silence monochrome, faisaient écho au sang qui tachait les vêtements de la femme. Hawes avait une mèche blanche juste au-dessus de la tempe gauche, souvenir d'une échauffourée, un jour qu'il s'occupait d'une affaire de cambriolage ; on aurait presque dit une traînée plus large des cristaux de neige qui brillaient dans ses cheveux.

Les inspecteurs de la criminelle avaient les mains dans les poches de leurs manteaux. On était quatre jours avant Noël et il était sept heures du soir. Monoghan n'avait pas encore acheté de cadeau pour sa femme ; Monroe non plus. Comme les magasins seraient ouverts jusqu'à neuf heures ce soir-là, ils avaient l'un et l'autre prévu d'aller faire leurs courses dès l'arrivée de la relève, à huit heures moins le quart. Mais ils avaient reçu un appel du 87e, et Dieu seul savait combien de temps il faudrait qu'ils poireautent sur ce trottoir avec Hawes et son collègue Carella, qui était au bord du trottoir en conversation avec l'agent qui était arrivé le premier sur les lieux.

— Elle venait de rentrer chez elle après avoir fait son marché, dit Monoghan.

— Ouais, regarde toute cette bouffe partout sur le trottoir, dit Monroe.

— Des céréales, dit Monoghan.

— Elle prend des petits déjeuners de champion, dit Monroe.

— Prenait, corrigea Monoghan.

— Elle s'est cassé le cul pour rien, dit Monroe.

— Elle a de jolies jambes, dit Monoghan.

La femme qui gisait sur le trottoir avait une trentaine d'années. C'était une femme blanche, vêtue d'un manteau de laine ouvert sur un chemisier blanc, une jupe noire et des bottes noires. Le plastron du chemisier, juste sous le sein gauche, avait été déchiré par le couteau qu'on lui avait enfoncé dans la poitrine. Tout le côté gauche du chemisier était imbibé de sang. La jupe lui était remontée sur les cuisses quand elle était tombée. Elle était étendue sur le dos, les bras et les jambes repliés, un poing serré, les sacs en papier brun, dont l'un était déchiré, éparpillés autour d'elle, leur contenu répandu sur le trottoir. La bandoulière de son sac noir lui était retombée sur le coude.

— Est-ce que vous avez déjà examiné son sac ? demanda Monoghan.

— J'attends l'arrivée des gars du labo, répondit Hawes.

— Avant que les gars du labo soient ici, le type qui a fait le coup risque d'être en Mongolie extérieure.

— Ils sont en route, dit Hawes.

— Est-ce que vous avez appelé le légiste ?

— Je ne suis pas un débutant, répondit Hawes.

— Eh ! ce n'est pas un débutant, dit Monoghan à son collègue.

— C'est un finissant, dit Monroe en prenant son mouchoir pour se moucher.

Il couvait un rhume, et il se serait bien passé de rester là dans la neige avec un de ces petits malins du 87e. Mais dans la ville où ces hommes travaillaient, la présence des inspecteurs de la criminelle sur les lieux d'un meurtre était obligatoire ; les inspecteurs du commissariat qui avait reçu l'appel se trouvaient chargés de l'affaire, mais ils devaient envoyer des rapports réguliers à la criminelle.

L'inspecteur Steve Carella s'écarta de la voiture de patrouille. C'était un homme de race blanche, grand et mince, à la démarche nonchalante d'un athlète, qui se dirigea lentement vers eux, la tête baissée, l'air apparemment perdu dans ses pensées. Ses yeux — à présent plissés pour se protéger de la neige — étaient un peu bridés, ce qui donnait à son visage un aspect légèrement oriental qui renforçait cette impression de méditation profonde et impénétrable. Comme Hawes, il était nu-tête. Comme Hawes, il portait une grosse veste en laine écossaise sur une chemise en laine et un pantalon en velours à côtes. Quand l'appel était arrivé, ils rentraient tous deux d'une planque en pure perte devant un entrepôt.

— L'agent de ronde l'a reconnue, dit-il. Elle habite dans cet immeuble ; il ne connaît pas son nom.

— J'ai dit à votre collègue de regarder dans son sac, dit Monoghan.

— D'après le nouveau règlement, c'est aux gars du labo de le faire, dit Carella.

— Merde pour le nouveau règlement, dit Monoghan. On est là à se les geler, et vous vous occupez du nouveau règlement.

— Vous voulez nous en donner l'autorisation ? demanda Carella.

— Je ne suis pas autorisé à donner mon autorisation, dit Monoghan.

— Bon, alors on va attendre les gars du labo. Entretemps, j'aimerais parler au gardien. Vous voulez y assister ?

— J'aime mieux ça que de rester dehors sous la neige, répondit Monoghan.

— Je vais commencer le croquis, Steve, dit Hawes.

— Vous feriez bien de placer les panneaux pour écarter les gens des lieux du crime, conseilla Monroe pardessus son épaule en suivant Carella et Monoghan dans l'immeuble.

Ce grand ensemble faisait partie d'un projet municipal de réhabilitation des quartiers insalubres. Il se dressait dans toute sa splendeur de verre et de béton armé à la limite du territoire du 87ᵉ, à la place d'une demidouzaine d'anciens taudis. Le gardien était un homme blanc d'une soixantaine d'années, selon l'estimation de Carella, vêtu d'un uniforme gris avec l'écusson jaune et bleu de la patrouille de sécurité sur la manche gauche. Il semblait plein d'appréhension et de méfiance, comme si les flics s'apprêtaient à l'accuser de quelque chose.

— Je suis l'inspecteur Carella, du commissariat 87, dit Carella. Ces messieurs sont de la criminelle.

Le gardien hocha la tête, puis s'humecta les lèvres.

— Comment vous appelez-vous ? demanda Carella.

— Jimmy Karlson.

— Vous êtes le gardien habituel, monsieur ?

— Oui, inspecteur. Enfin, nous sommes quatre... ou plutôt cinq, en comptant celui qui est en plus après minuit.

— Quels sont vos horaires ?

— Six heures du matin à midi, midi à six heures du soir, six heures à minuit et minuit à six heures. Quatre tours de garde. De minuit à six heures du matin, il y a un homme en plus qui patrouille en bas avec un chien.

— A quelle heure êtes-vous arrivé, ce soir, monsieur ?

— Six heures. Enfin, un petit peu plus tard. Je n'ai pas de pneus neige, et la tempête m'a retardé.

— Est-ce que vous savez qu'il y a une femme morte dehors ? demanda Monoghan.

— Oui, inspecteur, je le sais. En fait, celui qui l'a trouvée est venu téléphoner d'ici.

— Qui était-ce ? demanda Carella.

— Je ne sais pas. Il a dit qu'il y avait une personne blessée dehors, sur le trottoir, et il a demandé s'il pouvait se servir du téléphone. Aussitôt après avoir appelé, il est parti. Je crois qu'il ne voulait pas être mêlé à ça.

— Et vous, qu'est-ce que vous avez fait ? demanda Monroe.

— Je suis sorti voir ce qui se passait.

— Est-ce que vous avez reconnu cette femme ?

— Oui, elle habite dans l'immeuble. Esposito, appartement 701.

— Quel est son prénom ? demanda Monoghan.

— Je ne sais pas.

— Mariée, célibataire ? demanda Monroe.

— Mariée. Son mari devrait rentrer d'une minute à l'autre, d'ailleurs.

— Est-ce que vous avez vu ce qui s'est passé dehors ? demanda Carella.

— Non, inspecteur. Le bureau du service de sécurité est là, sur la droite. Je ne pouvais pas voir ce qui se passait dehors.

— Est-ce que vous avez vu Mme Esposito sortir de l'immeuble ?

— Non, inspecteur. Ça devait être dans la matinée. Elle travaille, vous voyez, et d'habitude elle rentre quand je viens prendre mon service : vers six heures dix, six heures et quart.

— Elle a dû faire son marché avant de rentrer, c'est bien ce que je t'ai dit, dit Monoghan à Monroe.

L'agent avec lequel Carella avait été en conversation quelques minutes plus tôt était descendu de la voiture de patrouille pour se diriger vers l'immeuble. Il avait l'air ennuyé. Il hésita avant de pousser la porte vitrée de l'entrée, tapa des pieds par terre pour en faire tomber la neige, puis hésita de nouveau avant de dire ce qu'il avait à dire, comme un messager du roi qui a peur de se faire décapiter parce qu'il est porteur de mauvaises nouvelles.

— On en a un autre, dit-il. Là-haut, dans l'appartement 304.

Le second appel était parvenu au service des communications à sept heures dix précises. L'opérateur avait entré le renseignement dans son ordinateur, et le récapitulatif sectoriel des événements des deux dernières heures l'avait d'abord surpris. On avait dépêché la voiture Adam 11 au même endroit une demi-heure plus tôt : meurtre au couteau à l'angle de Jackson Street et de la Huitième Rue. Mais cette première victime était décrite comme une femme blanche gisant sur le trottoir devant le 781, Jackson Street, tandis que ce nouvel appel provenait d'une femme hystérique de l'appartement 304, qui appelait la police parce qu'il y avait un homme poignardé étendu par terre dans la chambre à coucher, est-ce qu'elle pouvait envoyer quelqu'un tout de suite ? L'opérateur avait rappelé la voiture Adam 11 par radio pour demander à l'agent d'aller voir en haut, et l'agent qui avait répondu de la voiture lui avait dit : « C'est une blague ? », mais il était tout de même allé avertir les deux inspecteurs en conversation avec le gardien.

La femme qui avait appelé la police les attendait dans le couloir du troisième étage. C'était une femme blanche d'une vingtaine d'années, selon l'estimation de Carella, aux yeux bruns et aux cheveux noirs, et qui ressemblait tant à sa femme qu'il sursauta quand il la vit en sortant de l'ascenseur, avant de se reprendre en réfléchissant que ça ne pouvait pas être Teddy ; Teddy était à la maison, à Riverhead, avec Fanny et les enfants. Cette ressemblance n'avait pas échappé à Hawes. Il jeta un coup d'œil à Carella avant de reporter son regard sur la jeune femme qui attendait près de la porte ouverte de l'appartement 304. Elle n'avait pas retiré son manteau, dont les épaules étaient encore mouillées par la neige fondue. Elle avait une expression de peur panique sur le visage et dans les yeux. Les flics remontèrent le couloir au pas de charge, Carella et Hawes en première ligne, Monoghan et Monroe derrière. Monroe se disait que c'était justement ce qui leur manquait, un second macchabée.

— Où est-il ? demanda Carella.

— A l'intérieur, répondit la jeune femme. Dans la... la chambre.

La porte d'entrée donnait sur un vestibule avec un miroir et une console en face. L'appartement s'étendait de part et d'autre de l'entrée. A droite, Carella aperçut la cuisine par la porte ouverte. A gauche se trouvait le salon, qu'ils traversèrent rapidement ; tout y était en ordre, il était décoré de meubles luxueux aux lignes sobres, plusieurs tableaux au mur, un bar avec un flacon de whisky et deux verres étincelants, tout était propre, net et bien rangé. Dans la chambre, c'était une tout autre histoire. A l'instant où ils franchirent la porte, ils comprirent que c'était une sale affaire.

La pièce était sens dessus dessous. Les tiroirs de la coiffeuse en formica blanc avaient été sortis et leur contenu jeté par terre. Des vêtements masculins et des vêtements féminins, caleçons et soutiens-gorge, jupons et pyjamas, chemises et chemisiers de soie, chaussettes et chemises de nuit, chandails à col roulé et petites culottes s'entassaient dans une confusion androgyne sur la moquette épaisse. Les portes des deux penderies étaient ouvertes et les vêtements, arrachés à leurs cintres, étaient éparpillés par terre, sur le lit et sur les chaises. Des vestons et des complets d'homme, des robes et des jupes de femme, des escarpins à hauts talons, des chaussures plates, des mocassins, des pardessus, des imperméables, des manteaux : le tout formait sur la moquette une piste sinueuse jusqu'à l'endroit où le mort gisait par terre, du côté du lit le plus éloigné de la porte.

C'était un homme blanc — d'une cinquantaine d'années, estima Carella — vêtu d'un pantalon bleu, d'un maillot jaune-vert et d'un cardigan bleu foncé. Pas de chaussures. Il avait les mains liées derrière le dos au moyen d'un cintre métallique tordu. Son maillot était complètement lacéré. Il avait la poitrine, la gorge, les mains et les bras lardés de coups de couteau. Une oreille, à demi tranchée, lui pendait contre la joue droite. En regardant le mort, Carella ressentit de nouveau un mélange familier d'horreur et de tristesse — le même à chaque fois —, de la répulsion pour la violence qui avait réduit un être humain à un tas de chairs sanglantes, de la peine devant cet inutile gâchis. Il se tourna vers Hawes pour lui dire :

— Si le légiste est en bas, il vaudrait mieux le faire monter.

— Il vaudrait mieux demander aussi une autre équipe du labo, dit Monoghan. Sinon, on va y passer la nuit.

Contre le mur qui faisait face aux fenêtres donnant sur le cours de l'Harb, il y avait un long bureau en formica blanc portant une machine à écrire. Une rame de papier jaune s'y trouvait, à côté d'un cendrier débordant de mégots de cigarette. Une feuille de papier était glissée dans la machine. En évitant de toucher la feuille ni la machine, Carella se pencha pour lire les mots tapés à la machine :

Il y avait, depuis le début, le sentiment palpable d'une présence étrangère dans la maison. On m'avait fait venir ici pour enquêter sur le fait que des esprits frappeurs auraient envahi les lieux, et avant que j'eusse fait trois pas dans l'entrée, il n'y eut aucun doute que cette affirmation était fondée. L'air était pour ainsi dire vibrant de spectres invisibles. Quand il y a des fantômes quelque part

— Une lettre pour expliquer son suicide ? demanda Monroe derrière lui.

— Bien sûr, répondit Carella. Le type est étendu par terre, les mains liées dans le dos, trente-six coups de couteau dans le buffet...

— Comment savez-vous qu'il y en a trente-six ? dit Monoghan.

— Mettons quarante, dit Carella. C'est de toute évidence un suicide.

— Il nous fait marcher, dit Monroe.

— Il plaisante.

— Il est bourré d'humour, ce flic.

— Tous les flics du 87e sont bourrés d'humour.

— Vous voulez que je vous dise, Carella ?

— Allez vous faire voir, Carella.

La femme qui ressemblait à la femme de Carella attendait dans le salon. Elle n'avait toujours pas retiré son manteau. Elle était assise dans l'un des fauteuils blancs massifs, les mains crispées sur le sac à main posé sur ses genoux. Pendant que Carella l'interrogeait, Hawes revint avec le médecin légiste, qu'il fit entrer sans bruit dans la chambre. La seconde équipe de gars du labo arriva et vaqua à ses occupations dans un silence funèbre.

— Quand l'avez-vous découvert ? demanda Carella.

— Juste avant d'appeler la police.

— D'où avez-vous appelé ?

— D'ici. Là.

Elle désigna le téléphone blanc posé sur le bar, à côté de la carafe et des deux verres propres.

— Vous avez touché à autre chose dans la maison ?

— Non.

— Rien qu'au téléphone ?

— Oui. Enfin, à la poignée de la porte en entrant. J'ai ouvert avec ma clef, et j'ai appelé Greg, et comme je n'avais pas de réponse, je suis allée tout droit dans... dans la chambre, et... et... c'est alors que je l'ai vu.

— Et vous avez appelé la police.

— Oui. Et... et je suis sortie pour... pour vous

attendre dans le couloir. Je ne voulais pas attendre ici. Pas avec... pas avec...

Carella sortit son calepin et s'occupa à chercher une page vierge. Il se doutait qu'elle allait se mettre à pleurer, et quand les femmes se mettaient à pleurer, il ne savait jamais quoi faire.

— Pourriez-vous me dire son nom, s'il vous plaît ? demanda-t-il avec douceur.

— Gregory Craig, répondit-elle avant de s'interrompre en regardant Carella dans les yeux, et celui-ci sentit qu'elle attendait une réaction qui ne venait pas. (Dérouté, il attendit qu'elle ajoute quelque chose.) Gregory Craig, répéta-t-elle.

— Comment est-ce que ça s'écrit, s'il vous plaît ?

— G, r, e, g, o, r, y.

— Et le nom de famille ?

— C, r, a, i, g.

— Et votre nom ?

— Hillary Scott. (Elle fit une pause.) Nous n'étions pas mariés.

— D'où veniez-vous, miss Scott ?

— Du bureau.

— Est-ce que c'est l'heure à laquelle vous rentrez d'habitude ?

— J'étais un peu en retard, ce soir. Nous attendions un coup de téléphone de la côte ouest.

— Dans quoi travaillez-vous ?

— A la Parapsychological Society. (Elle fit une pause avant de dire :) Je suis médium.

— Médium ?

— Oui.

— Excusez-moi, qu'est-ce que... ?

— Je possède des pouvoirs parapsychiques, dit-elle.

Carella la regarda. Assise dans son manteau mouillé,

les mains crispées sur son sac, les yeux qui commençaient à se brouiller de larmes, elle avait l'air tout à fait normal. Dans son calepin, il inscrivit le mot « médium », qu'il fit suivre d'un point d'interrogation. Quand il leva de nouveau la tête, elle se tamponnait les yeux avec un mouchoir qu'elle avait tiré de son sac.

— Où M. Craig travaillait-il ? demanda-t-il.

— Ici, dit-elle.

— Ici ?

— Il est écrivain, dit-elle, avant de faire une pause. Gregory Craig, l'écrivain.

Ce nom ne disait rien à Carella. Dans son calepin, sous le mot « médium », il inscrivit : « Victime : écrivain », puis il se rendit compte qu'elle avait dit : « Gregory Craig, l'écrivain », et songea qu'elle s'était certainement attendue à ce qu'il connaisse ce nom. Il demanda, prudent :

— Qu'est-ce qu'il écrivait ?

— Il a écrit *Ombres mortelles*, dit-elle en le regardant de nouveau droit dans les yeux, et, cette fois, il fut sûr qu'il aurait dû connaître le titre du livre que Craig avait écrit — s'il s'agissait bien d'un livre. Il ne demanda pas ce que c'était.

— Et il travaillait ici, à domicile, c'est bien ça ? dit-il.

— Oui, dans la chambre. Il y a un bureau dans la chambre. C'est là qu'il travaillait.

— Toute la journée ?

— D'habitude, il s'y mettait vers midi et s'arrêtait vers six heures.

— Et il écrivait, euh, des livres ou... qu'est-ce qu'il écrivait exactement, miss ?

— Vous n'avez pas lu *Ombres mortelles ?*

— Non, je suis désolé.

— Il s'est déjà vendu à trois millions d'exemplaires en édition de poche. Le film est en cours de tournage.

— Je suis désolé. Je ne connais pas.

Elle ne dit rien. Elle se contenta de continuer à le regarder. Il se racla la gorge, jeta un nouveau coup d'œil à son calepin, leva les yeux, et dit :

— Vous avez une idée de qui a pu faire ça ?

— Non.

— Savez-vous si M. Craig avait des ennemis ?

— Aucun.

— A-t-il reçu des coups de téléphone et des lettres de menace au cours des dernières...

— Non.

— ... semaines ? Rien de ce genre ?

— Non, rien.

— Est-ce qu'il devait de l'argent à quelqu'un ?

— Non.

— Depuis combien de temps habitez-vous dans cet immeuble, miss ?

— Six mois.

— Pas d'ennuis avec les voisins ?

— Aucun.

— Quand vous êtes rentrée, ce soir, la porte était-elle fermée à clef ?

— Oui. Je vous ai dit que j'avais ouvert avec ma clef.

— Vous êtes sûre qu'elle était fermée à clef ?

— Oui.

— Vous avez entendu le déclic, en tournant la clef ?

— Oui, je sais qu'elle était fermée à clef.

— Est-ce que quelqu'un avait une clef de l'appartement, à part M. Craig et vous-même ?

— Non, dit-elle. Seulement nous deux.

— Merci, miss, dit-il en refermant son calepin. (Il

hasarda un sourire avant de dire :) Il va falloir que je lise *Ombres mortelles*. De quoi est-ce que ça parle ?

— De fantômes, dit-elle.

Quand Carella redescendit dans le vestibule, le chef du service de sécurité attendait en bas, en compagnie de Karlson. Il s'appelait Randy Judd, et c'était un grand Irlandais mafflu d'une soixantaine d'années. Il dit d'emblée à Carella qu'il avait été agent de police au commissariat 32. Il affirma aussi qu'il ne s'était rien passé à Harborview depuis la construction du grand ensemble, un an plus tôt. Pas même un cambriolage. Rien.

— Les mesures de sécurité sont très rigoureuses, ici, à Harborview, dit-il.

— Très rigoureuses, dit Karlson.

Il semblait toujours plein d'appréhension, comme s'il était plus que jamais certain que les flics allaient lui reprocher ce qui était arrivé.

— Monsieur Karlson, dit Carella, vous m'avez dit tout à l'heure que vous aviez pris votre service à six heures ce soir...

— Un peu après.

— Un peu après six heures, c'est ça. Avez-vous annoncé quelqu'un à M. Craig entre le moment où vous êtes arrivé et...

— Non, inspecteur.

— Est-ce que c'est l'habitude ? D'annoncer les visiteurs ?

— C'est le règlement, dit Judd.

— Tous les visiteurs, dit Karlson. Même les livreurs.

— Que se passe-t-il ensuite ?

— Quand le locataire a donné son accord, le visiteur peut monter.

— Par ces ascenseurs-là ?

— Sauf si c'est une livraison. L'ascenseur de service donne sur l'arrière.

— Et personne n'est venu demander M. Craig ?

— Personne.

— Qui était de service avant vous ? De midi à six heures ?

— Jerry Mandel.

— Est-ce que vous avez son numéro de téléphone chez lui ? demanda Carella.

— Oui, mais ça ne vous servira à rien, dit Judd.

— Pourquoi ?

— Il est parti faire du ski ce week-end, dit Karlson. Il avait même ses skis sur le toit de sa voiture, il s'est mis en route dès que je l'ai relevé.

— Quand rentre-t-il ?

— Le lendemain de Noël, dit Judd. Il avait des vacances à prendre. Je lui ai donné mon accord. C'est un passionné de ski.

— Est-ce que vous savez où il est allé ?

— Dans une station de la région, dit Karlson.

— Est-ce qu'il a dit le nom de son hôtel ou de son chalet ?

— Non.

— Est-ce que je peux avoir quand même son numéro de téléphone ? dit Carella.

— Bien sûr, dit Judd. Il est là, dans le bureau.

Du bureau, Carella composa le numéro personnel de Mandel. Il laissa le téléphone sonner douze fois avant de raccrocher.

— Ça ne donne rien, hein ? dit Judd.

— Non, dit Carella en hochant la tête.

— Je vous l'avais dit, dit Karlson. Il est parti directement d'ici.

— Il n'y a aucun moyen d'entrer dans l'immeuble

autrement que par l'entrée principale ? demanda Carella.

— On sort les poubelles par-derrière, dit Judd. Il y a une grande porte ; on l'ouvre quand la benne à ordures arrive.

— Quel genre de serrure y a-t-il ?

— Une serrure de sûreté.

— Qui en a la clef ?

— Le concierge de l'immeuble.

— Est-ce qu'il est là en ce moment ?

— Bien sûr. Vous voulez lui parler ?

Le concierge était un Noir qui s'appelait Charles Whittier. Quand Judd le présenta à Carella, il était en train de dîner. La télévision était allumée dans la pièce d'à côté et, par la porte ouverte, Carella voyait une femme noire en robe de chambre et pantoufles assise en train de la regarder tout en dînant, une assiette sur les genoux. Dès qu'elle se rendit compte de la présence de visiteurs chez elle, elle se leva pour fermer la porte. Derrière le battant, on entendait le son étouffé des voix. Une série policière. Carella détestait les séries policières.

— Monsieur Whittier, dit Carella, un meurtre a été commis dans l'appartement 304 ; nous avons enregistré l'appel à sept heures dix. La porte de derrière a-t-elle été ouverte à un moment ou à un autre aujourd'hui ?

— Oui, inspecteur, dit Whittier.

— Qui l'a ouverte ?

— Moi.

— Quand ça ?

— A midi, quand la benne à ordures est arrivée.

— Est-ce que vous avez laissé quelqu'un entrer ?

— Rien que les éboueurs. On laisse les poubelles au-dedans parce qu'on ne veut pas attirer les rats. Il y a des rats, dans le quartier, vous savez.

— Dans tous les quartiers, dit Judd, qui défendait son territoire.

— Alors les éboueurs entrent pour prendre les poubelles, c'est ça ?

— Ils ne sont pas obligés de le faire, dit Judd, mais on leur donne une petit quelque chose chaque année à cette époque.

— Combien d'éboueurs ? demanda Carella.

— Deux, répondit Whittier.

— Est-ce que vous étiez là pendant qu'ils étaient dans l'immeuble ?

— Oui, inspecteur.

— Aucun des deux n'est resté à l'intérieur ?

— Non, inspecteur. Ils ont pris les poubelles et j'ai refermé à clef derrière eux.

— Est-ce que vous avez rouvert la porte par la suite ?

— Oui, inspecteur.

— Quand ?

— Quand il s'est mis à neiger fort. Je voulais déblayer un peu avant qu'il y en ait trop.

— Quel endroit avez-vous déblayé ?

— La rampe, là derrière. Pour que la benne à ordures puisse entrer demain.

— Est-ce que vous avez refermé à clef pendant que vous étiez dehors ?

— Non, inspecteur. Mais je la voyais pendant que je travaillais.

— Vous avez vu entrer quelqu'un ?

— Non, inspecteur.

— Est-ce que vous regardiez tout le temps la porte ?

— Non, inspecteur, pas tout le temps. Mais je la surveillais.

— A quelle heure était-ce ?

— Quand je me suis mis à déblayer ? Dans les cinq heures et demie.

— Et vous n'avez vu personne entrer ?

— Non, inspecteur. Si j'avais vu quelqu'un, j'aurais tout de suite appelé la sécurité.

— Très bien, merci, monsieur, dit Carella. Désolé d'avoir interrompu votre repas.

En remontant, Judd dit :

— Les mesures de sécurité sont très strictes, à Harborview, je vous l'avais dit.

Carella songea qu'elles n'avaient pas été assez strictes pour empêcher un meurtre au troisième étage ni un autre au pied de l'immeuble.

2

Sur le cadavre de Gregory Craig, il y avait dix-neuf blessures. Carella en reçut la liste tapée à la machine envoyée par la morgue de l'hôpital de Buena Vista, dix minutes avant que Hawes n'arrive avec le journal du matin. La liste était ainsi rédigée :

Descriptif des blessures — Gregory Craig

1. *Blessure en long de 4,5 cm à la gorge.*
2. *Blessure en long de 6,5 cm à la gorge, juste au-dessous de la précédente.*
3. *Blessure en profondeur à 4 cm à droite de la ligne médiane, juste au-dessus de la clavicule.*
4. *Blessure en profondeur à 11,5 cm à droite de la ligne médiane et 10 cm au-dessus du mamelon.*
5. *Blessure en profondeur sur la ligne médiane à la hauteur des mamelons.*
6. *Blessure en longueur de 5 cm sur la poitrine, partant de la ligne médiane, 12,7 cm au-dessous du menton et descendant vers la gauche.*
7. *Blessure en profondeur à 4 cm à gauche de la ligne médiane, au-dessus de la clavicule.*

8. *Blessure en profondeur à 21,5 cm à gauche de la ligne médiane et 7,5 cm au-dessus du mamelon.*
9. *Blessure en profondeur (de part en part) à mi-chemin entre l'aisselle et le coude, sur la face interne du bras.*
10. *Blessure en long de 2,5 cm sur la face externe du poignet droit.*
11. *Blessure en profondeur dans le dos, à 33,5 cm au-dessous de la nuque et 9 cm à gauche de la ligne médiane.*
15. *Blessure en profondeur dans le dos à 30,5 cm au-dessous de la nuque et 20,5 cm à gauche de la ligne médiane.*
16. *Blessure en profondeur dans le dos à 6 cm au-dessous de la nuque et 9 cm à gauche de la ligne médiane.*
17. *Blessure en long sur la face interne de l'annulaire droit.*
18. *Blessure en profondeur (de part en part) au bout du majeur droit.*
19. *Blessure en long à 4 cm à droite de la tête, du dessus de l'oreille vers le bas.*

Cela faisait un sacré paquet de blessures en long, en large et en travers. Il n'y en avait pas autant que d'après l'estimation faite par Carella sur les lieux du crime à l'intention des flics de la criminelle, mais il y en avait assez pour montrer que celui qui avait tué Craig avait vraiment eu le désir de le tuer ; quand on donne dix-neuf coups de couteau à quelqu'un, c'est qu'on a des intentions claires. En revanche, Marian Esposito (c'était le nom qu'on avait relevé sur le permis de conduire trouvé dans son sac à bandoulière) n'avait reçu qu'une blessure profonde, sous le sein gauche, et la lame lui avait pénétré dans la poitrine et le cœur, la tuant apparemment sur le coup. S'il y avait un rapport entre les deux meurtres, comme il le semblait, on pouvait logiquement supposer que Marian Esposito s'était trouvée sur le passage du meurtrier alors qu'il fuyait la scène de son premier crime. Avant même l'arrivée de Hawes avec le journal du matin, Carella avait décidé de concentrer l'enquête sur Craig. Il inscrivit sur le dossier de Craig « R-76532 » et sur celui de Marian Esposito, il inscrivit : « Affaire connexe à R-76532 » après son propre numéro, R-76533.

Ce vendredi matin 22 décembre, la salle de permanence était assez calme. Les suicides ne commenceraient pas avant la veille de Noël, avant de se calmer un peu jusqu'au soir du nouvel an, où il y en aurait une autre poussée. Miscolo, du bureau des secrétaires, avait signalé en passant que la pleine lune tombait la veille du jour de l'an. La pleine lune augmenterait le nombre de suicides. Les jours fériés et les pleines lunes, ça ne loupait jamais. En attendant, il y avait eu un regain de vols à l'étalage et de vols à la tire, mais les cambriolages, les viols et les agressions avaient diminué ; allez savoir pourquoi. Peut-être que tous les cambrioleurs, les agresseurs et les violeurs faisaient leurs courses dans les grands magasins, où on leur faisait les poches.

Le tableau de service des inspecteurs était affiché sur le mur, à côté de la fontaine d'eau fraîche, où le lieutenant s'était dit qu'on le lirait à coup sûr. La police municipale ne respectait jamais les jours fériés mais, la veille et le jour de Noël, le tableau de service ne portait presque que le nom des inspecteurs juifs qui avaient accepté de remplacer leurs collègues chrétiens. Toutefois, cette année-là, ce n'était pas pareil. Pourquoi cette année-là était-elle différente de toutes les autres ? Cette année-là, il se trouvait que Noël et le début de Hanoukka tombaient exactement le même jour — le 25 décembre, bien entendu — apportant une preuve éclatante de la fraternité humaine et de la solidarité de l'idéal démocratique. Ça ne posait problème que pour les flics. Tout le monde voulait être libre ce lundi-là, jour de fête pour les uns comme pour les autres. Seulement, tout le monde ne pouvait pas être libre ce lundi-là, sinon tous ces maudits malfaiteurs s'en seraient donné à cœur joie.

Un compromis.

Dans la police, comme dans le mariage, le compromis est essentiel. Le répertoire de Henny Youngman comportait une blague à propos d'un homme qui veut acheter une nouvelle voiture et d'une femme qui veut acheter un manteau de vison. Ils font un compromis. La femme achète un manteau de vison et le range dans le garage. Steve Carella et Meyer Meyer aboutirent à un compromis en tirant à pile ou face. C'est Carella qui gagna. Il travaillerait la veille de Noël et Meyer travaillerait le premier jour de Hanoukka. Mais c'était avant que le 87e écope d'un double meurtre. Dans les affaires de meurtre, on travaillait comme des brutes dans les premiers jours, qui sont les plus importants. Carella avait la désagréable impression qu'ils n'en avaient pas fini avec celui-ci — des sandwiches au *pastrami* et une bouteille de soda dans la salle de permanence pour Noël. Génial.

A son bureau, à l'autre bout de la pièce, le long d'un des grillages qui protégeaient la salle de permanence de projectiles lancés dans les fenêtres par des voisins mécontents (et, incidemment, empêchaient les prisonniers de se jeter dans la rue), l'inspecteur Richard Genero était occupé à taper un rapport sur un cambriolage vieux de trois semaines. Genero était un petit homme brun aux cheveux noirs bouclés et aux yeux marron. Il s'était mis depuis peu à porter des lunettes à la Benjamin Franklin pour taper ses rapports, sans doute pour améliorer son orthographe. Il persistait à écrire « pèrepétrer » au lieu de « perpétrer », erreur impardonnable dans un service de police. Il avait un transistor allumé sur son bureau, et les accents de *Douce Nuit, Sainte Nuit* emplissaient la salle. En écoutant la musique, Carella se dit que si le lieutenant Byrnes entrait à cet instant précis, Genero se retrouverait à la circulation avant le nouvel an. Genero tapait au rythme de la musique. Carella se demanda quand il allait demander comment s'écrivait « filature ».

A la pendule de la permanence, il était dix heures trente-sept du matin. La neige de la nuit précédente avait cessé peu avant l'aube, et le ciel était à présent aussi bleu que la jarretière d'une jeune mariée. Derrière les fenêtres, Carella entendait le cliquetis des chaînes des pneus, accompagnement idéal pour *Jingle Bells*, qui avait à présent remplacé *Douce Nuit* au transistor de Genero. Ce jour-là, Carella n'avait pas très envie de travailler. Il avait dit aux jumeaux qu'il les emmènerait voir le père Noël cette semaine — mais, ça aussi, c'était avant le double meurtre.

— Eh bien, où est passé tout le monde ? demanda Hawes de l'autre côté de la barrière à claire-voie qui séparait la salle de permanence du couloir. Tu as vu ça, Steve ? dit-il en franchissant la barrière. Notre client était une huile.

Il jeta le journal du matin sur le bureau de Carella et s'approcha de la fontaine d'eau fraîche. Le journal était ouvert à la page qui faisait face à la rubrique littéraire.

La notice nécrologique de Gregory Craig apprit à Carella que le défunt avait écrit un livre à succès appelé *Ombres mortelles*, sans doute fondé sur sa propre expérience dans une maison hantée qu'il avait louée dans le

Massachusetts, trois ans plus tôt. L'ouvrage avait été en tête des ventes des livres autres que les romans pendant une année entière et avait été réimprimé six mois plus tôt, accompagné d'une avance d'un million et demi de dollars pour la réédition en édition de poche. Un film était en cours de tournage au pays de Galles avec une vedette britannique dans le rôle de Craig et une galaxie d'actrices connues en déclin faisant de brèves apparitions dramatiques dans le rôle des fantômes qui avaient gâché des vacances tant attendues. La notice signalait ensuite que Craig avait écrit une demi-douzaine de romans avant de se mettre au récit qui l'avait rendu célèbre, en donnant tous les titres et citant des critiques parues dans la presse depuis douze ans. Il y avait une interruption de cinq ans entre le dernier roman de Craig et son histoire de fantômes. On ne lui connaissait qu'une héritière, miss Abigail Craig, sa fille. La notice ne parlait pas du meurtre de Marian Esposito, affaire connexe R-76533.

— Qu'est-ce que tu en penses ? demanda Hawes en froissant le gobelet en carton dans lequel il avait bu pour le lancer dans la corbeille à papier de Carella, qu'il manqua.

— Je pense qu'ils nous ont évité pas mal de recherches fastidieuses, dit Carella en ouvrant l'annuaire d'Isola.

Lorsque Abigail Craig leur ouvrit la porte, ce matin-là à onze heures vingt, elle portait un tailleur d'excellente coupe sur un chemisier en soie, un foulard noué autour du cou, des bottes marron à talons hauts et des boucles d'oreilles en or. Ils l'avaient d'abord appelée pour lui demander s'ils pouvaient passer, et elle avait paru un peu réticente au téléphone, ce qu'ils avaient mis sur le

compte du chagrin et de la confusion qui suivaient tout naturellement la mort d'un proche parent. A présent, assis en face d'elle dans un salon dominé par un gigantesque arbre de Noël décoré avec splendeur, ils ne savaient plus très bien si elle était le moins du monde triste ou déroutée. Elle semblait en fait beaucoup plus préoccupée par son rendez-vous chez le coiffeur que soucieuse de leur parler de son père. Hawes la trouvait pourtant très bien coiffée. Il la trouvait d'ailleurs très bien des pieds à la tête.

C'était une de ces blondes au teint pur et laiteux comme on imagine en général les Anglaises qui font de l'équitation. Elle avait les yeux très verts bordés de cils aussi blonds que ses cheveux ; elle avait un visage un peu étroit, aux pommettes saillantes et aux lèvres pulpeuses et colorées, même en l'absence de rouge. Elle avait la lèvre supérieure qui remontait un peu, laissant voir des dents blanches et parfaites, même quand elle ne parlait pas. Hawes aurait préféré être là pour échanger des cadeaux de Noël plutôt que pour poser des questions à propos d'un mort qui semblait ne présenter aucun intérêt ou très peu aux yeux de la beauté froide assise en face de lui, chaussée de bottes à hauts talons, les jambes croisées.

— Je suis désolée de vous presser, dit-elle, mais mon rendez-vous chez le coiffeur est à midi et Antoine est à l'autre bout de la ville.

— C'est nous qui sommes désolés de nous imposer comme ça, dit Hawes en souriant.

Carella le regarda. Ils ne s'étaient pas imposés du tout. Ils avaient pris soin de l'appeler une demi-heure plus tôt pour lui annoncer leur visite.

— Quand avez-vous vu votre père pour la dernière fois, miss ? demanda Carella.

— Il y a un an, dit-elle, ce qui le fit sursauter.

— Jamais depuis ?

— Jamais.

— Comment cela se fait-il ?

— Comment cela se fait-il ? dit Abigail en haussant un sourcil. Je ne suis pas sûre de comprendre votre question.

Elle avait la voix d'une ancienne élève d'une institution chic, comme Rosemary Hall ou Westover : elle avait une attitude irritable et impatiente. En compagnie de ce genre de personnes grandes, froides et sûres d'elles, Carella ne s'était jamais senti à l'aise, et elle ne faisait rien pour dissiper son malaise. Il la regarda un instant en hésitant sur la conduite à tenir. Il décida de continuer sur sa lancée.

— Je veux dire, dit-il, n'est-ce pas un peu inhabituel ? Pour une fille unique...

— Il a une autre fille, dit-elle d'un ton sec.

— Une autre fille ? J'avais l'impression...

— En quelque sorte, dit Abigail. En tout cas, elle est assez jeune pour être sa fille.

— De qui s'agit-il ? demanda Carella.

— De Hillary.

— Vous voulez dire Hillary Scott ?

— Oui.

— Je vois.

— Vraiment ? dit Abigail en prenant une cigarette dans une boîte émaillée posée sur la table à thé. (Tout en l'allumant, elle dit :) Disons les choses franchement. (Elle souffla un filet de fumée et remit le briquet en or sur la table.) Depuis le divorce, mon père et moi ne nous entendons pas. Quand il s'est mis en ménage avec Fantômette, tout a été fini. Terminé. Rideau.

— Fantômette, c'est...

— Hillary.

— Et depuis quand s'est-il... mis avec elle, miss ?

— Peu après la parution des *Ombres*... quand... tous les tordus de la terre ont débarqué avec leur fantôme à eux.

— C'est d'*Ombres mortelles* que vous parlez ?

— Le chef-d'œuvre qui a apporté un paquet de fric à mon père, dit Abigail en écrasant sa cigarette.

— Il a été publié quand ?

— L'édition cartonnée ? Il y a un an et demi.

— Et c'est peu après qu'il a fait connaissance de Hillary Scott ?

— Je ne sais pas quand il a fait sa connaissance. Je n'ai appris la nouvelle que le jour de Thanksgiving, l'année dernière. Dieu sait depuis combien de temps ils vivaient déjà ensemble. Il m'a invitée à venir partager la dinde. « Bonjour, ma chérie », dit-elle en imitant la voix de son père. « Je voudrais te présenter Hillary Scott, la dame de mes pensées. » Tu parles d'une dame ! dit-elle, ses yeux lançant des éclairs. Une petite salope de vingt-deux ans qui court après les revenants.

Carella cligna des yeux. Il avait l'habitude d'entendre des mots de toutes sortes à la permanence ou dans la rue ; quand on était flic depuis aussi longtemps que lui, on ne pouvait pas compter que les gens disent « flûte » ou « zut ». Mais ce gros mot-là avait vraiment paru déplacé dans ce salon de Hall Avenue décoré pour Noël. Hawes, quant à lui, dévorait Abigail des yeux avec un intérêt voisin de l'obsession ; il raffolait des femmes dont les lèvres pulpeuses proféraient des gros mots.

— Donc, euh, la dernière fois que vous avez vu votre père, dit Carella, c'était...

— L'année dernière, à Thanksgiving. Quand il m'a

présenté Fantômette. C'en était trop. La goutte d'eau qui a fait déborder le vase.

— Et quelles étaient les autres gouttes d'eau ?

— Le gros morceau, c'était le divorce.

— Et quand était-ce ?

— Il y a sept ans. Juste après la publication de *Chevaliers et Chenapans*.

— C'est un de ses romans, n'est-ce pas ?

— Son meilleur roman. Et son dernier. (Elle prit une autre cigarette dans la boîte émaillée, l'alluma avec le briquet en or et souffla un filet de fumée en direction de Hawes.) La critique l'a éreinté. Alors, bien sûr, il s'en est pris à ma mère. Il a décidé que Stephanie Craig était responsable de ce que les critiques avaient dit sur son livre, la pauvre. Il ne lui est jamais venu à l'idée que son livre était un vrai chef-d'œuvre. Oh ! non. Il s'imaginait que si les critiques disaient qu'il était mauvais, eh bien, c'est qu'il était mauvais. Et il en a accusé ma mère. Il lui a reproché le style de vie — une de ses expressions favorites — qui lui avait fait écrire ce roman universellement décrié. Il a dit qu'il voulait reprendre sa liberté. (Abigail haussa les épaules.) Il a dit qu'il avait besoin de se « redécouvrir » — encore une des expressions préférées de Gregory Craig. (Elle tira de nouveau sur sa cigarette.) Alors il s'est « redécouvert » avec un tas de boue comme *Ombres*.

— Est-ce que votre mère est toujours en vie ? demanda Hawes.

— Non.

— Quand est-elle morte ?

— Il y a trois ans.

— Comment ?

— Elle s'est noyée. Ils ont dit que c'était un accident.

— « Ils » ?

— Les services du coroner de Hampstead, dans le Massachusetts.

— Dans le Massachusetts, dit Carella.

— Oui. Elle s'est noyée dans le lac de Bight, à trois kilomètres de l'endroit où mon père louait sa fameuse maison hantée.

— Combien de temps était-ce après leur divorce ?

— Quatre ans.

— Et ils passaient les vacances d'été au même endroit ?

— Elle ne s'en était jamais remise, dit Abigail. Elle voulait être près de lui. Partout où il allait...

Elle hocha la tête.

— Il y a un instant, miss, vous avez dit que les services du coroner...

— Oui.

— Et vous, croyez-vous que la mort de votre mère était accidentelle ?

— Quand elle était étudiante, elle faisait partie de l'équipe de natation de l'université de Holman, dit simplement Abigail. Elle a gagné trois médailles d'or.

Quand ils rentrèrent à la permanence, le rapport du laboratoire volant de la criminelle attendait Carella sur son bureau. On pouvait y lire que la serrure de l'appartement de Craig était une serrure de sûreté Weiser, ce qui voulait dire que, d'un côté comme de l'autre — intérieur et extérieur — elle ne pouvait s'ouvrir qu'avec une clef. On n'avait pas trouvé de clef sur la serrure du côté intérieur. Il n'y avait pas de marques de pince-monseigneur sur le chambranle, pas d'égratignures autour de la serrure ni de l'orifice de la serrure, aucune trace d'effraction. La porte de service — qui donnait sur la cuisine par un palier bordé de poubelles — était elle aussi munie d'une serrure de sûreté Weiser. Là non plus, il n'y avait pas de trace d'effraction. L'inspection de la serrure de la grande porte qu'empruntaient les éboueurs, à l'arrière de l'immeuble, ne révéla pas non plus la moindre trace d'effraction. La personne qui avait tué Gregory Craig était ou bien quelqu'un qui habitait l'immeuble et qui était connu du gardien de service, ou une personne connue de Craig lui-même. Si le meurtrier s'était fait annoncer par le gardien, qui était parti faire du ski Dieu sait où, il avait fallu que Craig autorise celui-ci à le laisser monter. Le grand ensemble de Harborview comptait soixante appartements. Carella prit la décision de faire du porte-à-porte pour interroger tous les locataires, et il prit la décision de demander des renforts à Byrnes — avec de sacrées chances de les obtenir, à trois jours de Noël.

A midi et demi, il téléphona chez Craig dans l'espoir d'y joindre Hillary Scott. Il laissa sonner une douzaine de fois, raccrocha, chercha dans l'annuaire d'Isola le numéro de la Parapsychological Society, qu'il composa.

— J'ai essayé de vous joindre, dit Hillary.

— A quel propos, miss ?

— Vous n'avez pas reçu mon message ?

— Non. Je suis désolé, je viens de rentrer.

— J'ai laissé un message à quelqu'un de chez vous. Quelqu'un qui a un nom italien, comme vous.

Carella regarda à l'autre bout de la pièce, où Genero mangeait un sandwich au rythme d'un chant de Noël, *Deck the Halls*.

— Je suis désolé, de quoi vouliez-vous me parler ? dit-il.

— De l'autopsie. Je crois qu'ils veulent pratiquer une autopsie.

— C'est vrai, dans tous les cas de mort violente, l'autopsie est obligatoire.

— Il n'en est pas question, dit-elle.

— Miss, je crains que ce ne soit pas...

— Qu'adviendra-t-il de l'essence de Greg ? dit Hillary. Si vous l'ouvrez pour le vider de ses entrailles, que se passera-t-il lorsqu'il arrivera dans le monde des esprits ?

— Ça ne dépend pas de moi, dit Carella. L'autopsie est obli...

— Oui, j'ai entendu. Mais à qui dois-je m'adresser ?

— A quel sujet ?

— Pour faire arrêter l'autopsie.

— Miss, les services de la médecine légale ont sans doute déjà commencé leur travail sur le corps. Il est essentiel que nous établissions la cause du décès, pour que lorsque l'affaire passera en justice...

— Il est essentiel que l'esprit de Greg demeure intact !

— Je suis désolé.

Il y eut un silence sur la ligne.

— J'ai trop souvent entendu parler d'esprits mutilés, dit Hillary.

— Je suis désolé, répéta-t-il. Si je vous appelais, miss, c'est que...

— Bien trop souvent, dit-elle, et il y eut un nouveau silence.

Carella attendit. Il ne servait à rien de continuer cette discussion. Quoi que Hillary Scott puisse dire ou faire, l'autopsie aurait lieu. Comme il le lui avait dit, la médecine légale avait sans doute déjà commencé son travail. A la morgue, on ouvrirait le corps de Gregory Craig comme une carcasse de bœuf, on en extrairait les entrailles pour les examiner, on ouvrirait le crâne comme une boîte pour mettre le cerveau à nu. Quand, par la suite, le corps serait exposé dans la chapelle funéraire, aucun des assistants ne se douterait qu'il regardait l'enveloppe évidée de ce qui avait été un être humain. Le silence se prolongea. Carella se dit qu'il avait fini par la convaincre.

— Je me demandais si nous pourrions nous voir tout à l'heure, à l'appartement, dit-il.

— Pour quoi faire ?

— Il est possible que M. Craig ait été surpris par un cambrioleur. Nous voudrions savoir s'il manque quelque chose, miss, et le seul moyen de le savoir est de demander à quelqu'un qui saurait ce qui devrait s'y trouver.

— Ce n'est pas un cambrioleur qui a tué Craig, dit Hillary.

— Pourquoi dites-vous ça ?

— C'est un fantôme.

C'est ça, songea Carella. C'est un fantôme qui a lié les poings de Craig dans le dos avec un cintre en métal. C'est un fantôme qui l'a frappé dix-neuf fois à la poitrine, dans le dos, aux bras, à la gorge, aux mains, à la tête, avec un couteau fantôme que les gars du labo n'ont pas retrouvé dans l'appartement. Le même couteau fantôme qui a selon toute probabilité servi contre Marian Esposito, affaire connexe R-76533.

— J'ai senti un fluide très puissant, hier, dans l'appartement, dit Hillary.

— Est-ce que vous pouvez nous y retrouver dans une heure ? demanda Carella.

— Oui, bien sûr, dit-elle. Mais ce n'était pas un cambrioleur.

Si ce n'était pas un cambrioleur, c'était du moins quelqu'un qui s'était copieusement servi chez Gregory

Craig. A en croire Hillary Scott, il y avait environ trois cents dollars dans le portefeuille de Craig, la veille, à dix heures du matin, lorsqu'elle était sortie. Elle le savait parce qu'elle lui avait demandé de quoi prendre un taxi jusqu'au bureau, et qu'il avait sorti une liasse de billets de cinquante pour chercher des billets plus petits. Cet argent avait disparu, mais on n'avait pas touché aux cartes de crédit de Craig (sept en tout). Sa boîte à bijoux, ouverte sur la commode, avait été délestée d'une montre en or Patek Philippe à bracelet en or, d'une paire de boutons de manchettes Schlumberger en or garnis de diamants, d'une bague en or avec un lapis-lazuli et d'une gourmette en or. Hillary ne connaissait pas très bien la valeur des bijoux de Craig, sauf celle de la gourmette, dont elle lui avait fait cadeau l'année précédente pour Noël et qu'elle avait payée six cent quatre-vingt-cinq dollars. Elle pensait que la montre Patek Philippe avait dû coûter aux alentours de six mille cinq cents dollars. Elle se montra plus précise quant aux bijoux disparus du coffret qu'elle rangeait dans le tiroir du haut, de son côté de la coiffeuse. Tous lui avaient été offerts par Craig depuis un an et demi qu'ils vivaient ensemble. Elle dressa la liste suivante :

Un bracelet en jade de Birmanie et or dix-huit carats de chez Angela Cummings, 3 975 $.

Un bandeau en or dix-huit carats de chez Elsa Peretti, 510 $.

Un ras du cou en or dix-huit carats orné de diamants, 16 500 $.

Un pendentif : diamant taillé en poire monté sur platine avec chaîne en or dix-huit carats de quarante-cinq centimètres, 3 500 $.

Un diamant taillé en émeraude monté sur une bague en platine, 34 500 $.

Une paire de boucles d'oreilles en or dix-huit carats ornées de perles, 1 500 $.

Une paire de boucles d'oreilles en diamants montés sur platine, 1 500 $.

Un ras du cou en or jaune et blanc dix-huit carats, 2 950 $.

Un bracelet en or rose, jaune et blanc dix-huit carats, 1 250 $.

Et deux bracelets en or quatorze carats, 575 $ chacun.

En plus des bijoux volés dans le coffret, elle leur dit qu'elle ne retrouvait pas, dans ce même tiroir, une bourse en or vingt-quatre carats de chez Elsa Peretti d'une valeur de deux mille cinq cents dollars, et une montre-bracelet Chopard en or dix-huit carats ornée de diamants d'une valeur de quatorze mille cinq cents dollars. Elle conservait la montre dans son écrin d'origine ; l'écrin (en velours noir doublé de satin blanc) était toujours dans le tiroir, mais la montre avait disparu. Si elle connaissait la valeur des bijoux que Craig lui avait offerts, c'est qu'ils les avaient fait estimer tout récemment par une compagnie d'assurances.

— Mais pas ses propres bijoux ? demanda Carella.

— Si, les siens aussi. Mais comme nous n'étions pas mariés, nous avons dû souscrire deux polices séparées. Je ne connaissais donc que l'estimation des miens.

— Et à combien s'élevait-elle à peu près ? demanda Hawes.

— A peu près, elle s'élevait exactement à quatre-vingt-trois mille quatre cent trente dollars.

— C'était assez imprudent de laisser des choses d'une telle valeur dans un tiroir de coiffeuse, dit Carella.

— Craig avait l'intention d'acheter un coffre-fort mural, dit Hillary. De toute façon, tout était assuré. Et puis les mesures de sécurité sont très efficaces, ici. Si on ne nous avait pas promis des mesures de sécurité aussi strictes, nous n'aurions pas pris cet appartement.

— Est-ce qu'il manque autre chose ? demanda Hawes.

— Est-ce qu'il portait la bague de son université ? demanda Hillary.

— Il n'y avait aucun bijou sur le corps.

— Alors elle a disparu aussi.

— Quelle université ? demanda Carella.

— Holman. C'est là qu'il a fait connaissance de sa femme.

— Quel genre de bague ?

— En or avec une améthyste.

— A quel doigt la portait-il ?

— A l'annulaire de la main droite.

Carella se rappela la liste des blessures. « Blessure en long sur la face interne de l'annulaire droit. » Le meurtrier s'était-il servi de son couteau pour retirer la bague du doigt de Craig ? Etait-il arrivé armé ou s'était-il servi d'un couteau trouvé sur place ? S'il était venu dans le but précis de commettre un cambriolage, comment avait-il pu tromper le service de sécurité si « strict » de l'immeuble ? Craig aurait-il laissé monter chez lui un étranger, quelqu'un qui allait ensuite lui voler pour plus de quatre-vingt-trois mille dollars de bijoux et le tuer avant de repartir ? Mais Hillary Scott persistait à affirmer que ce n'était pas un cambrioleur.

— C'est dans cette pièce que le fluide est le plus fort, dit-elle. (Elle s'approcha du bureau qui faisait face aux fenêtres et posa les mains sur le plateau.) Il a touché ce bureau.

— Il ?

— Un esprit masculin, dit-elle en parcourant le plateau de ses mains légères. Jeune. Cheveux noirs et yeux marron. (Elle avait fermé ses propres yeux ; les mains à plat sur le bureau, elle se balançait en parlant.) Il cherche quelque chose. Il veut quelque chose. Agité. Un esprit agité.

Carella regarda Hawes. Hawes lui rendit son regard. Carella se demandait comment quelqu'un qui ressemblait tant à sa propre femme pouvait être à ce point siphonné. Hawes se demandait comment elle était au plumard : avec tout ce fluide, est-ce qu'elle entrerait en transe ? Il eut aussitôt l'impression de commettre un inceste tant cette fille de malheur était le sosie de Teddy Carella. Il détourna le regard de celui de Carella comme s'il craignait que ce dernier n'ait lu dans ses pensées.

— Il manque quelque chose sur le bureau ? demanda Carella.

— Est-ce que je peux l'ouvrir ? demanda-t-elle. Est-ce que vos techniciens ont fini de l'examiner ?

— Allez-y, dit Carella.

Elle ouvrit le tiroir du milieu. Un plateau plein de trombones, d'élastiques et de crayons. Un ôte-agrafes. Une boîte d'étiquettes. Une boîte d'attaches parisiennes. Elle referma le tiroir et ouvrit le tiroir à dossiers, à droite. Il contenait une série de chemises sur lesquelles des noms étaient inscrits.

— Est-ce que c'est l'écriture de Craig ? demanda Carella.

— Oui, chut !

— A quoi correspondent ces noms ?

— A des fantômes, dit-elle. Chut ! (Elle passa les mains au-dessus des dossiers.) Il a fouillé ici.

— Dans ce cas, dit Hawes, les gars du labo auront ses empreintes.

— Les esprits ne laissent pas d'empreintes, dit-elle, et Carella se dit qu'elle était givrée comme le Grand Nord.

— Ces noms...

— Oui, des fantômes, dit-elle. Des histoires dont il avait l'intention de vérifier l'authenticité. Depuis qu'il a écrit *Ombres*, il reçoit des lettres et des coups de fil du monde entier de personnes qui ont vu des fantômes.

— Vous croyez qu'il manque quelque chose ? demanda Hawes.

— Non, mais il a regardé là-dedans. Je sais qu'il a regardé là-dedans.

Elle referma le tiroir à dossiers pour ouvrir celui du dessus. Une rame de papier pelure jaune, rien d'autre.

— Ici aussi, dit-elle. Il a cherché, il a fouillé.

— Est-ce que M. Craig rangeait des objets de valeur dans ce bureau ? demanda Carella.

— Ses dossiers ont une grande valeur, dit Hillary en ouvrant tout d'un coup les yeux.

— Il cherchait peut-être vraiment quelque chose, dit Hawes. A voir toutes les affaires jetées pêle-mêle dans la pièce.

— Oui, c'est certain, dit Hillary.

— Et il l'a trouvé, dit Carella.

Hillary le regarda.

— Plus de quatre-vingt-trois mille dollars en bijoux.

— Non, ce n'est pas ça. C'était quelque chose d'autre. Je ne sais pas quoi, dit-elle en agitant les mains en l'air comme pour essayer de toucher quelque chose que les inspecteurs ne pouvaient pas voir.

— Allons voir dans la cuisine, dit Carella. Je voudrais que vous nous disiez s'il manque des couteaux.

Ils allèrent voir dans la cuisine. Au-dessus du plan de travail, il y avait un râtelier aimanté auquel étaient fixés sept couteaux de tailles différentes, dont le plus grand mesurait vingt-cinq centimètres de long. D'après Hillary, tous les couteaux y étaient. Ils ouvrirent les tiroirs du buffet. Hillary compta les couverts de table et l'assortiment de couteaux à découper et à éplucher qui s'y trouvaient, et leur dit qu'il ne manquait rien.

— Alors il est venu avec, dit Carella.

Hillary ferma de nouveau les yeux, écarta de nouveau les doigts et palpa l'air de ses paumes ouvertes.

— Il cherchait quelque chose, dit-elle. Quelque chose.

Ce fut Cotton Hawes qui essuya l'engueulade de Warren Esposito. Cette engueulade était peut-être bien méritée ; Hawes aurait pu encourir la même indignation dans n'importe quelle grande ville du monde, Pékin et Moscou comprises. Quel que soit le régime politique d'un pays, il était constant que si l'on zigouille une personne en vue, c'est un meurtre qui attire plus l'attention de la police que s'il s'agit d'un poivrot ou d'une putain de bas étage. Marian Esposito n'était ni alcoolique ni prostituée ; elle était en fait secrétaire dans une entreprise spécialisée dans la vente de cadeaux envoyés directement par correspondance. Mais il ne faisait pas de doute qu'elle était un peu moins importante que Gregory Craig, l'auteur à succès. Pendant que son mari, Warren, arpentait la salle de permanence en déchargeant sa colère contre lui, Hawes se demandait s'ils auraient accordé à son affaire à elle l'attention qu'ils accordaient à celle de Craig si ç'avait été elle qu'on avait retrouvée percée de dix-neuf coups de couteau et lui qu'on avait retrouvé au pied de l'immeuble avec une seule blessure. Il estima que l'ordre de priorité aurait été le même. Craig était « important » ; Marian Esposito n'était qu'un cadavre de plus dans une ville où les cadavres poussaient comme des champignons.

— Alors, qu'est-ce que vous foutez ? criait Esposito.

(C'était un grand brun costaud au regard noir et pénétrant. En ce vendredi après-midi, il portait un blue-jean et un chandail à col roulé, et sa veste ouverte doublée de mouton battait au rythme de ses allées et venues.) Il n'y a pas un seul flic qui soit venu me voir, bon sang ! Il a fallu que je donne six coups de fil pour savoir où ils l'avaient emmenée ! C'est comme ça que ça se passe, dans cette ville ? Une femme meurt poignardée au pied de l'immeuble où elle habite, et la police la met au rancart comme si elle n'avait jamais existé ?

— Il y a une affaire connexe, dit Hawes, qui ne savait que dire.

— Je me fous de votre affaire connexe ! cria Esposito. Je veux savoir ce que vous faites pour découvrir l'assassin de ma femme !

— Nous avons l'impression...

— L'impression ? dit Esposito. Est-ce que c'est comme ça que vous procédez ? Par impressions ?

— Notre opinion...

— Ah ! c'est une opinion, maintenant.

— Monsieur, dit Hawes, nous pensons que la personne qui a tué Gregory Craig n'a tué votre femme que par hasard. Nous pensons qu'il a dû être...

— Par hasard ? Quand quelqu'un plante un couteau dans le cœur d'une femme, c'est par hasard ? Bon sang de bonsoir !

— Le mot était peut-être mal choisi, dit Hawes.

— Oui, peut-être, dit Esposito d'un ton glacial. Ma femme est morte. Quelqu'un l'a tuée. Vous n'avez aucune raison valable de croire qu'elle s'est fait tuer par celui qui a tué cet écrivain, au deuxième. Pas la moindre raison valable. Mais lui, c'est une célébrité, c'est ça ? Alors vous concentrez vos efforts sur lui et, pendant ce temps, celui qui a tué Marian se balade tranquillement là-dehors, dit-il en se retournant pour tendre le bras vers la fenêtre avant de se retourner face à Hawes, et moi, je ne peux même pas savoir où on a mis son corps pour pouvoir prendre les dispositions nécessaires pour l'enterrement.

— Elle est à la morgue de l'hôpital de Buena Vista, dit Hawes. Ils ont terminé l'autopsie. Vous pouvez...

— Oui, je sais où elle est. Maintenant, je le sais, après avoir passé six coups de téléphone et avoir fait le tour de tous les bureaux de la police. Qui est-ce qui répond au téléphone là-dedans ? Une bande de mongoliens ? Les deux premières fois que j'ai appelé, personne n'avait seulement entendu parler de ma femme ! Marian Esposito, monsieur ? De qui s'agit-il, monsieur ? Est-ce que vous appelez pour signaler un crime, monsieur ? On aurait pu croire que c'était un quelconque vol de bicyclette, et pas...

— La plupart des appels passés à la police sont reçus par le service central des communications, dit Hawes. Je comprends votre colère, monsieur, mais comment voulez-vous que ceux qui vous répondent — et qui reçoivent des centaines de coups de téléphone par heure — puissent connaître tous les détails de...

— Très bien, alors qui est-ce qui connaît tous les détails ? dit Esposito. Est-ce que c'est vous ? En bas, on m'a dit que vous étiez l'inspecteur chargé de l'enquête sur le meurtre de ma femme. Alors, bon, qu'est-ce que vous... ?

— Mon collègue et moi, oui, répondit Hawes.

— Alors qu'est-ce que vous foutez, bon sang ? dit Esposito. Elle a été tuée hier. Est-ce que vous avez des pistes ? Est-ce que vous savez seulement par où commencer ?

— Nous commençons à chaque fois de la même

façon, dit Hawes. Nous commençons comme vous le feriez vous-même, monsieur. Nous avons un cadavre — dans le cas présent, deux cadavres — mais nous ne savons pas qui l'a réduit à l'état de cadavre, alors nous cherchons. Ce n'est pas comme au cinéma ou à la télévision. Ce n'est pas une énigme que nous résolvons et nous n'avons pas d'éclairs de génie. Nous faisons des recherches, nous vérifions les moindres détails, aussi insignifiants qu'ils puissent paraître, et nous essayons de découvrir « pourquoi ». Pas « qui », monsieur, nous n'en sommes pas encore à rechercher le coupable. Il n'y a pas de mystère, dans le travail du policier. Il n'y a que des crimes et une ou des personnes qui ont commis ces crimes. Dans le cas d'un vol à main armée, nous connaissons le « pourquoi » à l'instant où nous recevons l'appel. Dans le cas d'un meurtre, si nous arrivons à trouver le « pourquoi », nous trouvons souvent le « qui » — si nous avons de la chance. En ce moment même, nous avons les dossiers en souffrance de trois cents meurtres non élucidés. L'an prochain, nous en éluciderons une douzaine — si seulement nous avons de la chance. Sinon, le meurtrier continuera à se promener quelque part là-dehors (et là il désigna la fenêtre comme Esposito l'avait fait un peu plus tôt) et nous ne mettrons jamais la main sur lui. Un meurtrier ne tue qu'une seule fois, à moins d'être un maniaque ou de tuer à l'occasion d'un autre crime. Le meurtrier ordinaire tue une fois et ne recommence jamais. Ou bien nous l'attrapons et nous le mettons à l'ombre, auquel cas il n'aura plus jamais l'occasion de tuer, ou bien il plie bagage et disparaît.

Esposito le regardait fixement.

— Je suis désolé, dit Hawes. Je n'avais pas l'intention de faire un discours. Nous n'oublions pas votre femme, monsieur ; nous ne l'oublions pas du tout. Mais nous pensons que le meurtre principal est celui qui a été commis dans l'appartement 304, et c'est par là que nous commençons. Quand nous aurons découvert le meurtrier de Gregory Craig, nous aurons du même coup le meurtrier de votre femme. Nous en sommes convaincus.

— Et si vous vous trompez ? dit Esposito.

Sa colère s'était évanouie ; debout, les mains dans les poches de sa veste fourrée, il dévisageait Hawes comme pour chercher à se rassurer.

— Si nous nous sommes trompés, nous recommencerons. Depuis le début, dit Hawes en priant le Ciel pour qu'il n'en fût rien.

Jerry Mandel, le gardien roi des pistes, appela au moment où Carella et Hawes se préparaient à rentrer chez eux. Ils avaient eu entre-temps un entretien inutile avec le lieutenant Byrnes, qui leur avait dit qu'il ne pouvait absolument pas doubler les effectifs de service au moment de Noël, qu'ils n'avaient qu'à trouver le temps d'aller rendre visite eux-mêmes à tous les locataires de Harborview, même si ça leur prenait jusqu'à la saint-glinglin. Il les avait par ailleurs informés qu'il avait reçu un coup de fil de l'avocat d'un certain Warren Esposito qui affirmait que l'enquête sur le meurtre de Gregory Craig avait manifestement le pas sur celle concernant la femme de son client, et que si les inspecteurs du 87e ne se décidaient pas à se magner le train, ils allaient avoir des nouvelles d'un ami de cet avocat qui venait justement d'entrer au bureau de procureur. Byrnes leur avait rappelé que, dans cette bonne ville d'Isola, le meurtre était sans doute le plus grand facteur d'égalité et que, quels qu'en fussent la race, la religion, le sexe, la profession, tous les cadavres devaient être traités sur un pied d'égalité — admonestation que Carella comme Hawes reçurent en faisant la grimace.

Ils avaient ensuite reçu les rapports de l'autopsie de Gregory Craig et de Marian Esposito, mais ces exposés médicaux très savants ne leur avaient pas appris grand-chose de nouveau. S'ils ne s'étaient pas au moins doutés que la cause de la mort était de nombreuses blessures dans le cas de Gregory Craig et une blessure unique dans le cas de Marian Esposito, ils n'auraient eu qu'à rendre tout de suite leurs insignes. Les médecins légistes n'étaient pas payés pour faire des suppositions : c'est pourquoi il n'était suggéré nulle part dans ces deux rapports que la même arme avait pu servir pour les deux crimes. Ces rapports leur apprirent cependant que Gregory Craig avait bu avant de se faire assassiner ; la concentration d'alcool dans son cerveau était de seize pour cent et il y avait 2,3 milligrammes d'alcool par millilitre de sang. L'analyse du cerveau indiquait que Craig avait atteint un état d'ébriété relative dont l'effet physiologique avait été « une diminution de la capacité d'attention ». L'analyse du sang indiquait qu'il était « certainement ivre ». Ils notèrent de demander à Fantômette — ils avaient déjà adopté ce surnom — si Craig avait l'habitude de boire en travaillant. Se rappelant les deux verres propres à côté du flacon, dans le salon, Carella se demanda alors si le meurtrier les avait lavés après le crime. La liste des objets trouvés dans la chambre ne comportait ni bouteille de whisky, ni verre.

Jerry Mandel appela à six heures vingt. Quand le téléphone sonna, Carella venait de sortir son 38 spécial de son tiroir pour le suspendre à sa ceinture. En décrochant, il jeta un coup d'œil à la pendule. Il travaillait sur cette affaire depuis huit heures du matin et il ne pouvait rien faire de plus ce jour-là, à moins d'aller frapper aux soixante portes de Harborview, ce qu'il n'avait pas l'intention d'entreprendre avant le lendemain matin.

— Commissariat 87, Carella, dit-il.

— Pourrais-je parler à l'inspecteur qui s'occupe des meurtres de Harborview, s'il vous plaît ? dit la voix.

— C'est moi, dit Carella.

— C'est Jerry Mandel. J'ai entendu à la radio...

— Oui, monsieur Mandel, dit aussitôt Carella.

— Oui, que M. Craig avait été assassiné, alors j'ai appelé l'immeuble pour avoir des nouvelles. Je suis tombé sur Jimmy Karlson, qui est de service de six heures à minuit, et il m'a dit que vous me cherchiez. Alors me voici.

— Parfait, je suis content que vous m'appeliez, monsieur. C'est vous qui étiez de service de midi à six heures ?

— Oui.

— Est-ce que quelqu'un a demandé à voir M. Craig ?

— Oui, quelqu'un est venu.

— Est-ce que vous vous rappelleriez qui ?

— Un certain Daniel Corbett.

— Quand était-ce ?

— Vers cinq heures. Il venait de commencer à neiger.

— Est-ce que vous l'avez annoncé à M. Craig ?

— Oui.

— Et qu'a dit M. Craig ?

— Il a dit : « Faites-le monter. »

— Et il est monté ?

— Oui.

— Est-ce que vous l'avez vu monter ?

— Je l'ai vu entrer dans l'ascenseur, oui.

— Vers cinq heures ?

— A peu près.

— Est-ce que vous l'avez vu redescendre ?

— Non.
— Vous êtes parti à six...
— Un quart d'heure plus tard, à peu près, quand Jimmy a pris la relève. Jimmy Karlson.
— Et cet homme... Daniel Corbett... n'est pas redescendu pendant que vous étiez de service, c'est bien ça ?
— Non, inspecteur, il n'est pas redescendu.
— Est-ce que vous pouvez me le décrire ?
— Oui, c'était un homme assez jeune, je dirais une petite trentaine d'années, avec des cheveux noirs et des yeux marron.
— Comment était-il habillé ?
— Un manteau sombre, brun ou noir, je ne me rappelle plus. Et un pantalon sombre. Je n'ai pas vu s'il portait un complet ou une veste sport sous son manteau. Il avait une écharpe jaune autour du cou. Et il portait une serviette.
— Est-ce qu'il avait un chapeau ?
— Pas de chapeau.
— Des gants ?
— Je ne me souviens pas.
— Est-ce que vous sauriez comment s'écrit son nom ?
— Je ne lui ai pas demandé. Il m'a dit Daniel Corbett, et c'est le nom que j'ai annoncé à M. Craig au téléphone.
— Et M. Craig a dit : « Faites-le monter », c'est bien ça ?
— Ce sont ses mots exacts.
— Où peut-on vous joindre ? demanda Carella.
— Three Oaks Lodge, à Mount Semanee.
— Merci, je vous remercie de votre aide.
— J'aimais beaucoup M. Craig, dit Mandel avant de raccrocher.

Carella raccrocha, se tourna vers Hawes en souriant et lui dit :

— On commence à avoir de la chance, Cotton.

Leur chance tourna presque aussitôt.

Il n'y avait de Daniel Corbett dans aucun des cinq annuaires téléphoniques de la ville. Au cas improbable où Hillary Scott aurait su qui c'était, ils l'appelèrent chez elle, mais ne furent pas surpris de ne pas obtenir de réponse ; il est rare que les gens décident de passer la nuit dans un appartement où un meurtre vient d'être commis. Ils appelèrent à son bureau, où une dame leur dit que tout le monde était rentré chez soi et qu'elle n'était que la femme de ménage. Ils cherchèrent dans l'annuaire d'Isola dans l'espoir de trouver un autre numéro au nom de Hillary Scott. Il n'y en avait pas. Ils appelèrent les soixante-quatre Scott de l'annuaire, pensant que l'un d'entre eux pouvait être apparenté à Fantômette. Aucune des personnes qu'ils appelèrent n'avait jamais entendu parler de Hillary Scott.

Il leur faudrait attendre le lendemain matin, finalement.

3

Le samedi matin, Hillary Scott appela Carella chez lui à huit heures et demie. Il était encore au lit. S'appuyant sur un coude, il décrocha le téléphone posé sur la table de chevet.

— Inspecteur Carella, dit-il.

— Est-ce que vous avez essayé de me joindre ?

— Oui, dit-il.

— Je l'ai senti, dit Hillary. Qu'y a-t-il ?

— Comment avez-vous trouvé mon numéro de téléphone ? demanda-t-il.

— Dans l'annuaire.

Dieu merci, se dit-il. Si elle avait deviné son numéro de téléphone à partir du néant, il se serait mis à croire à toutes sortes de choses. Il éprouvait tout de même un sentiment bizarre à lui parler au téléphone, à se la représenter, sosie presque parfait de sa femme qui était là, couchée à côté de lui, étreignant de ses bras l'oreiller, ses cheveux noirs répandus sur la taie. Teddy Carella était sourde-muette ; elle n'avait pas entendu le téléphone sonner ; elle n'entendait pas la conversation de Carella avec cette femme qui lui ressemblait tant. Il se demanda soudain si, au cas où Teddy aurait pu parler, elle aurait eu la même voix que Hillary Scott.

— Vous avez essayé de me joindre à la maison, n'est-ce pas ? dit-elle.

— Oui.

— J'y suis en ce moment, dit-elle. Je suis revenue chercher quelques vêtements. Le fluide était particulièrement fort autour du téléphone.

— Oui, bon, eh bien, dit-il. Pouvez-vous me dire où vous habitez en ce moment, au cas où j'aurais besoin de... ?

— Vous pouvez me joindre chez ma sœur, dit-elle. Elle s'appelle Denise Scott ; son numéro est Gardner 4-7706. Vous feriez mieux de le noter ; il n'est pas dans l'annuaire.

Il l'avait déjà noté.

— Et l'adresse ? demanda-t-il.

— 30117, Laster Drive. Qu'est-ce que vous vouliez, inspecteur ?

— Le gardien qui est d'habitude de service de midi à six heures à Harborview m'a appelé hier soir. Jerry...

— Jerry Mandel, oui.

— Oui. Il m'a dit que M. Craig avait reçu une visite à cinq heures, le jour de sa mort. Un certain Daniel Corbett. Est-ce que ce nom vous dit quelque chose ?

Il y eut un silence sur la ligne.

— Miss ?

— Oui. C'est Daniel Corbett qui a édité *Ombres*.

— On me l'a décrit comme un homme assez jeune, aux cheveux noirs et aux yeux marron.

— Oui.

— Quand nous étions chez vous, hier, miss...

— Oui, je sais ce que vous allez dire. L'esprit que j'ai décrit.

— Un homme jeune, avez-vous dit. Cheveux noirs et

yeux marron. (Carella fit une pause.) Est-ce que vous aviez une raison de... ?

— C'est près du bureau que le fluide était le plus fort.

— En dehors du fluide.

— Il n'y a que le fluide, dit-elle.

— Mais vous connaissez Daniel Corbett ?

— Oui, je le connais.

— Est-ce que c'est en effet un homme jeune ?

— Trente-deux ans.

— Aux cheveux noirs et aux yeux marron ?

— Oui.

— Où puis-je le joindre, miss ?

— Chez Harlow House.

— Où est-ce ?

— C'est le nom de la maison d'édition. Harlow House. C'est à l'angle de Jefferson Avenue et de Lloyd Avenue.

— On est samedi. Est-ce que vous connaîtriez son numéro personnel ?

— Je suis sûre qu'il est dans le répertoire de Greg.

— Vous êtes dans la chambre ?

— Non, je suis dans le salon.

— Pourriez-vous aller dans la chambre me chercher ce numéro, s'il vous plaît ?

— Oui, bien sûr. Mais ce n'est pas Daniel que j'ai senti hier. Ce n'était certainement pas Daniel.

— Quand même...

— Oui, un instant, s'il vous plaît.

Il attendit. Près de lui, Teddy se retourna, s'étira, s'assit dans le lit et regarda dans la chambre en clignant des yeux. Elle portait la chemise de nuit couleur crème qu'il lui avait offerte pour son anniversaire. Elle s'étira, lui sourit, puis l'embrassa sur la joue et sauta hors du lit pour se diriger vers la salle de bains. Pas de culotte.

Deux petits bouts de fesses apparaissaient sous la dentelle qui bordait l'ourlet de la chemise de nuit courte. Il la regarda traverser la pièce, oubliant un instant qu'elle était sa propre femme.

— Allô ! dit Hillary.

— Oui, je suis là.

La porte de la salle de bains se referma. Il reporta toute son attention sur le médium, au bout du fil.

— J'ai trouvé deux numéros à son nom, dit Hillary. Un à Isola, l'autre à Gracelands. Il a une maison là-bas où il passe le week-end.

— Donnez-moi les deux numéros, s'il vous plaît. (Dans la salle de bains, il entendit la chasse d'eau, puis le robinet du lavabo. Il nota les deux numéros et dit :) Merci, miss, je vous rappellerai.

— Ce n'était pas Daniel, dit-elle avant de raccrocher.

Teddy sortit de la salle de bains. Elle avait les cheveux ébouriffés par le sommeil, son visage sans maquillage était pâle, mais ses yeux noirs étaient vifs et pétillants. Il la regarda revenir vers le lit et, pour la millième fois peut-être, il bénit la chance extraordinaire qui lui avait fait rencontrer cette femme, il y avait déjà plus d'années qu'il ne voulait s'en rappeler. Elle n'était plus la jeune fille d'alors mais si, à l'âge qu'elle avait, elle n'avait plus un corps de vingt ans comme Hillary Scott, ses seins étaient restés fermes, ses jambes longues et souples, et elle surveillait son poids avec un œil d'aigle. Elle vint se blottir contre lui tandis qu'il composait le premier des deux numéros que Hillary lui avait donnés. La main de Teddy se glissa sous les couvertures.

— Allô ! dit une voix d'homme.

— Monsieur Corbett ?

— Oui ?

La voix avait une intonation quelque peu agacée.

Carella se rendit compte qu'il n'était pas encore neuf heures, un samedi matin — et le grand week-end qui précédait Noël, encore. Sous les couvertures, la main de Teddy s'aventurait en terrain familier.

— Je suis désolé de vous déranger si tôt. Je suis l'inspecteur Carella, du commissariat 87. J'enquête sur le meurtre de Gregory Craig.

— Ah ! oui, dit Corbett.

— Je voudrais savoir si je pourrais passer vous voir tout à l'heure, dit Carella. Je voudrais vous poser quelques questions.

— Oui, bien entendu.

Carella consulta le réveil, sur la table de nuit.

— Est-ce que dix heures vous conviendrait ?

Auprès de lui, Teddy, qui avait lu sur ses lèvres, secoua la tête.

— Ou onze heures, corrigea Carella, comme vous préférez.

— Je préfère onze heures, dit Corbett.

— Pourriez-vous me donner votre adresse, s'il vous plaît ?

Corbett la lui donna. Pendant que Carella la nota, la main de Teddy se faisait plus pressante.

— Alors à tout à l'heure, onze heures, dit-il, merci beaucoup, et il raccrocha avant de se tourner vers elle.

— Il faut d'abord que j'appelle Cotton, dit-il.

Elle leva les yeux au ciel.

— Je n'en ai que pour une minute.

Elle le lâcha aussi brusquement qu'elle l'avait saisi et, avec un soupir, elle se renversa contre l'oreiller, les mains derrière la tête, les couvertures repoussées sur les cuisses, la chemise de nuit négligemment relevée et découvrant un triangle de poils noirs au-dessous de l'ourlet.

— Cotton, dit-il, j'ai pris rendez-vous avec Daniel Corbett à onze heures. Il habite dans le Quarter. Est-ce que tu peux m'y retrouver ?

— Comment l'as-tu trouvé ? demanda Hawes.

— C'est Fantômette qui a appelé.

— Comme ça, par hasard ?

— Fluide. Tu veux bien noter ? dit Carella avant de lui dicter l'adresse. Onze heures.

— A tout à l'heure, dit Hawes avant de raccrocher.

Carella raccrocha et se retourna vers Teddy. Elle avait toujours les mains derrière la tête ; elle arborait une expression de profond ennui.

— Bon, dit-il.

Elle s'assit tout d'un coup. Ses mains s'agitèrent dans l'espace. Il regarda ses doigts pour lire les mots qu'ils formaient, et se mit à sourire.

— Comment ça, tu as la migraine ? dit-il.

Les mains bougèrent de nouveau, fluides et rapides.

« Ça me donne toujours la migraine que les gens passent trop de temps au téléphone », dit-elle.

— Je ne suis plus au téléphone, dit-il.

Elle haussa les épaules.

— Alors, qu'est-ce que tu en dis ?

Elle haussa de nouveau les épaules.

— Tu n'as pas envie de batifoler un peu ? demanda-t-il en souriant.

Les yeux de Teddy se voilèrent sous ses paupières, imitant ceux des anciennes vedettes du cinéma muet. Elle se passa la langue sur les lèvres. Elle descendit une bretelle de sa chemise de nuit pour dévoiler un sein. Ses mains parlèrent de nouveau.

« Je veux batifoler beaucoup, mon grand », dit-elle en s'humectant de nouveau les lèvres avant de se précipiter dans les bras de Carella.

En ce samedi qui précédait Noël, le Quarter était bourré de gens qui faisaient leurs courses de dernière minute, qui encombraient les trottoirs et prenaient les boutiques d'assaut, à la recherche d'occasions introuvables. Il y avait eu un temps, quelques décennies plus tôt seulement, où cette partie de la ville passait encore pour le quartier des artistes, et où l'on pouvait y trouver de beaux tableaux, des sculptures, des bijoux artisanaux en argent et en or, des articles de cuir aussi beaux qu'à Florence, des livres d'art, des chemisiers et des tuniques brodées au Mexique, des poteries et des plantes exotiques — le tout à des prix raisonnables. Cette époque-là était bel et bien révolue. Il n'était plus possible de dénicher dans le Quarter une mansarde pour y crever de faim. Il n'était plus possible de trouver le moindre article de qualité sinon à un prix exorbitant. Depuis toutes ces années, il avait changé de nom, et la particularité de ce quartier s'était évanouie en même temps ; le Quarter n'était plus qu'une attraction de plus pour les touristes, dans cette ville qui tendait ses pièges comme un trafiquant de fourrure. Mais les clients venaient tout de même, toujours pleins de l'espoir de dénicher quelque chose qu'ils ne pourraient pas trouver dans les boutiques de cadeaux qui bordaient Hall Avenue, dans le centre.

Comme partout ailleurs dans la ville, les lampadaires étaient à présent ornés de guirlandes lumineuses et de branches de sapin et de houx. Les devantures des boutiques étaient barbouillées de nuages de peinture blanche censés imiter le givre. Derrière les vitrines, des couches de coton semées de paillettes bleues cherchaient à rappeler le souvenir de prés couverts de neige. Les énormes sapins de Noël des places et des squares du quartier étaient décorés d'ampoules qui luisaient faiblement dans la lumière triste de cette fin de matinée. Le ciel était redevenu nuageux, et la neige entassée dans les caniveaux était devenue la couleur dominante de la ville : un gris sale. Les trottoirs n'avaient été dégagés qu'en partie de la dernière chute de neige, et il fallait contourner de traîtresses plaques de verglas. Rien ne décourageait ces clients avides. Ils allaient de l'avant comme un saumon qui remonte le courant pour s'accoupler dans l'eau glacée.

Daniel Corbett habitait dans l'une des rares venelles qui subsistaient. Une grille ouvragée en fer forgé noir entourait une petite cour pavée d'ardoise qui menait à une porte d'entrée cachée dans une allée protégée de la rue par une haie de pins d'Australie. La porte était peinte en orange vif et il y avait un gros heurtoir en cuivre. Si la porte s'était trouvée près du trottoir, ce heurtoir aurait été volé en moins de deux minutes. Même ainsi, Carella estima que Corbett courait un gros risque à le laisser là, comme une éclatante tentation. Il souleva la lourde pièce de cuivre et la laissa retomber. Une fois, deux fois, encore une fois. Hawes le regarda.

— Il sait qu'on devait venir, n'est-ce... ?

La porte s'ouvrit.

Daniel Corbett était un homme jeune et beau aux cheveux noirs et raides et aux yeux marron, au nez aquilin sorti tout droit de l'*Histoire de la décadence et de la chute de l'empire romain*, à la bouche extraite du *Fil du rasoir*, à la mâchoire issue du *Rocher de Brighton*. Il portait en outre un veston d'intérieur rouge à col de velours noir sorti tout droit des *Grandes Espérances*. Un homme très littéraire, en somme.

— Monsieur Corbett ? demanda Carella.

— Oui.

— Inspecteurs Hawes et Carella, dit-il en montrant sa plaque.

— Oui, entrez, je vous en prie, dit Corbett.

L'intérieur confirmait pleinement ce que l'apparence de Corbett promettait. L'entrée aux murs lambrissés donnait sur une bibliothèque tapissée de rayons qui supportaient le poids des dix dernières années de publications d'une maison d'édition, sinon plus. Des livres revêtus de jaquettes de toutes les couleurs de l'arc-en-ciel ajoutaient une note joyeuse à la chaleur des lambris en noyer. Des livres à reliure de cuir apportaient une touche d'éternité. Dans le foyer brûlait un feu dont les flammes jaune, rouge et bleu venaient certainement d'un produit chimique qui imprégnait les bûches. Dans un coin de la pièce, il y avait un sapin décoré de boules de verre allemandes et de guirlandes électriques fabriquées à Hong Kong. Corbett alla chercher la pipe allumée qu'il avait posée dans un cendrier près d'un fauteuil de cuir rouge. Il la prit, en tira une bouffée et dit :

— Asseyez-vous, je vous en prie.

Carella chercha des yeux le docteur Watson, mais sans le voir nulle part. Il s'assit dans l'un des deux fauteuils capitonnés qui faisaient face au fauteuil de cuir rouge. Il avait envie de sonner pour qu'on lui apporte son thé. Il avait envie de retirer ses chaussures pour enfiler ses pantoufles de velours. Il avait envie de préparer une dinde de Noël. Il avait envie d'attendre ici le 25 décembre. Hawes s'installa dans l'autre fauteuil. Corbett, en tant que maître de maison, s'assit dans le fauteuil en cuir rouge et tira sur sa pipe.

— Bon, dit-il.

— Bon, dit Carella. J'en viendrai droit au fait, monsieur. Jeudi après-midi, vers cinq heures — environ deux heures avant la découverte du cadavre de M. Craig —, un homme s'est présenté à Harborview sous le nom de Daniel Corbett...

— Quoi ? s'écria Corbett, qui faillit lâcher sa pipe.

— Oui, il s'est annoncé au gardien, en bas. Le gardien a appelé M. Craig, qui lui a dit de faire monter ce Corbett. Ce Corbett répondait au signalement...

— Daniel Corbett ?

— ... d'un homme jeune, aux cheveux noirs et aux yeux marron.

— Incroyable, dit Corbett.

— Hum ! dit Carella. Où étiez-vous jeudi à cinq heures de l'après-midi ?

— Au bureau, dit Corbett.

— Chez Harlow House ?

— Chez Harlow House.

— Avec quelqu'un ?

— Seulement le personnel au complet. C'était notre petite fête de Noël, comme chaque année.

— A quelle heure cette fête a-t-elle commencé, monsieur ? demanda Hawes.

— A trois heures.

— Pour se terminer quand ?

— Vers sept heures et demie.

— Vous êtes resté là tout le temps ?

— Oui.

— Avec une personne en particulier ou avec l'ensemble du personnel ?

— J'ai passé un certain temps avec des personnes qui peuvent témoigner de ma présence.

— Qui sont ces personnes ? demanda Carella. Pouvez-vous nous donner leurs noms ?

— Eh bien... une personne en particulier.

— Qui ?

— Une des directrices de nos collections de livres pour la jeunesse, elle s'appelle Priscilla Lambeth.

— Est-ce que vous étiez avec elle à cinq heures ?

— Oui, je crois qu'il était cinq heures.

— Et vous dites qu'elle le confirmera ?

— Eh bien... je n'en suis pas sûr.

— Pourquoi ?

— Elle est mariée, vous comprenez.

— Et alors ?

— Alors elle ne tiendrait peut-être pas à reconnaître qu'elle se trouvait dans une situation... quelque peu compromettante.

— En quoi la situation était-elle compromettante ? demanda Hawes.

— J'étais en train de la sauter sur le canapé de son bureau, dit Corbett.

— Ah ! dit Hawes.

— A cinq heures ? s'enquit Carella.

— A cinq heures, et de nouveau à six heures.

— Est-ce que vous connaissez son numéro de téléphone personnel ?

— Vous n'avez quand même pas l'intention de l'appeler ? dit Corbett.

— Nous pouvons lui rendre visite, si vous préférez.

— Vraiment, messieurs...

— Monsieur, l'un des auteurs de votre maison s'est fait tuer jeudi dernier, et un homme répondant à votre signalement et qui s'est présenté sous votre nom était présent sur les lieux du crime deux heures avant la découverte du corps. C'est grave, monsieur. Nous ne voudrions pas briser un mariage heureux, mais à moins que Mme Lambeth ne puisse confirmer que vous étiez bien avec elle à cinq heures, et non pas en train de monter chez Craig...

— Son numéro est Higley 7-8021.

— Nous pouvons prendre votre téléphone ?

— Oui, bien entendu, dit Corbett en désignant un appareil posé sur un coin de la bibliothèque.

Carella décrocha, composa le numéro que Corbett venait de lui donner et attendit. Corbett l'observait, l'air tendu ; il avait pâli. A la cinquième sonnerie, une femme répondit.

— Allô ! dit-elle.

Elle avait une petite voix, à peine audible, la voix d'une directrice de collection de livres pour la jeunesse.

— Madame Lambeth ? demanda Carella.

— Oui ?

— C'est l'inspecteur Carella, j'enquête sur le meurtre de Gregory Craig. J'aimerais vous parler quelques instants en particulier. Etes-vous seule ?

— Oui.

— Nous sommes en compagnie de Daniel Corbett...

— Ah !

— Un de vos collègues...

— Ah !

— Et il nous a dit que vous pouviez nous confirmer l'endroit où il se trouvait à cinq heures jeudi après-midi.

— Ah !

— Est-ce le cas ?

— Je... sans doute, dit-elle, hésitante. Où était-il, d'après lui ?

— Où était-il, d'après vous, madame ?

— Dans mon bureau, je crois.

— Il y était ou il n'y était pas ?

— Oui, je crois qu'il y était.

— A cinq heures ?

— Eh bien... vers quatre heures et demie, je crois. C'est difficile à se rappeler avec précision.

— Vous êtes allés ensemble dans votre bureau à quatre heures et demie, c'est ça ?
— Vers quatre heures et demie, oui.
— Combien de temps y êtes-vous restés ?
— Jusque vers six heures et demie. C'est ce qu'il vous a dit ?
— Oui, c'est ce qu'il nous a dit.
— A propos de la réunion dans mon bureau ?
— Hum, dit Carella.
— Eh bien parfait, dit-elle avec un soulagement manifeste. Est-ce que c'est tout ?
— Pour le moment, oui.
— Ah ! (Elle hésita.) Est-ce que ça veut dire que vous allez rappeler ?
— Peut-être.
— J'aimerais mieux que vous me rappeliez au bureau, la prochaine fois, dit-elle. Mon mari n'aime pas que je m'occupe de mon travail quand je suis à la maison.
« Je veux bien le croire ! » songea Carella sans rien dire.
— Le numéro du bureau est Carrier 2-8100. Poste 42.
— Merci, dit Carella.
— N'appelez plus ici, s'il vous plaît, dit-elle avant de raccrocher.
— Alors ? demanda Corbett.
— Ouais, dit Carella. A votre avis, qui est allé à Harborview en se faisant passer pour vous ?
— Je n'en ai aucune idée.
— Que vous soyez le directeur littéraire de Craig est un fait connu ?
— Dans l'édition, sans doute.
— Mais en dehors de l'édition ?

— En dehors de l'édition, je ne pense pas que beaucoup de monde le sache.

— Y a-t-il des journaux ou des magazines qui ont écrit que vous étiez son directeur littéraire ?

— Eh bien, oui, j'y pense. Il y a eu un article sur Greg dans le magazine *People*. On me citait, et il y avait même une photo de nous deux ensemble.

— Il est donc tout à fait possible que quelqu'un qui n'est pas dans l'édition...

— Oui, sans doute.

— Depuis combien de temps connaissez-vous Priscilla Lambeth ? demanda soudain Hawes.

— Pas longtemps.

— Mais combien de temps ?

— Elle est dans la maison depuis peu de temps.

— Mais depuis combien de temps ?

— Elle est entrée chez Harlow House cet automne.

— Est-ce depuis ce moment que vous entretenez des relations intimes ?

— En quoi est-ce que ça vous regarde ? dit Corbett, montant soudain sur ses grands chevaux.

— Nous n'avons que sa parole pour confirmer l'endroit où vous vous trouviez jeudi après-midi à cinq heures, monsieur. Si votre liaison dure depuis longtemps...

— Non.

— Jeudi, c'était la première fois, hein ? dit Hawes.

— Je trouve ça gênant, dit Corbett.

— Moi aussi, dit Hawes. Est-ce que c'était la première fois ?

— Non.

— Vous aviez déjà eu des relations avec elle ?

— Oui.

— Souvent ?

— C'est le mois dernier que ça a commencé, dit Corbett en soupirant.

— Combien de fois l'avez-vous revue depuis ?

— Deux ou trois fois.

— C'est tout ?

— Oui. Ce n'est rien de sérieux, si c'est ce que vous insinuez. Priscie n'a aucune raison de me fournir un alibi. Et je n'ai d'ailleurs pas besoin d'alibi. Je n'étais pas du côté de chez Greg jeudi. J'étais exactement là où je vous ai dit que j'étais, dans le bureau de Priscie, sur le canapé de Priscie.

— Ce n'était pas un peu risqué ?

— Pendant une fête de Noël, rien n'est risqué.

— Ce n'était donc qu'une simple passade, c'est ça ? dit Hawes.

— Si vous voulez appeler ça comme ça.

— Et vous, comment voulez-vous appeler ça, monsieur ?

— C'est une passade, oui.

— Quelles étaient vos relations avec Craig ? demanda Carella.

— Professionnelles.

— C'est-à-dire ?

— C'est-à-dire qu'il m'a envoyé un manuscrit, que j'ai lu, qui m'a plu et que j'ai recommandé d'acheter. Je l'ai aidé à le retravailler et Harlow House l'a publié.

— C'était il y a combien de temps ?

— Nous l'avons publié il y a un an et demi. Il était au programme pour l'été.

— Quand aviez-vous reçu le manuscrit ?

— Une dizaine de mois plus tôt.

— Par l'intermédiaire d'un agent littéraire ?

— Il n'a pas d'agent. C'est arrivé à l'intention d'un directeur de collection qui ne fait plus partie de la maison. J'ai tout de suite reconnu le nom de l'auteur, bien entendu ; j'avais lu deux de ses romans pendant mes études.

— Mais ce n'était pas un roman.

— Non. Un ton très différent. Rien à voir avec ce qu'il avait écrit jusque-là. J'ai tout de suite adoré...

— Quand vous dites que vous l'avez aidé à le retravailler...

— Il n'y a pas eu grand-chose à faire. Quelques inadvertances : des yeux bleus à la page douze qui devenaient verts à la page trois cent un, de petites coupures ici ou là, mais la majeure partie était propre. J'aimerais bien que tous les manuscrits soient aussi propres.

— Et vos relations ne sont pas allées plus loin ?

— Si, il travaillait à un autre livre quand... quand il a été tué. Nous avions échangé pas mal de lettres à ce propos, et beaucoup, beaucoup de coups de téléphone. Il traversait une passe difficile.

— Vous vous rencontriez ?

— Nous déjeunions ensemble, oui.

— A quand remonte la dernière fois ?

— Oh ! il y a une quinzaine de jours, je dirais.

— Est-ce qu'il vous a dit qu'il avait des difficultés avec son nouveau livre ?

— Oui, c'est pour ça que nous avions rendez-vous.

— Que lui avez-vous conseillé ?

— Qu'est-ce qu'un directeur littéraire peut conseiller ? Il avait déjà eu un passage à vide, entre son dernier roman et *Ombres*. Je lui ai dit que l'inspiration reviendrait cette fois encore.

— Est-ce qu'il vous a cru ?

— Il a eu l'air de me croire.

— Monsieur, dit Carella, il y avait une feuille de papier engagée dans la machine à écrire de Craig, et il m'a semblé — je ne suis pas du métier, je peux me tromper — mais il m'a semblé que c'était le début d'un livre. Et même le premier paragraphe.

— Je ne pense pas, non, dit Corbett en secouant la tête.

— Je ne m'en souviens pas exactement, mais je suis sûr qu'il s'agissait de la première fois qu'il était dans une maison...

— Ah ! oui ? Mais vous voyez, Greg compilait des cas particuliers pour faire un livre. A propos d'événements prétendus paranormaux.

— Prétendus ?

— Eh bien... vous savez... dit Corbett en souriant. Ce que vous avez vu sur sa machine à écrire n'était peut-être que le début d'un chapitre du livre.

— Depuis combien de temps y travaillait-il ?

— Depuis un an à peu près.

— Combien de chapitres avait-il écrits ?

— Quatre.

— En un an ?

— Je vous ai dit qu'il avait des difficultés. Il passait son temps à réécrire plusieurs fois. Ça ne venait pas comme il l'aurait voulu, c'est tout. Ce n'était pas facile d'écrire après *Ombres*, croyez-moi. Greg n'avait pas une aussi grande habitude du récit que du roman. En terrain inconnu, vous voyez ce que je veux dire ? Même pas sûr qu'*Ombres* n'ait pas été un coup de pot.

— C'est lui qui vous l'a dit ?

— Ce n'était pas nécessaire. C'était un homme pétri d'incertitudes.

— Est-ce qu'il vous a parlé d'autre chose qui le tracassait ?

— Non, rien.

— Pas de lettres ni de coups de téléphone de menaces ?

— Rien.

— Des appels de plaisantins ?

— Tous les auteurs du monde en reçoivent.

— Est-ce qu'il vous en a parlé ?

— Pas particulièrement, non. Mais je sais qu'il a fait changer son numéro de téléphone le mois dernier, alors je suppose que c'était le cas.

— Eh bien, merci, dit Carella. Il est possible que nous ayons encore besoin de vous joindre, monsieur, alors...

— Ne quittez pas la ville, hein ? dit Corbett en souriant. A mes débuts dans l'édition, je publiais des romans policiers.

— Ce n'est pas ce que j'allais dire, dit-il.

— Qu'est-ce que vous alliez dire ?

— J'allais dire... (Carella hésita.) Si, c'est ce que j'allais dire, dit-il.

Dehors, pendant qu'ils se dirigeaient vers la voiture de Carella, Hawes dit :

— Ce n'est pas vraiment ce que tu allais dire, n'est-ce pas ?

— Si, si.

— De ne pas quitter... la ville ?

— En substance.

Il recommençait à neiger. Une fois à la voiture, Carella ouvrit la porte du côté du trottoir puis fit le tour jusqu'au siège du conducteur. Hawes se pencha pour relever le bouton de fermeture. Carella se mit au volant, remonta le pare-soleil orné d'un panneau POLICE écrit à la main et fit démarrer la voiture. Ils attendirent que le radiateur y apporte un peu de chaleur.

— Qu'est-ce que tu en penses ? demanda Hawes.

— Je pense qu'il faudrait vérifier auprès d'autres per-

sonnes de Harlow House. Ça ne me plaît pas de n'avoir que son témoignage à elle, et toi ?

— Non, mais d'un autre côté, elle est mariée et elle s'est fait culbuter dans son bureau, alors ça m'étonnerait qu'elle mente, non ?

— A moins que ce ne soit plus sérieux que la simple passade dont il parle, auquel cas elle aurait pu mentir pour le protéger.

— Peut-être, dit Hawes. Mais à mon avis, Steve, c'est une simple passade.

— Comment ça ?

— Si c'est plus qu'une passade, on ne dit pas qu'on « sautait » quelqu'un. On dit qu'on faisait l'amour, ou qu'on était seul avec elle, ou qu'on était dans l'intimité, ou je ne sais pas quoi. Mais on ne dit pas qu'on la sautait sur le canapé. C'est une passade, Steve. Crois-moi, c'est une passade.

— Bon, c'est une passade.

— Et d'ailleurs, s'il était allé tuer Craig, pourquoi aurait-il donné son nom au gardien ? Pourquoi n'aurait-il pas dit qu'il était du *Time*, de *Newsweek* ou de la *Saturday Review ?* Pourquoi donner son vrai nom ?

— Pour que Craig le laisse monter.

— Et pour que le gardien s'en souvienne ensuite ? Non, non.

— Peut-être que ce n'est pas dans l'intention de tuer Craig qu'il est allé là-bas. Peut-être qu'ils se sont disputés...

— Le meurtrier a apporté un couteau, dit Hawes.

— Ouais.

— Alors ?

— Alors qu'est-ce que tu veux que je te dise ? dit Carella en essuyant la buée du pare-brise avec son gant. (Il resta songeur un moment.) Bon, dit-il, voici ce que je

pense. Je pense qu'on devrait appeler Jerry Mandel à Mount Semanee pour lui demander de rentrer tout de suite. Je veux organiser une séance de retapissage avec Daniel Corbett. En attendant, puisqu'on est si près du tribunal, je pense qu'on devrait essayer d'obtenir un mandat pour fouiller son appartement. On a volé pour plus de quatre-vingt-trois mille dollars de bijoux chez Craig, et ce n'est pas facile de se débarrasser de ce genre de camelote quand on est dans l'édition et pas un habitué des fourgues. Qu'est-ce que tu en dis ?

— Je dis que j'ai faim, dit Hawes.

Ils s'arrêtèrent pour prendre un déjeuner léger dans un restaurant chinois de Cowper Street puis se rendirent au palais de justice, dans High Street. Le juge auquel ils présentèrent une requête écrite rechigna à leur délivrer un mandat sur la seule foi d'une simple conversation téléphonique avec un gardien, mais Carella fit remarquer que quelqu'un qui s'était fait annoncer sous le nom de Daniel Corbett avait été présent sur les lieux du crime dans les heures où celui-ci avait été commis, et que le temps était un facteur essentiel pour retrouver les bijoux avant qu'on ait pu s'en défaire. Ils échangèrent des arguments pendant un bon quart d'heure. Au bout de tout ce temps, le juge dit :

— Inspecteur, je ne peux que constater que vous n'avez pas de raisons solides de mener une perquisition. Même si je vous accordais ce mandat, il ne pourrait qu'être contesté par la suite, quand l'affaire passera en jugement. Requête rejetée.

Dans l'ascenseur et jusque dans la rue, Carella ne cessa pas de maugréer en lui-même. Hawes lui fit remarquer que l'avantage, dans un régime démocratique, c'était qu'on protégeait avec tant de scrupules les droits des citoyens, mais Carella répondit :

— Les droits des criminels aussi.

Ils en restèrent là.

Ils firent chou blanc aussi avec Jerry Mandel. Un coup de fil à Three Oaks Lodge, à Mount Semanee, leur apprit que Mandel était parti le matin même chercher ailleurs un meilleur enneigement. Carella dit au concierge que si Mandel voulait de la neige, il y en avait plus qu'il n'en fallait en ville. Il en était déjà tombé plus de quinze centimètres, et il neigeait toujours. Le concierge dit :

— Envoyez-nous-en ; ici, on en a bien besoin.

Carella raccrocha.

4

Le premier appel de dingue arriva cet après-midi-là à deux heures et demie, prouvant, à la satisfaction de Carella, que tous les auteurs n'étaient pas les seuls au monde à en recevoir, il y avait sans doute aussi tous les flics. Il s'agissait d'une femme qui déclara s'appeler miss Betty Aldershot et habiter au 782, Jackson Street, juste en face de l'ensemble de Harborview. Elle affirma qu'à sept heures moins vingt-cinq exactement, jeudi soir, en regardant dans la rue par la fenêtre, elle avait vu un homme et une femme se battre dans la neige. Carella ne savait pas qu'il s'agissait d'un appel de dingue ; il ne le savait pas encore. Il disposa un bloc-notes sur son bureau et prit un crayon.

— Oui, miss, je vous écoute, dit-il. Pouvez-vous me décrire cet homme ?

— C'était Superman, dit-elle.

— Superman ?

— Oui. Il portait un justaucorps bleu et une cape rouge.

— Je vois, dit Carella.

— Il a sorti un grand pénis rouge qu'il lui a enfoncé dans le corps.

— Je vois.

— Un pénis de surhomme, dit-elle.
— Hum ! Eh bien, miss, merci pour...
— Et puis il s'est envolé. Par-dessus les immeubles. Son pénis toujours sorti.
— Hum ! Eh bien, parfait, merci beaucoup.
— Vous ne l'attraperez jamais, dit-elle en se mettant à glousser. Il va aussi vite qu'une balle, et elle raccrocha.
— Qui était-ce ? demanda Meyer Meyer de son bureau.
Il était coiffé du chapeau qu'il avait pris l'habitude de porter à l'intérieur comme à l'extérieur, un chapeau à carreaux qui dissimulait sa calvitie et lui donnait l'impression d'être Sherlock Holmes. A peine une semaine plus tôt, les hommes de la brigade s'étaient demandé s'il le portait au lit. Hal Willis avait avancé que la femme de Meyer, Sarah, aimait se faire culbuter par des chauves coiffés d'un chapeau à carreaux. D'un chapeau à carreaux et de porte-jarretelles noirs, avait dit Bert Kling. Rien d'autre. Rien qu'un chapeau à carreaux et des porte-jarretelles noirs. Et un gros machin, avait dit Hawes. Très drôle, avait dit Meyer.
— C'était la mère de Superman, dit Carella.
— Ouais ? Comment se porte-t-elle ?
— A merveille. J'ai essayé de joindre Danny Gimp. Est-ce qu'il a changé de numéro ou quoi ?
— Pas que je sache, dit Meyer. Dis donc, qu'est-ce qu'on fait, pour lundi ?
— J'ai l'intention de résoudre cette affaire ce soir, dit Carella.
— C'est ça, avec Superman. Sérieusement. Si tu as l'intention de passer la ville au peigne fin, laisse-moi libre pour Hanoukka.
— Donne-moi jusqu'à minuit, dit Carella en composant une nouvelle fois le numéro de Danny Gimp.

Toujours pas de réponse. Il n'aimait pas faire appel à Fats Donner, mais il y avait pour plus de quatre-vingt-trois mille dollars de bijoux volés qui se promenaient quelque part dans la ville, et un butin pareil n'avait pas pu passer inaperçu dans le milieu. Il appela chez Donner et écouta la sonnerie à l'autre bout :

— Donner, dit une voix.

— Fats, c'est l'inspecteur Carella.

— Tiens, comment ça va ? dit Donner. Qu'est-ce qui se passe ?

Il avait une voix onctueuse et huileuse ; elle faisait surgir dans l'esprit de Carella l'image de l'énorme type pleurnichard qui était l'indicateur favori de Hal Willis — mais pour la seule raison que Willis avait de quoi l'envoyer passer vingt ans en prison. Fats Donner avait en effet un penchant pour les fillettes, et à cause de cette charmante obsession, il s'aventurait sans cesse sur la glace trop mince de l'illégalité. Carella imaginait ses doigts adipeux tenant le combiné ; il imaginait les mêmes doigts adipeux sur les seins naissants d'une fillette de treize ans. Cet homme le dégoûtait, mais le meurtre le dégoûtait encore plus.

— Jeudi soir, on a volé quelque chose comme quatre-vingt mille dollars de bijoux à l'occasion d'un meurtre, dit Carella. Tu en as entendu parler ?

Donner émit un léger sifflement. A moins que ce ne fût sa respiration.

— Quel genre de camelote ? demanda-t-il.

— Un peu de tout, je vais te lire la liste dans un instant. En attendant, est-ce qu'il y a eu des rumeurs à ce propos ?

— Pas dont j'aie eu vent, dit Donner. Jeudi soir, vous dites ?

— Le 21.

— On est déjà samedi. Possible qu'ils soient déjà fourgués.

— Possible.

— Je vais laisser traîner mes oreilles, dit Donner. Mais ça va vous coûter du fric.

— Tu débattras du prix avec Willis, dit Carella.

— Willis est radin. C'est Noël ; j'ai des cadeaux à faire. Je suis un être humain, moi aussi, vous savez. Vous me demandez de sortir dans le froid et la neige pour essayer d'apprendre quelque chose, alors que je devrais être à la maison à décorer mon sapin.

— Pour toutes tes petites filles ? demanda Carella, et il y eut un silence sur la ligne.

— Eh bien, d'accord, je discuterai du prix avec Willis. Mais je veux quelque chose, même si je ne trouve pas de tuyau. C'est Noël.

— Parles-en avec Willis, dit Carella avant de lui lire la liste des objets volés.

— Ça fait un bon tas de camelote, ça, dit Donner. Je vais voir ce que je peux faire, et il raccrocha.

Carella essaya le numéro de Danny Gimp. Toujours pas de réponse. Il hésita à appeler Gaucho Palacios, mais il ne pensait pas qu'un aussi gros coup reviendrait aux oreilles du Cow-boy. La pendule murale de la permanence indiquait trois heures dix de l'après-midi. Il ne savait plus quoi faire. Il ne pouvait pas organiser de séance d'identification de Corbett avant le retour de Mandel en ville, le lendemain de Noël. Il n'avait pas obtenu de mandat de perquisition pour chercher les bijoux volés chez Corbett et il n'aurait aucun tuyau sur ces bijoux avant que Donner ne le rappelle — si jamais il le rappelait. Il alla voir Miscolo, au bureau des secrétaires, pour lui demander de faire photocopier la liste des bijoux volés en vue de la faire distribuer chez tous les prêteurs sur gages de la ville, sachant pourtant fichtre bien qu'ils seraient fermés le lendemain et le lundi, ce qui remettait tout au mardi, quand Mandel serait de retour. Il revint à son bureau, composa le numéro de Three Oaks Lodge, à Mount Semanee, et demanda à parler au directeur. Il neigeait toujours. A l'autre bout de la pièce, Cotton Hawes établissait un horaire des meurtres du jeudi soir. Carella attendit.

— Allô ! dit une voix de femme.

— Allô ! c'est l'inspecteur Carella, du commissariat 87, à Isola, dit Carella. J'ai eu quelqu'un de chez vous tout à l'heure, qui m'a dit que Jerry Mandel était parti ce matin...

— Oui ?

— La personne sur qui je suis tombé n'avait aucune idée de l'endroit où M. Mandel s'était rendu. Je me demandais...

— Je n'en ai aucune idée non plus, dit la femme.

— Qui est à l'appareil, s'il vous plaît ?

— Mme Carmody, la directrice.

— Y a-t-il eu d'importantes chutes de neige dans la région, ces derniers jours, madame ?

— Pas dans les environs, non. Il paraît qu'il a neigé en ville...

— Oui, et même en ce moment.

— Eh bien, peut-être en aurons-nous un peu plus tard dans la journée. Je l'espère, dit-elle.

— Quel serait l'endroit le plus proche où il y a de la neige ?

— Le plus proche de Semanee ?

— Oui. Si M. Mandel cherchait de la neige, où aurait-il pu en trouver ?

— Pas avant le Vermont, dit Mme Carmody.

— Le Vermont.

— Oui. Il paraît qu'à Mount Snow, l'enneigement est excellent, tout comme à Bromley, Stratton, Sugarbush et Stowe. Ici, nous n'avons presque pas de neige, et c'est pareil dans le Massachusetts. A mon avis, il a dû aller dans le Vermont.

— Où ça, dans le Vermont ? Quelle est la station la plus proche de Semanee ?

— Mount Snow.

— Est-ce que c'est une station très fréquentée ? Est-ce qu'il y a beaucoup d'hôtels ?

— Je pense que vous plaisantez, dit Mme Carmody. Est-ce que vous aviez l'intention de le chercher là-bas ?

— L'idée m'en a traversé l'esprit, dit Carella.

— Si vous commenciez à appeler les hôtels de Mount Snow à l'instant même, vous ne verriez jamais le père Noël descendre dans la cheminée, dit-elle, et il fut certain qu'elle souriait à sa propre expression.

— Comment puis-je avoir une liste complète de tous les logements à louer là-bas ? demanda Carella.

— Est-ce que vous êtes sérieux ?

— Oui, madame, nous enquêtons sur un meurtre.

— Eh bien... Je pense que vous pouvez appeler l'office du tourisme de Mount Snow. Ils pourront peut-être vous renseigner.

— Merci, dit Carella avant de raccrocher.

Hawes s'approcha avec à la main l'horaire qu'il venait de taper.

— Voici comment je vois les choses, dit-il en tendant la feuille à Carella :

HORAIRE — AFFAIRES CRAIG ET ESPOSITO

JEUDI 21 DECEMBRE

17 h *Un homme prétendant s'appeler Daniel Corbett se présente à Harborview et monte après s'être fait annoncer par le gardien.*

18 h 15 *Lorsque Karlson prend la relève de Mandel à l'entrée, l'homme n'a pas encore quitté l'immeuble.*

18 h 40 *Appel d'urgence 911 d'un inconnu qui signale un blessé au pied du 781, Jackson Street.*

18 h 43 *La voiture Adam 11 arrive sur les lieux, la victime est une femme blanche, Marian Esposito âge : trente-trois ans, décédée.*

19 h 10 *Appel d'urgence 911 de Hillary Scott qui signale un meurtre dans l'appartement 304 du 781, Jackson Street.*

19 h 14 *Les inspecteurs déjà sur les lieux montent au 304. La victime est Gregory Craig, homme blanc, cinquante-quatre ans, décédé.*

— C'est à peu près ça, oui, dit Carella.

— Ça ne nous apprend pas grand-chose, n'est-ce pas ? dit Hawes.

— Pas grand-chose, dit Carella, mais c'est quand même utile de temps en temps d'avoir ça noir sur blanc, répondit Carella.

Il décrocha le téléphone et demanda à l'opératrice les renseignements du Vermont. Elle lui dit qu'il pouvait composer le numéro directement, mais il l'informa d'un ton irrité qu'il enquêtait sur un meurtre et qu'il aimerait bien qu'elle le fasse pour lui. Elle lui dit d'un ton sarcastique : « Oh ! je vous demande bien pardon », mais elle ne l'en connecta pas moins. Les renseignements du Vermont lui donnèrent le numéro de l'office du tourisme de Mount Snow, qu'il composa, tombant sur une charmante jeune femme qui lui apprit qu'il y avait cinquante-six hôtels, motels, auberges et pensions inscrits auprès de ce service dans un rayon de trente kilomètres autour de Mount Snow. Elle lui signala au passage que l'office ne répertoriait pas les établissements de moins de quatre chambres, qui étaient fort nombreux. Elle lui demanda s'il voulait qu'elle lui lise la liste complète, ainsi que le nombre de chambres de chaque établissement.

Carella hésita un instant avant de dire :

— Non, ça ne fait rien, tant pis, merci beaucoup, et il raccrocha.

Le second appel de dingue (à ce qu'il sembla du moins au premier abord) arriva vingt minutes après le premier. Il décrocha en disant :

— Commissariat 87, Carella.

— Ça a un rapport avec de l'eau, dit une voix de femme.

— Comment ?

— De l'eau, répéta la voix, qu'il reconnut tout à coup.

— Miss Scott ? dit-il.

— Oui. Le meurtre a un rapport avec de l'eau. Est-ce que je peux vous voir cet après-midi ? C'est vous qui êtes la source.

— Que voulez-vous dire ?

— Je ne sais pas encore très bien, mais c'est vous qui êtes la source. Il faut que je vous parle.

Il se rappela ce que la fille de Craig leur avait dit la veille : « Elle s'est noyée. Ils ont dit que c'était un accident. » De l'eau, songea-t-il pour demander aussitôt :

— Où serez-vous ?

— Chez ma sœur, dit-elle.

— Donnez-moi une demi-heure, dit-il.

— Je vous y attends, répondit-elle en raccrochant.

Quand elle lui ouvrit la porte, elle portait un peignoir court noué sur un collant ou des bas en nylon. Elle n'était pas maquillée ; sans rouge à lèvres, fond de teint ni ombre à paupières, elle ressemblait à Teddy encore plus qu'avant.

— Je suis désolée, dit-elle tout de suite. J'étais en train de m'habiller quand ma sœur a téléphoné. Entrez.

L'appartement se trouvait à Stewart City, un quartier d'Isola. Stewart City n'était ni une ville, ni même un village, mais un simple rassemblement d'immeubles cossus donnant sur le Dix, au sud de la ville proprement dite. Ceux qui pouvaient se targuer d'une adresse à Stewart City pouvaient aussi se targuer de revenus élevés, d'une résidence secondaire à Sands Spit et d'une Mercedes dans le garage, au sous-sol de l'immeuble. C'est avec un mélange de snobisme et d'orgueil qu'ils pouvaient donner leur adresse. Il ne restait que peu d'endroits, dans cette ville (voire dans le monde), où l'on pût en faire autant. Comme il convenait à ce quartier, la décoration de l'appartement de la sœur de Hillary était coûteuse, mais sans ostentation ; l'impression qu'il fit à Carella fut de le mettre tout de suite mal à l'aise. L'arbre de Noël artificiel qui se dressait, tout blanc, dans un coin du salon augmenta ce sentiment de malaise. Dans le 87ᵉ, il avait l'habitude d'autre chose : les arbres de Noël étaient de vrais sapins et les moquettes (au contraire du véritable gazon qui poussait ici) étaient la plupart du temps tachées et élimées.

— Miss, dit-il, au téléphone, vous...

— Est-ce qu'il neige encore, dehors ? demanda-t-elle.

— Oui.

— J'ai un cocktail à cinq heures, dans le centre. Est-ce qu'il y a des taxis qui roulent ?

— Quelques-uns.

— Est-ce que je peux vous offrir un verre ? demanda-t-elle. Quelle heure est-il, à propos ?

— Quatre heures, répondit-il.

— Ce n'est pas trop tôt pour prendre un verre, n'est-ce pas ?

— Je n'en ai pas le droit, dit-il.

— C'est vrai, vous êtes en service, dit-elle. Vous permettez que j'en prenne un ?

— Mais je vous en prie.

Elle se dirigea vers un haut buffet contre le mur qui faisait face à l'arbre de Noël, et dont elle ouvrit toutes grandes les deux portes sur tout un assortiment de bouteilles. Elle se servit généreusement, prit dans un seau à glace deux glaçons qu'elle fit tomber dans le verre. Se retournant vers Carella, elle lui dit :

— A votre santé, joyeux Noël.

— A votre santé, répondit-il.

— Asseyez-vous, dit-elle. Je vous en prie

Son sourire ressemblait tant à celui de Teddy qu'il en fut décontenancé d'une manière bizarre. La femme qui se trouvait dans cet appartement aurait dû être chez lui, à Riverhead. Il aurait dû être en train de lui raconter la dure journée qu'il venait de passer, sollicitant sa compassion pour le pénible labeur du policier ; il aurait dû être en train de lui préparer un whisky et lui allumer un bon feu dans la cheminée. Au lieu de cela, il était ici pour parler d'eau.

— Alors, dit-il, et cette eau ?

Elle le regarda d'un air déconcerté avant de répondre :

— Non, merci, je le préfère avec de la glace.

Il la regarda, tout aussi déconcerté. Elle s'assit dans le fauteuil, en face de lui, et les pans de son peignoir s'écartèrent lorsqu'elle croisa les jambes. Elle les resserra aussitôt.

— Vous êtes sûr que vous n'en voulez pas ? demanda-t-elle.

— Certain.

— Elle en a peut-être pour un moment, vous savez.

— Je suis désolé, qu'est-ce que... ?

— Ma sœur. Je l'ai eue au téléphone il y a une demi-heure.

— Votre sœur ?

— Oui.

— Qu'est-ce qu'elle a à voir... ?

— Hillary, dit-elle.

— Hillary ? dit-il en clignant des yeux.

Comme il l'avait deviné depuis le début, cette bonne femme était bonne pour le cabanon.

— Je suis désolé, miss, mais je ne comprends pas ce que...

— Ma sœur jumelle, dit-elle.

Il la regarda. Elle souriait par-dessus le bord de son verre. Il eut l'impression qu'elle avait joué cette comédie de nombreuses fois et qu'elle l'avait appréciée à chaque fois.

— Je vois, dit-il.

— Je m'appelle Denise, dit-elle. Nous nous ressemblons beaucoup, vous ne trouvez pas ?

— Oui, dit-il, prudent, se demandant s'il y avait vraiment une sœur jumelle ou si Hillary s'amusait à le faire marcher aux frais de la municipalité. Vous dites que vous l'avez eue...

— Oui, il y a une demi-heure.

— Où était-elle ?

— Au bureau. Elle s'en allait. Mais avec cette neige...

— Ecoutez, dit-il, êtes-vous vraiment... ?

— Denise Scott, dit-elle en hochant la tête, oui. Laquelle de nous deux trouvez-vous la plus jolie ?

— Je ne saurais le dire, miss.

— C'est moi, dit-elle en éclatant de rire avant de se lever soudain pour retourner au buffet. (Il la regarda se servir un autre verre.) Toujours pas ? demanda-t-elle en levant son verre dans sa direction.

— Je suis désolé, je n'en ai pas le droit.

— Dommage, dit-elle en venant se rasseoir.

Cette fois, elle croisa les jambes avec plus de hardiesse. Quand les pans du peignoir se rouvrirent, il aperçut ses porte-jarretelles. Il détourna les yeux.

— J'ai des jumeaux, moi aussi, dit-il.

— Oui, Hillary me l'a dit.

— Je ne lui ai jamais parlé de...

— Pouvoir psychique, vous savez, dit Denise en se frappant la tempe de l'index.

— Et vous ? demanda-t-il.

— Non, non, mes talents s'exercent dans d'autres domaines, dit-elle en lui souriant. Est-ce que ça vous plaît que les porte-jarretelles reviennent à la mode ? demanda-t-elle.

— Je... n'y ai pas tellement réfléchi, dit-il.

— Réfléchissez-y, dit-elle.

— Je sais que vous avez un rendez-vous, miss, dit-il, alors si vous voulez vous préparer, je serai très bien ici.

— Mais il est hors de question que je vous laisse seul, dit-elle en se penchant soudain en avant pour attraper une cigarette dans le coffret posé sur la table basse.

La partie supérieure de son peignoir bâilla largement sur ses seins. Elle ne portait pas de soutien-gorge. Elle tint la pose un peu plus longtemps qu'il ne le fallait, la main tendue vers une cigarette, le regardant, et elle lui sourit tout à coup.

— Miss, dit-il en se levant, je reviendrai dans un petit moment. Quand votre sœur arrivera, dites-lui...

Il entendit une clef tourner dans la serrure, derrière lui. La porte s'ouvrit et Hillary Scott entra. Elle portait un manteau de ragondin par-dessus un chemisier blanc et une jupe rouge. Ses bottes marron foncé étaient mouillées. Son regard se posa sur Denise, toujours penchée au-dessus de la table basse.

— Va t'habiller, dit-elle. Tu vas prendre froid. (Elle s'adressa à Carella.) Je suis désolée d'être en retard. J'ai eu un mal de chien à trouver un taxi. (Elle regarda de nouveau sa sœur.) Denise ?

— Ravie d'avoir fait votre connaissance, dit Denise en se levant avant de ramener les pans du peignoir l'un sur l'autre et de resserrer la ceinture.

Carella la regarda sortir. La porte qui devait être celle de la chambre à coucher se referma sans bruit derrière elle.

— Vous ne saviez pas que nous étions trois, n'est-ce pas ? dit Hillary.

— Trois ?

— En comptant votre femme.

— Vous n'avez jamais vu ma femme, dit Carella.

— Mais nous nous ressemblons.

— Oui.

— Vous avez des jumeaux.

— Oui.

— La petite fille ressemble à votre femme. Elle est née en avril.

— Non, mais elle s'appelle April.

— Terry. C'est bien Terry ?

— Teddy.
— Oui, Teddy. Franklin ? Son nom de jeune fille est bien Franklin ?
— Oui, dit-il. (Il la regardait d'un air médusé.) Miss, dit-il, au téléphone, vous m'avez parlé...
— D'eau, oui.
— Que vouliez-vous dire ?
— Quelque chose qui a un rapport avec l'eau. Est-ce que quelqu'un vous a parlé d'eau, récemment ?
De l'autre côté de la porte de la chambre, il y eut soudain un air de rock diffusé par la radio ou un tourne-disque. Hillary se tourna vers la porte, excédée, et cria :
— Denise, baisse ça ! (Elle attendit un instant puis, comme la musique hurlait toujours, elle cria :) Denise ! au moment où la musique perdait six décibels.
D'un geste rageur, Hillary prit une cigarette dans le coffret, y porta une allumette et souffla une bouffée.
— Attendons qu'elle soit partie, dit-elle. Avec elle dans les parages, il est impossible d'atteindre le moindre niveau de concentration. Vous voulez boire quelque chose ?
— Non, merci.
— Je crois que je vais en prendre un, moi, dit-elle en allant au buffet se verser une bonne dose de whisky dans un verre qu'elle but presque d'un trait.
Carella se souvint soudain du rapport d'autopsie de Craig.
— Est-ce que Craig était un gros buveur ? demanda-t-il.
— Pourquoi voulez-vous le savoir ?
— Le rapport d'autopsie indiquait qu'il avait bu avant de mourir.
— Je ne dirais pas que c'était un gros buveur, non.
— Il buvait en société ?

— Deux ou trois verres avant le dîner.

— Est-ce qu'il buvait en travaillant ?

— Jamais.

Au cours des dix minutes suivantes, pendant que sa sœur s'habillait à côté, Hillary avala deux autres bons verres de whisky, sans doute afin de renforcer ses facultés psychiques. Carella se demandait ce qu'il fichait là. Répondez à un coup de téléphone d'une bonne femme givrée qui se prétend médium, associez-le bêtement à une noyade dans le Massachusetts trois ans plus tôt, puis attendez sans rien faire pendant que la pendule émet son tic-tac régulier, que la neige tombe inlassablement et que le niveau de la bouteille de whisky ne cesse de baisser. N'empêche qu'elle connaissait le nom de sa femme sans que personne le lui ait dit, qu'elle savait qu'il avait des jumeaux et qu'elle était presque tombée dans le mille à propos d'April. Il ne la croyait pas un instant capable de lire dans les pensées, mais il savait que les gens doués de perception extrasensorielle existaient peut-être, et il n'avait donc pas l'intention d'éluder sa remarque à propos de l'eau. La femme de Gregory Craig s'était noyée trois ans plus tôt — et sa fille pensait que ça n'avait pas été un accident.

La porte de la chambre s'ouvrit.

Denise Scott était vêtue d'une robe moulante en jersey vert au décolleté plongeant retenue de façon précaire à l'échancrure par une broche en diamant grande comme Taïwan. Sa robe était assez courte par rapport à la mode de l'époque, ce qui donnait à ses jambes une impression de souplesse et de longueur exceptionnelles. Elle était chaussée d'escarpins en satin vert à talons hauts ; dans la neige, Carella leur donna une durée de vie de trente secondes. Sans un mot, elle alla ouvrir un placard de l'entrée, retira ses escarpins, enfila des bottes de cuir à glissière, sortit du placard un long manteau noir, prit un sac de velours noir posé sur la table de l'entrée, mit ses escarpins sous son bras, ouvrit la porte et sourit à Carella en lui disant :

— A bientôt, *amigo*.

Elle sortit sans dire au revoir à Hillary.

— Garce ! dit Hillary en se versant un nouveau verre.

— Allez-y mollo avec ça, d'accord ? dit Carella.

— Elle a essayé de me piquer Greg, dit-elle. Un après-midi que je travaillais, elle est allée chez nous, elle lui a fait le coup de la sœur jumelle. Je l'ai retrouvée à poil dans le lit avec lui.

Elle secoua la tête et prit une rapide gorgée de whisky.

— Quand était-ce ? demanda-t-il aussitôt.

Elle venait de lui servir le meilleur mobile de meurtre possible. Dans cette ville, les statistiques relatives aux meurtres changeaient aussi souvent que les flics changeaient de chemise, mais depuis quelque temps, on en revenait aux meurtres dits « personnels », par opposition aux meurtres « impersonnels » qui avaient fait les gros titres depuis quelques années. Les bons vieux meurtres étaient de nouveau en vogue : des maris qui tiraient sur leur femme ou *vice versa*, des amants qui plantaient une hache dans leur rival, des fils qui poignardaient leur mère et leurs sœurs ; tout l'éventail des meurtres bien de chez nous. Hillary Scott avait trouvé Gregory Craig au lit avec sa propre sœur.

— Quand ? répéta-t-il.

— Que quoi ?

— Quand les avez-vous trouvés au lit ensemble ?

— Le mois dernier.

— En novembre ?

— En novembre.

— Que s'est-il passé ?

— Sale petite nymphomane, dit Hillary.

— Que s'est-il passé ? Qu'avez-vous fait ?

— Je lui ai dit que si jamais elle remettait les pieds à la maison... (Elle hocha la tête.) Ma propre sœur. Elle a dit que c'était une plaisanterie, qu'elle voulait voir si Greg pouvait faire la différence entre nous.

— Et il pouvait ?

— Il a dit qu'il avait cru que c'était moi. Il a dit qu'elle l'avait eu complètement.

— Et vous, qu'est-ce que vous en pensiez ?

— Je pense qu'il le savait.

— Mais vous êtes chez elle, maintenant.

— Comment ?

— Vous habitez chez elle. Malgré ce qui s'est passé.

— Je ne lui ai pas parlé pendant des semaines. Et puis, un jour, elle m'a appelée en larmes, et... c'est quand même ma sœur. Nous sommes plus proches que n'importe qui au monde. Nous sommes jumelles. Qu'est-ce que je pouvais faire ?

Il comprenait parfaitement cela. En dépit de leurs constantes chamailleries, ses propres jumeaux étaient inséparables. Ecouter leurs conversations, c'était comme écouter une seule personne parler toute seule à voix haute. Quand ils avaient décidé de faire croire quelque chose, il était presque impossible de trouver une faille dans ce qui semblait un esprit commun. Il avait lu quelque part que les jumeaux formaient une bande en miniature ; il avait tout de suite compris à quoi l'auteur faisait allusion. Un jour, il avait grondé Mark, qui avait cassé par mégarde un beau vase, et l'avait envoyé dans sa chambre pour le punir. Dix minutes plus tard, il avait trouvé April enfermée dans sa propre chambre. Quand il lui avait dit que ce n'était pas elle qui était punie, April avait répondu : « Mais je pensais seulement que ça l'aiderait. » S'il y avait une part de vérité dans l'adage selon lequel le sang est plus épais que l'eau, il était deux fois plus épais en ce qui concernait les jumeaux. Hillary avait trouvé Denise au lit avec Gregory Craig, mais c'est Craig qui était l'étranger, et Denise était sa sœur jumelle. Et maintenant, Craig était mort.

— Est-ce que ça a eu des répercussions sur vos rapports avec lui ? demanda Carella.

— J'avais moins confiance en lui. Mais je l'aimais toujours. Quand on aime, on est prêt à pardonner une incartade ou deux.

Carella hocha la tête. Il supposait qu'elle lui disait la vérité, mais il se demandait en même temps quelle aurait été sa réaction, à lui, s'il avait trouvé Teddy au lit avec son frère jumeau — s'il avait eu un frère jumeau ou un frère tout court, ce qui n'était pas le cas.

— Qu'est-ce que c'est que cette eau ? dit-il. Au téléphone, vous m'avez dit...

— Quelqu'un vous a parlé d'eau, n'est-ce pas ?

— Oui.

— Un rapport avec l'eau. Et avec de la laque.

« Elle s'est noyée dans le lac de Bight, lui avait dit Abigail Craig, à trois kilomètres de l'endroit où mon père louait sa fameuse maison hantée. »

— Quoi d'autre ? demanda Carella.

— De la laque, dit-elle.

— Oui, quel genre de laque ?

— Donnez-moi vos mains.

Il lui tendit les mains. Ils étaient debout, face à face, à cinquante centimètres l'un de l'autre, se tenant par les mains. Elle ferma les yeux.

— Quelqu'un nage, dit-elle. Une femme. Une bande.

Si fort. Je sens les vibrations dans vos mains. Une bande. Non, je l'ai perdu, dit-elle soudain en ouvrant les yeux. Concentrez-vous. C'est vous qui êtes la source ! (Elle lui serra très fort les mains et referma les yeux.) Oui, dit-elle dans un sifflement. (Elle avait à présent la respiration hachée ; ses mains tremblaient dans celles de Carella.) Noyade. Bande. Noyade, noyade, dit-elle en lui lâchant soudain les mains pour se jeter à son cou, les yeux toujours fermés, refermant ses mains derrière son cou.

Il tenta de reculer, mais ses lèvres trouvèrent les siennes et sa bouche se mit à aspirer comme pour le vider de tout l'air qu'il avait dans les poumons. Puis, la respiration sifflante, elle lui mordit la lèvre inférieure, et il la repoussa aussitôt. Elle était là, les yeux fermés, tremblant de tous ses membres. Elle ne semblait plus lui prêter attention. Elle se mit à se balancer et parla soudain d'une voix tout à fait changée, une voix caverneuse, sépulcrale, qui semblait émaner des profondeurs d'un marécage perdu, enrobée de bancs de brume et d'un vent aussi froid que la tombe.

— Tu as volé, dit-elle. Je sais, j'ai entendu, tu as volé, je le sais, je le dirai, dit-elle, tu as volé, tu as volé...

Sa voix faiblit. Dans la pièce, on n'entendit plus que le tic-tac de la pendule. Elle était là à se balancer, les yeux toujours fermés, mais sans plus trembler, puis elle cessa enfin aussi d'osciller pour rester un long moment complètement immobile. Elle ouvrit alors les yeux et parut surprise de le voir là.

— Il... faut que je me repose, dit-elle. Allez-vous-en, s'il vous plaît.

Elle le laissa seul dans la pièce. La porte de la chambre se referma derrière elle. Il resta un moment à regarder la porte fermée, puis il mit son manteau et s'en alla.

La maison des Carella, à Riverhead, était une énorme bâtisse blanche qu'ils avaient achetée pour une bouchée de pain — enfin, plus exactement, pour pas mal de bouchées — peu après la naissance des jumeaux. Le temps que Teddy se remette de la naissance, son père leur avait offert une infirmière diplômée pendant un mois, après quoi Fanny Knowles avait décidé de rester chez eux moyennant des gages conformes à leurs moyens, leur disant qu'elle en avait assez de passer son temps à s'occuper de vieux messieurs malades. Sans elle, ils n'auraient jamais été capables de tenir cette grande et vieille maison — sans parler des jumeaux, d'ailleurs. Fanny avait « la cinquantaine », selon son expression, elle avait les cheveux bleutés, elle portait un pince-nez, elle pesait soixante-dix kilos et faisait marcher la maison avec une obstination comparable à celle des chefs d'équipe irlandais à l'époque où des immigrants creusaient le métro de la ville, à la fin du siècle dernier. C'était Fanny qui avait catégoriquement refusé l'entrée dans la maison d'un labrador abandonné que Carella avait adopté lorsqu'il enquêtait sur le meurtre d'un aveugle et de sa femme. Elle lui avait simplement dit sèchement qu'il y avait assez à faire sans avoir à nettoyer les saletés d'un vieux gros chien. Elle aimait à dire, ce qui était prophétique en l'occurrence : « Je ne prends la merde ni des hommes ni des animaux », expression que les jumeaux, à présent âgés de dix ans, avaient adoptée lorsqu'ils apprenaient seulement à parler, et dont Mark faisait un usage plus fréquent qu'April. Le vocabulaire des jumeaux — au grand dam de Carella — s'inspirait de celui de Fanny plus que de n'importe qui d'autre ;

chaque fois que Carella n'était pas à la maison, c'était sa voix à elle qui résonnait dans la maison.

Mais quand il ouvrit la porte d'entrée, il semblait n'y avoir personne à la maison. Il lui avait fallu une heure et demie pour venir de Stewart City à Riverhead sous une neige presque aveuglante et sur des chaussées glissantes ; en temps normal, il lui aurait fallu quarante minutes. Après avoir essayé de faire entrer la voiture dans l'allée de la maison, il avait renoncé au bout de six tentatives et il avait fini par la garer le long du trottoir, derrière celle du voisin, M. Henderson, déjà en partie recouverte de neige. Sur le perron, il tapa des pieds pour secouer la neige de ses chaussures avant d'entrer. La maison était silencieuse. Il alluma la lumière de l'entrée, suspendit son manteau à la patère, juste derrière la porte et cria :

— Ohé ! Il y a quelqu'un ?

Il n'y eut pas de réponse.

L'horloge, qui était aussi un cadeau du père de Teddy, sonna la demie. Il était six heures et demie. Il savait que Teddy et Fanny avaient emmené les enfants voir le père Noël (chose qu'il était censé faire lui-même ce jour-là), mais ils auraient dû être déjà rentrés, même avec cette tempête de neige. Il alluma le lampadaire, près du piano, et la lampe de style Tiffany sur le guéridon, à côté du canapé, puis traversa le salon jusqu'à la cuisine. Il sorti un bac de glaçons du congélateur, revint dans le salon, et il se préparait un verre au bar lorsque le téléphone sonna. Il décrocha aussitôt.

— Allô ! dit-il.

— Steve, c'est Fanny.

— Oui, Fanny, où êtes-vous ?

— Nous somme bloqués en ville, à côté de chez Coppersmith. C'est l'enfer pour trouver un taxi ; c'est simple, il n'y en a pas. Nous voudrions prendre le train jusqu'à la gare de Gladiola, mais encore faudrait-il y arriver.

— Pourquoi pas le métro ?

— Le train est plus près, si on peut y arriver. Mais ça peut prendre un moment. Je vous rappellerai dès que nous saurons ce que nous faisons.

— Comment était le père Noël ?

— Un vieux crasseux avec une fausse barbe. Allez vous servir un verre, dit Fanny avant de raccrocher.

Il raccrocha et retourna auprès du bar, se demandant quand Fanny avait développé des pouvoirs psychiques. Il avait encore la lèvre douloureuse du bouche-à-bouche à l'envers de Hillary en transe. Depuis son mariage avec Teddy, il n'avait jamais embrassé d'autre femme, et il n'avait pas l'impression de l'avoir fait cette fois. Tout ce qui s'était passé chez Denise Scott avait perdu tout caractère sexuel à cause de la violence de l'assaut de Hillary. Elle aurait pu tout aussi bien lui presser une pierre de nécromancien contre la bouche, et il se serait trouvé effrayé, plutôt que ressuscité, de crainte qu'elle ne possède vraiment un pouvoir capable d'aspirer son âme hors de son enveloppe charnelle, en ne laissant qu'une masse de chair grise tremblotante à ses pieds sur le tapis. Dès qu'elle rentrerait, il avait bien l'intention de raconter à Teddy ce qui s'était passé. Il se demanda quand diable ce serait, se versa un Martini très sec et mit deux olives dans le verre. Il était en train d'allumer les lumières de l'arbre de Noël, quand le téléphone sonna.

— Steve, c'est encore moi, dit Fanny. C'est sans espoir. Il va falloir que nous trouvions un hôtel.

— Où êtes-vous, maintenant ?

— A l'angle de Waverly Avenue et de Dome Avenue. Nous sommes arrivés ici à pied de chez Coppersmith. Les jumeaux sont gelés ; en partant de la maison, ce matin, ils n'ont pris que leur anorak de ski.

— Waverly Avenue et Dome Avenue, dit-il. Essayez le Waverly Plaza ; il devrait être juste au coin. Et rappelez-moi une fois que vous êtes installés, vous voulez bien ?

— Oui, très bien.

— Je reste près du téléphone.

— Est-ce que vous avez déjà pris un verre ?

— Oui, Fanny.

— Bien. C'est la première chose que je vais faire, moi aussi, quand nous aurons trouvé une piaule.

— Rappelez-moi.

— Oui, dit-elle en raccrochant.

Il alla à la cheminée, déchira le journal de la veille (celui qui contenait la notice nécrologique de Gregory Craig) en morceaux qu'il fourra sous la grille. Il déposa avec précaution le petit bois sur le papier froissé, entassa trois bûches sur le tout et gratta une allumette. Quand le téléphone sonna de nouveau, il en était à son second Martini. C'était Fanny qui l'informait qu'ils avaient réussi à trouver deux chambres au Waverly, ce qui n'aurait pas été possible si elle n'avait pas excipé de son rang en disant que ces pauvres créatures toutes grelottantes étaient la femme et les enfants de l'inspecteur Stephen Louis Carella, du commissariat 87. Il ne s'était jamais considéré comme un homme d'influence, mais, selon toute apparence, sa qualité d'inspecteur avait procuré à Fanny et à sa famille deux chambres pour la nuit.

— Est-ce que vous voulez dire bonsoir aux enfants ? demanda-t-elle.

— Oui, passez-les-moi, s'il vous plaît.

— Ils regardent la télévision à côté. Une petite minute.

Il l'entendit appeler les jumeaux à travers ce qui était sans aucun doute la porte de communication entre les deux chambres. C'est April qui prit l'appareil en premier.

— Papa, dit-elle, Mark ne veut pas me laisser regarder mon émission.

— Dis-lui que je t'ai autorisée à regarder ton émission pendant une heure, et qu'après il pourra regarder la sienne.

— Je n'avais jamais vu autant de neige de ma vie, dit April. On ne sera pas obligés de passer Noël ici, n'est-ce pas ?

— Non, chérie. Passe-moi Mark, veux-tu ?

— Une minute. Je t'aime, papa.

— Je t'aime aussi, dit-il, et il attendit.

— Salut, dit Mark.

— Laisse-la regarder ce qu'elle veut pendant une heure, et tu pourras voir ce que tu veux, d'accord ? dit Carella.

— Ouais, d'accord. Je crois.

— Tout va bien, maintenant ?

— Fanny a commandé un double manhattan [1] au service d'étage.

— Bien. Et maman ?

— Elle boit un whisky. On a failli mourir de froid, papa.

— Dis-lui que je l'aime. J'appellerai demain matin, d'accord ? Quels sont les numéros de vos chambres ?

— 603 et 604.

— D'accord, fiston, dors bien.

— Mais on ne va pas se coucher tout de suite, dit Mark.

1. Cocktail de whisky et de vermouth doux.

— Quand tu te coucheras.

— D'accord, papa.

Carella raccrocha. Il finit son verre et se prépara des saucisses et des haricots, fit réchauffer une boîte de choucroute et dîna dans une assiette en carton au coin du feu en sirotant une bouteille de bière. Puis il nettoya la cuisine et se mit au lit à neuf heures et demie. Ce serait la première fois qu'il passerait la nuit seul dans cette maison. Il ne cessait de penser à ce qui s'était passé, un peu plus tôt, avec Hillary. « Quelqu'un nage. Une femme. Une bande. Noyade. Une bande. Noyade. Tu as volé. J'ai entendu. Je sais. Je le dirai. »

Il avait encore mal à la lèvre.

5

Il ne savait pas très bien comment faire pour permuter avec Meyer. Il n'avait aucune envie de le priver de son jour de liberté, mais il savait aussi que faire du porte-à-porte dans l'immeuble de Harborview le lendemain pourrait se révéler une vaine entreprise, puisqu'une bonne partie des locataires risquaient d'être partis ailleurs fêter Noël ou Hanoukka. Il décida de s'occuper de l'immeuble le jour même, et son premier appel (de chez lui) fut pour Meyer.

C'est Sarah qui répondit au téléphone. Elle lui dit que son mari était sous la douche et lui demanda où il pourrait le rappeler dès qu'il en sortirait. Carella lui répondit qu'il serait là pour encore au moins une heure. Il se demandait aussi comment il allait faire pour aller travailler ce matin-là ; sa voiture était toujours garée le long du trottoir, recouverte, à ce qu'il semblait, de sept tonnes de neige. Il raccrocha pour appeler Hawes chez lui.

— Cotton, dit-il, je veux m'occuper de cet immeuble aujourd'hui.

— D'accord, dit Hawes.

— Il y a douze niveaux, cinq appartements par étage. Si on partage en deux, ça nous fait trente appartements chacun. En comptant un quart d'heure en moyenne par appartement, ça nous fera une journée de huit heures, plus ou moins.

Hawes, qui n'était pas très fort en calcul, répondit.

— Ouais, plus ou moins.

— Tu peux y aller quand tu voudras, dit Carella. Je vais partir dans une heure, à peu près.

— D'accord, dit Hawes.

— Tu veux commencer par le haut ou par le bas ?

— Mon père me disait de toujours commencer par le haut.

— Bon, d'accord, alors je partirai d'en bas. Prévoyons de déjeuner vers une heure. Je te retrouverai dans l'entrée.

— Très bien, dit Hawes en raccrochant.

Quand il entendit sonner, Carella était à son tour sous la douche. Il ferma le robinet, attrapa une serviette, courut dans la chambre et décrocha le téléphone à la sixième sonnerie. C'était Meyer à l'appareil.

— J'étais sous la douche, lui dit Carella.

— Il faut qu'on cesse de se donner rendez-vous sous la douche, dit Meyer. Ça commence à faire jaser.

— Je t'appelais à propos de demain.

— Ouais, qu'est-ce que tu en penses ?

— Il faut que je m'occupe de cet immeuble aujourd'hui.

— D'accord.

— Je suis désolé, Meyer.

— Ecoute, ce n'est pas toi qui as tué tous ces gens, dit Meyer. Qu'est-ce que tu dis de toute cette neige ? Un vrai temps de Noël, hein ? Tu devrais être content. Comment vas-tu faire pour aller travailler ?

— Par le métro, je pense.

— Comme les gens du peuple, dit Meyer. Ecoute, ne

te tracasse pas pour demain, d'accord ? De toute façon, c'est ce qui était prévu au départ.

Ecumer porte à porte, étage par étage le 781, Jackson Street prit à Carella et Hawes un peu moins de temps qu'ils ne l'avaient prévu. Carella arriva un peu après dix heures, Hawes ayant déjà commencé depuis une demi-heure par le dernier étage. Ils s'interrompirent, comme convenu, à une heure pour déjeuner, mais ils eurent tout terminé à quatre heures et demie. Ils s'arrêtèrent prendre un café et des beignets dans un bistrot proche de l'immeuble et comparèrent leurs notes. Il leur faudrait ensuite passer plusieurs heures chacun à taper, en cinq exemplaires, un rapport rédigé en collaboration d'après les notes prises par chacun. Un exemplaire du rapport irait au lieutenant Byrnes. Un autre exemplaire irait au capitaine Frick, commandant de tout le district. Le troisième exemplaire irait à la criminelle, et les deux derniers exemplaires seraient classés respectivement dans les dossiers Esposito et Craig. Normalement, il n'aurait dû y avoir que quatre exemplaires, mais, en l'occurrence, il y avait une « affaire connexe ».

Jusqu'à présent, c'était l'affaire Esposito qu'ils avaient considérée comme la véritable affaire connexe, bien que l'index croisé des dossiers faisait de l'affaire Craig elle-même une affaire connexe. Ils commençaient à présent à voir les choses sous un jour un peu différent. Etant l'un et l'autre des flics expérimentés, ils savaient qu'il existe des meurtres destinés à donner le change. L'une des premières affaires de Carella (c'était avant que Hawes ne soit affecté au commissariat, et même avant le mariage de Carella et Teddy, en fait) paraissait tourner autour d'un ennemi des flics qui s'amusait à descendre des policiers. Mais ce n'était qu'un écran de fumée ; en réalité, le meurtrier en avait après un flic en particulier et cherchait à noyer son vrai but dans le brouillard. Avant le transfert de Hawes au 87e, il avait enquêté sur une affaire dans laquelle le meurtrier, après avoir tranché les mains de sa victime, était allé ailleurs dans la ville tuer deux autres personnes à qui il avait aussi tranché les mains. Il convoitait l'argent d'une assurance, et s'il avait tranché les mains de sa vraie victime, c'était pour éviter que son identification par les empreintes digitales ne lui fasse perdre ses droits. Le deuxième et le troisième meurtre étaient des écrans de fumée destinés à inciter les flics à croire qu'ils recherchaient une sorte de monstre qui s'amusait à démembrer ses victimes.

Jusqu'alors, ils n'auraient jamais cru que le meurtre de Gregory Craig aurait pu servir d'écran au meurtre de Marian Esposito. Tout semblait indiquer que le second meurtre n'avait été qu'un expédient : le meurtrier, fuyant l'immeuble, peut-être un couteau sanglant à la main, aperçu et affolé à l'idée d'être reconnu par la suite. Crac ! un coup de couteau, et paf ! en plein cœur. Mais maintenant, ils se posaient des questions. Ils se posaient des questions parce que trois locataires différents du 781, Jackson Street leur avaient déclaré qu'on pouvait qualifier le mariage de Warren et Marian Esposito au mieux de cahoteux.

Les voisins de palier des Esposito (ceux de l'appartement 702, l'un de ceux que Hawes avait visités) avaient affirmé que Marian avait appelé la police à deux reprises parce que son mari la battait. L'une et l'autre fois, l'agent qui avait répondu à l'appel avait réglé sur les lieux ce que le jargon de la police désigne sous le nom de « scène de ménage ». Il n'empêche que Marian, la première fois, s'était promenée pendant des semaines avec les deux yeux au beurre noir, et qu'elle avait eu le nez cassé la seconde fois.

Le locataire de l'appartement 508 (qui reconnut Marian d'après une photographie assez peu flatteuse prise par le service photographique sur les lieux du crime) dit à Carella qu'un jour qu'il avait pris l'ascenseur avec les Esposito, ils avaient commencé à se disputer pour une raison ou une autre, et que Warren Esposito avait saisi le bras de sa femme et le lui avait violemment tordu derrière le dos. « J'ai cru qu'il le lui avait cassé », avait dit l'homme avant d'offrir à Carella un verre de vin que celui-ci avait refusé.

La locataire de l'appartement 601, juste au-dessous de chez les Esposito, dit à Carella qu'il y avait toujours beaucoup de cris et de tapage chez les gens du dessus, parfois à deux ou trois heures du matin. Elle avait fait cette révélation tout en empaquetant des cadeaux de Noël sur la table de la cuisine. « Parfois, avait-elle dit en nouant avec soin un ruban, quand il y a des enfants au-dessus de chez vous, on les entend courir et faire du bruit. Mais les Esposito n'ont pas d'enfants. Et d'ailleurs, dans l'immeuble, tout le monde sait qu'il la bat. » Elle avait pris les ciseaux pour couper proprement le bout du ruban.

— On dirait donc qu'on a affaire à un type qui battait sa femme, dit Hawes.

— On dirait.

— Hier, il a débarqué pour savoir ce qu'on faisait pour retrouver l'assassin de sa femme, dit Hawes en hochant la tête. Il a fait appeler Byrnes par son avocat pour faire activer les choses. Ça doit lui manquer de ne plus l'avoir pour lui taper dessus.

— Il faut que j'appelle le sommier pour vérifier

qu'elle nous a bien appelés deux fois, dit Carella. Est-ce que tu as de la monnaie ?

Hawes fouilla dans sa poche, d'où il sortit une poignée de pièces. Carella en préleva deux dans sa paume ouverte et alla téléphoner de la cabine voisine du distributeur de cigarettes. Assise à une table, une blonde d'une quarantaine d'années qui avait un rameau de houx épinglé au col de son manteau se tourna vers Hawes en lui souriant. Hawes lui rendit son sourire. Carella ne resta au téléphone que le temps d'obtenir le renseignement voulu. De retour à la table, il dit :

— Ça colle. Le premier appel date du 18 août ; le second date du 12 novembre. J'aimerais bien voir cet Esposito tout de suite, qu'est-ce que tu en dis ?

— Je suis vanné, répondit Hawes. Mais si c'est notre homme, je ne tiens pas à le voir passer Noël en Amérique du Sud.

A cinq heures moins dix, ils frappèrent à la porte des Esposito. Dès qu'il eut reconnu Hawes à travers le judas, Warren Esposito leur ouvrit. Il n'était vêtu que d'un pantalon et d'un maillot de corps. Il leur dit qu'il était en train de s'habiller pour retourner au funérarium. Il dit qu'il y avait passé tout l'après-midi et qu'il n'était rentré que le temps de prendre une douche et de se changer. Il avait les yeux rouges et gonflés ; il était évident qu'il avait pleuré. Carella se rappela la description par Hillary Scott du « fantôme » qui avait assassiné Gregory Craig. Warren Esposito avait dans les trente-quatre ans, les cheveux noirs bouclés et les yeux marron foncé. Mais combien y avait-il dans la ville d'autres personnes aux cheveux et aux yeux de cette couleur, sans compter celui qui s'était présenté au gardien sous le nom de Daniel Corbett le jour des meurtres — et, d'ailleurs, qui diable croyait aux fantômes et aux médiums ?

Warren Esposito n'avait rien d'un revenant. Il mesurait un mètre quatre-vingt-huit, un peu plus que Carella et la même taille que Hawes, avec les muscles du torse, des biceps et des avant-bras saillants. La femme que Carella avait vue morte sur le trottoir devait faire environ un mètre soixante-cinq, et il estimait son poids à cinquante kilos. « Chic type, ce M. Muscle », songea Carella en posant sa première question.

— Monsieur, dit-il, est-il vrai qu'à deux reprises votre femme a appelé la police à son secours lors d'une scène de ménage ?

— Qui vous a raconté ça ? dit Esposito. Les gens de cet immeuble feraient mieux de s'occuper de leurs affaires. Qui était-ce ? Kruger, le voisin ?

— Les agents qui ont répondu à ces deux appels ont fait des rapports, dit Carella.

— Eh bien... on a bien dû se disputer une fois ou deux, dit Esposito.

— Et votre femme a appelé la police, c'est ça ?

— Oui, je crois bien.

— Au cours d'une de ces disputes, lui avez-vous poché les deux yeux ?

— Qui vous a dit ça ?

— C'est dans le rapport, dit Carella.

— On se disputait, c'est tout.

— Lui avez-vous poché les yeux ?

— C'est bien possible.

— Et la deuxième fois, lui avez-vous cassé le nez ?

— Peut-être.

— Est-ce qu'un jour vous lui avez tordu le bras si violemment qu'un témoin a cru que vous le lui aviez cassé ?

— Ça, je sais qui c'est, dit Esposito. C'est Di Luca, du quatrième étage, n'est-ce pas ? Mon vieux, j'aimerais bien que ces connards se mêlent de leurs affaires.

— Lui avez-vous tordu le bras, oui ou non ?

— Je crois. Qu'est-ce que ça change ? Où voulez-vous en venir, inspecteur ? Etes-vous en train de dire que c'est moi qui l'ai tuée ? Sous prétexte qu'on se disputait de temps en temps ? Vous ne vous disputez jamais avec votre femme, vous ? Vous êtes marié ?

— Je suis marié, dit Carella.

— Et votre femme et vous, vous ne... ?

— Parlons de vous et de votre propre femme, d'accord ? dit Carella.

— Où étiez-vous jeudi soir entre six et sept heures ? demanda Hawes.

— Ecoutez, dit Esposito, si vous avez l'intention de m'accuser, j'appelle mon avocat.

— Vous n'avez pas besoin d'avocat pour répondre à quelques questions, dit Hawes.

— Sauf si ces questions sous-entendent que c'est moi qui ai tué ma femme.

— Il n'y a que vos réponses qui peuvent le faire.

— Je veux appeler mon avocat.

— D'accord, appelez votre avocat, dit Carella. Dites-lui que nous vous posons des questions très simples auxquelles vous refusez de répondre, et dites-lui que pour obtenir ces réponses, nous serons peut-être obligés de vous faire comparaître devant un jury d'instruction. Allez-y, appelez-le.

— Un jury d'instruction ? La vache !

— Un jury d'instruction, oui. Appelez votre avocat.

— Je vais le faire.

— C'est ce que j'espérais. Nous perdons notre temps ici.

Esposito alla au téléphone et composa un numéro. Quand on décrocha, il dit :

— Joyce, c'est Warren Esposito. Est-ce que Jerry est

là ? Merci. (Il attendit de nouveau, puis dit dans l'appareil :) Jerry, il y a ici deux inspecteurs qui me demandent où j'étais jeudi, et qui me menacent du jury d'instruction... bien sûr, une petite seconde. (Il tendit le combiné à Carella.) Il veut parler à l'un de vous.

Carella prit le combiné.

— Allô ! dit-il.

— Qui est à l'appareil ? dit la voix au bout du fil.

— Inspecteur Carella, commissariat 87. Qui est-ce ?

— Jerome Lieberman, l'avocat de M. Esposito. J'ai cru comprendre que vous menacez mon client du jury d'instruction s'il...

— Personne ne menace personne, maître. Nous avions quelques questions à poser, et il voulait appeler son avocat. Il vous a donc appelé, et vous voilà.

— Qu'est-ce que c'est que cette histoire de jury d'instruction ?

— Nous voulons savoir où il était quand sa femme s'est fait assassiner. Votre client a une histoire de femme battue...

— A votre place, je ferais attention à ce que je dis, inspecteur.

— Oui, maître, je fais attention. La police a été appelée ici à deux reprises, j'ai déjà vérifié ce point. La première fois, Mme Esposito avait les yeux pochés — c'était le 18 août, maître — et la seconde fois, elle saignait du nez, et l'agent qui a fait le rapport a établi qu'elle avait le nez cassé. C'était le mois dernier, le 12 novembre. Avec un dossier pareil, je pense qu'il est raisonnable que nous voulions savoir où était votre client au moment du meurtre. S'il refuse de répondre à nos questions...

— L'avez-vous informé de ses droits, inspecteur ?

— Nous n'y sommes pas tenus. Ce n'est encore

qu'une simple enquête ; votre client n'est pas en garde à vue.

— Et avez-vous l'intention de le mettre en garde à vue ?

— Sur quelle base, maître ?

— A vous de me le dire. C'est vous qui connaissez les réponses.

— Maître, cessons ce petit jeu, d'accord ? Si votre client n'est pour rien dans le meurtre de sa femme, il n'a pas à s'en faire. Mais s'il refuse de répondre à nos questions, nous le citerons à comparaître devant un jury d'instruction, et peut-être qu'à eux il acceptera de dire où il était au moment du meurtre. Parce que s'il refuse de le leur dire, vous savez, j'en suis sûr, qu'il y aura outrage à la cour. Mais nous pouvons faire ce que vous voudrez, maître. Nous sommes la veille de Noël, et vous savez aussi bien que moi que nous ne pourrons pas réunir de jury d'instruction avant le 26, mais si c'est ce que vous voulez, dites-le, tout simplement. Si vous voulez mon conseil...

— Oh ! êtes-vous avocat, inspecteur ?

— Non, maître, et vous ? Nous avons besoin que votre client nous réponde, c'est tout. Le conseil que je vous donne est de lui conseiller de collaborer. C'est mon conseil. Gratuit.

— Et qui vaut ce qu'il vaut, dit Lieberman. Repassez-le-moi.

Carella tendit le combiné à Esposito.

— Ouais, dit celui-ci en écoutant. Hum... Vous êtes sûr que ça va ?... Très bien, je suis désolé de vous avoir dérangé comme ça, Jerry. Merci. Et joyeux Noël, dit-il en raccrochant. Quelles sont ces questions ? demanda-t-il à Carella.

— Où étiez-vous jeudi soir entre six et sept heures ?

— Je rentrais du travail.
— Où est-ce ? demanda Hawes.
— Techno-Systems, au coin de Rigby Avenue et de Franchise Avenue.
— Qu'est-ce que vous y faites ? demanda Carella.
— Je suis programmeur en informatique.
— A quelle heure êtes-vous parti du bureau, jeudi ?
— A cinq heures et demie.
— Comment rentrez-vous chez vous, d'habitude ?
— En métro.
— De Rigby Avenue et Franchise Avenue, vous n'auriez pas dû mettre plus d'une demi-heure. Si vous êtes parti du bureau à cinq heures et demie...
— Je me suis arrêté prendre un verre.
— Où ?
— Chez Elmer, tout près du bureau.
— Combien de temps y êtes-vous resté ?
— A peu près une heure.
— Donc, en fait, vous n'êtes parti pour rentrer chez vous que vers six heures et demie, c'est bien ça ?
— Six heures et demie, sept heures moins le quart.
— Avec qui preniez-vous un verre, monsieur ?
— J'étais seul.
— Etes-vous un habitué de chez Elmer ?
— J'y vais de temps en temps.
— Où avez-vous pris un verre ? A une table ou au comptoir ?
— Au comptoir.
— Est-ce que le garçon vous connaît ?
— De vue.
— Est-ce que quelqu'un vous y connaît de nom ?
— Une des serveuses. Mais elle ne travaillait pas jeudi.
— A quelle heure êtes-vous arrivé à Harborview ?

— Vers sept heures et demie. Le métro marchait mal.

— Qu'avez-vous fait en arrivant ?

— Il y avait des policiers partout. J'ai demandé à Jimmy ce qui se passait, et... c'est là qu'il m'a dit que ma femme était morte.

— Jimmy, c'est-à-dire... ?

— Jimmy Karlson, le gardien.

— Qu'avez-vous fait alors ?

— J'ai essayé de savoir où ils l'avaient emmenée. Ils avaient déjà enlevé le corps. J'ai essayé de savoir où elle était. Personne ne paraissait le savoir. Je suis monté ici et j'ai appelé la police. Il a fallu que je passe six coups de fil pour obtenir un renseignement.

— Est-ce que vous saviez qu'un autre meurtre avait été commis dans l'immeuble ?

— Oui, Jimmy me l'avait dit.

— Il vous a dit que c'était Gregory Craig, au deuxième étage ?

— Oui.

— Est-ce que vous connaissiez M. Craig ?

— Non.

— Vous ne l'aviez jamais rencontré dans l'ascenseur ni rien ?

— Si je l'ai vu, c'est sans savoir qui c'était.

— Qu'avez-vous fait quand vous avez su où on avait emmené votre femme ?

— Je suis allé à la morgue l'identifier.

— Auprès de qui ?

— Je ne sais pas qui c'était. Un médecin légiste, je suppose.

— Quelle heure était-il ?

— Autour de neuf heures. Ils m'ont dit que... que je pourrais reprendre le corps vendredi à midi. Alors je suis rentré, j'ai appelé l'entreprise de pompes funèbres et j'ai pris des dispositions pour... pour qu'ils aillent la chercher.

— Il va falloir que nous vérifiions auprès de chez Elmer que vous y étiez bien, monsieur, dit Carella. Il nous serait utile d'avoir une photo à montrer au garçon. Est-ce que vous auriez une photo récente ?

— Mon avocat ne m'a pas dit que je pouvais vous donner une photo.

— Rappelez-le, si vous voulez, dit Carella. Nous ne nous en servirons que pour ça, pour la montrer chez Elmer pour voir s'ils vous reconnaissent.

— Je pense que c'est bon, dit Esposito. (Au moment de sortir de la pièce, il se retourna pour dire :) Ce n'est pas moi qui l'ai tuée. Nous avions des problèmes, mais ce n'est pas moi qui l'ai tuée.

Ils n'arrivèrent chez Elmer qu'à près de sept heures.

En cette veille de Noël, le bar était bondé d'hommes et de femmes qui n'avaient pas d'autre endroit où aller, pas de feu dans la cheminée, pas d'arbre de Noël illuminé, seulement le réconfort douteux de leur présence mutuelle. Ils s'alignaient le long du bar ou étaient assis aux tables, ils levaient leurs verres pour porter des toasts et regardaient la télévision, où passait un film montrant une réunion de famille. Il y avait deux garçons derrière le comptoir. Ni l'un ni l'autre ne travaillait le jeudi soir, quand Esposito affirmait avoir passé au moins une heure tout seul. Ils reconnurent sa photographie mais ne purent dire s'il était là le jeudi puisqu'ils n'y étaient pas eux-mêmes. Le garçon qui travaillait jeudi (ils lui expliquèrent qu'il n'y avait qu'un garçon au bar pendant la semaine et deux le week-end) était un certain Terry Brogan, qui était pompier volontaire la nuit. Ils donnèrent aux inspecteurs le numéro de téléphone de Brogan chez lui et aussi celui de la caserne n° 6, dans l'un des meilleurs quartiers de la ville. De la cabine du bar, ils appelèrent d'abord Brogan chez lui, mais personne ne répondit. Ils appelèrent la caserne et tombèrent sur un certain capitaine Ronnie Grange, qui leur dit que Brogan avait emmené sa femme et ses enfants en Virginie pour les vacances de Noël ; sa sœur habitait en Virginie.

En quittant le bar, Carella dit :

— Promets-moi une chose, Cotton.

— Laquelle ?

— Ne te fais jamais assassiner juste avant Noël.

Ils se serrèrent la main sur le trottoir, se souhaitèrent l'un à l'autre un joyeux Noël et se séparèrent pour aller chacun de son côté prendre le métro qui allait les ramener à la maison.

Il recommençait à neiger.

Ce soir-là, Carella ne rentra pas chez lui avant près de huit heures et demie. La neige perturbait les lignes du métro aérien, et les rames étaient rares et capricieuses. A Riverhead, devant chez lui, il se fraya un chemin jusqu'à la porte à travers la neige amoncelée. Dans la rue, il y avait un gamin chargé de dégager les allées chaque fois qu'il neigeait. On le payait trois dollars de l'heure pour ce boulot, mais il était évident qu'il n'était pas venu depuis la chute de neige de la veille. Cette nouvelle chute s'était un peu calmée ; l'air était chargé de flocons minuscules. Il secoua ses pieds sur le perron. Sur la porte, la guirlande était un peu de travers ; il la redressa, ouvrit la porte et entra.

Jamais la maison n'avait paru si accueillante. Une flambée crépitait dans l'âtre et l'arbre, dans un coin de la pièce, brillait de lumières rouges, jaunes, bleues, vertes et blanches qui se reflétaient dans les décorations. Teddy était vêtue d'une longue robe de chambre rouge, ses cheveux noirs retenus en arrière en queue de cheval. Elle s'avança tout de suite vers lui et l'étreignit avant qu'il eût ôté son manteau. Il se rappela de nouveau l'après-midi de la veille ; il faudrait qu'il lui dise que Hillary Scott avait essayé de lui couper la lèvre inférieure avec les dents.

Quand les jumeaux entrèrent dans le salon, il s'était servi un Martini et était assis dans un fauteuil près du feu. Ils étaient en pyjama et robe de chambre. April lui grimpa sur les genoux ; Mark s'assit à ses pieds.

— Alors, dit Carella, vous avez fini par voir le père Noël.

— Hmm, dit April.

— Vous lui avez demandé ce que vous vouliez ?

— Hmm, dit April.

— Papa... dit Mark.

— Tu nous as beaucoup manqué, dit April très vite.

— Eh bien, vous aussi, vous m'avez manqué, mes chéris.

— Papa...

— Ne lui dis pas, dit April.

— Il le saura tôt ou tard, dit Mark.

— Non, il le saura pas.

— Il ne le saura pas.

— Mais j'ai dit « ne » le saura pas.

— Tu as dit « il saura pas ».

— En tout cas, ne lui dis pas.

— Ne me dis pas quoi ? demanda Carella.

— Papa, dit Mark en évitant le regard de son père, le père Noël n'existe pas.

— Tu le lui as dit, dit April en tirant la langue à son frère.

— Il n'existe pas, hein ? dit Carella.

— Il n'existe pas, dit Mark en tirant à son tour la langue à April.

— Comment le sais-tu ?

— Parce qu'il y en a des centaines dans la rue, dit Mark, et que personne ne peut aller si vite que ça.

— Ce sont ses aides, dit April. N'est-ce pas, papa ? Ce sont tous ses aides.

— Non, ce ne sont que des bonshommes, dit Mark.

— Depuis quand est-ce que tu sais ça ? demanda Carella.

— Eh bien... dit April en se serrant contre lui.

— Depuis quand ?

— Depuis l'année dernière, dit-elle d'une petite voix.

— Mais puisque tu savais que le père Noël n'existait pas, pourquoi as-tu accepté d'aller le voir ?

— On ne voulait pas te faire de peine, dit April en tirant de nouveau la langue à son frère. Tu lui fais de la peine, dit-elle.

— Non, non, dit Carella. Je suis content que vous me l'ayez dit.

— Le père Noël, c'est maman et toi, dit April en se serrant fort contre lui.

— Dans ce cas, vous feriez mieux d'aller vous coucher pour que nous puissions nourrir le renne.

— Quel renne ? demanda-t-elle en ouvrant grand les yeux.

— Tout le troupeau, dit Carella. Donder et Blitzen et Dopey et...

— C'est *Snow White !* dit April en riant.

— Vraiment ? dit-il avec un sourire. Allez, au lit. Demain est une dure journée.

Il les emmena chacun dans sa chambre, les borda et les embrassa. Au moment où il sortait de la chambre de Mark, celui-ci dit :

— Papa ?

— Oui, mon fils ?

— Est-ce que je t'ai fait de la peine ?

— Non.

— Tu es sûr ?

— Certain.

— Parce que... tu sais... je me suis dit que ce serait mieux que de mentir.

— C'est toujours mieux, dit Carella en caressant les cheveux de son fils, avec une bizarre envie de pleurer. Joyeux Noël, mon fils, dit-il rapidement en se détournant du lit pour éteindre la lumière.

Teddy sortit de la cuisine avec un plateau de soufflés au fromage chauds puis alla dire bonsoir aux enfants. Quand elle revint au salon, Carella se servait un second Martini. Elle lui fit signe d'y aller mollo.

— La journée a été longue et dure, chérie, dit-il. Tu en veux un ?

« Un whisky, s'il te plaît, dit-elle. Très léger. »

— Où est Fanny ? demanda-t-il.

« Dans sa chambre, elle emballe des cadeaux. »

Ils s'assirent au coin du feu en sirotant leurs verres et en grignotant les soufflés au fromage. Elle lui dit que son dîner serait prêt dans une petite demi-heure ; elle ne savait pas à quelle heure il rentrerait ; c'était dans le four. Il s'excusa de ne pas avoir appelé, mais Hawes et lui avaient été sur la brèche depuis le matin et il n'avait pas eu une seconde à lui. Elle lui demanda comment l'affaire se présentait, et il lui raconta tout à propos de Hillary et de sa sœur jumelle, Denise, il lui dit que Hillary connaissait non seulement le prénom de Teddy, mais aussi son nom de jeune fille, qu'elle avait presque deviné le prénom d'April, qu'elle savait qu'April ressemblait à sa mère.

Et puis il lui parla du baiser.

Terry écouta.

Il lui raconta comment il avait essayé de se dépêtrer de Hillary, comment elle s'était accrochée à sa bouche comme un trocart d'embaumeur pour essayer de lui pomper ses sucs vitaux, il lui décrivit la transe qui avait suivi, Hillary toute tremblante et vacillante parlant d'une voix caverneuse de noyade et de quelqu'un qui entendait quelque chose, de quelqu'un qui volait quelque chose. Teddy écouta sans rien dire. Elle resta taciturne tout le dîner, ses mains occupées par ses couverts, ses yeux évitant les siens. Après le dîner, ils allèrent chercher les paquets-cadeaux qu'ils avaient cachés au sous-sol et les disposèrent au pied du sapin. Quand il lui dit qu'il ferait mieux de dégager l'allée avant que la neige ne gèle, elle se rappela de lui dire que le gamin du bout de la rue avait téléphoné à Fanny pour dire qu'il ne pourrait pas venir du week-end parce qu'il allait chez sa grand-mère.

Tout en pelletant la neige, Carella se demanda s'il avait bien fait de parler à Teddy du baiser, après tout. Il n'avait pas signalé que Hillary Scott lui ressemblait en plus jeune, et il s'en félicitait à présent. L'air était devenu très froid. En rentrant dans la maison, il resta un bon moment devant le feu mourant, à se réchauffer, avant d'aller dans sa chambre. La lumière était éteinte. Teddy était au lit. Il se déshabilla sans rien dire et se mit au lit à côté d'elle. Elle était toute raide à côté de lui ; sa respiration lui indiqua qu'elle était tout éveillée. Il alluma la lumière.

— Qu'est-ce qu'il y a, chérie ? dit-il.

« Tu as embrassé une autre femme », dit-elle.

— Non, c'est elle qui m'a embrassé.

« C'est la même chose. »

— Et d'ailleurs, ce n'était pas un baiser. C'était... Je ne sais pas ce que c'était, merde.

« C'était un baiser ; voilà ce que c'était, merde », dit Teddy.

— Chérie, dit-il, crois-moi, je...

Elle secoua la tête.

— Chérie, je t'aime. Je n'embrasserais même pas Jane Fonda si je la trouvais demain matin dans un paquet-cadeau au pied du sapin. (Il sourit et dit :) Et tu connais mes sentiments envers Jane Fonda.

« Ah ? dit Teddy. Et quels sont tes sentiments envers Jane Fonda ? »

— Je pense qu'elle est... eh bien, c'est une femme très séduisante, dit Carella, qui avait l'impression de patauger dans une neige encore plus épaisse que celle qu'il y avait dehors. Ce que j'essaie de dire...

« Une fois, j'ai rêvé que je faisais l'amour avec Robert Redford », dit Teddy.

— Comment était-ce ? demanda Carella.

« Très bien, en fait. »

— Chérie ? dit-il.

Elle regarda ses lèvres.

— Je t'aime à en mourir, dit-il.

« Alors plus de baisers, dit-elle en hochant la tête. Ou je te casse ta sale gueule. »

6

Quand des journalistes lui demandèrent comment il comptait dégager les rues avant le début de la forte circulation des vacances, le maire répondit avec son esprit et son style habituels :

— Messieurs, il ne s'agit jamais que d'un peu de neige.

Les représentants de la presse ne trouvèrent pas cette remarque amusante. Ni les flics du 87ᵉ.

Ceux qui avaient la malchance de tomber sur le tour de service de minuit à huit heures le jour de Noël travaillèrent en fait jusqu'à dix heures du matin, moment où leurs collègues qui venaient prendre la relève commencèrent à débarquer au compte-gouttes dans la salle de permanence. Il y avait dix-huit inspecteurs affectés au commissariat 87, eux-mêmes divisés en trois équipes pour assurer la journée complète, six par équipe. L'équipe qui assurait le service de huit heures à seize heures (en fait, ce jour-là, de dix heures à dix-huit heures) se composait de Meyer Meyer, Hal Willis, Bob O'Brien, Lou Moscowitz, Artie Brown et d'un nouveau muté du 21ᵉ qui s'appelait Pee Wee Wizonski. Wizonski mesurait plus d'un mètre quatre-vingt-dix, pesait quatre-vingt-quinze kilos en caleçon et chaussettes et souffrait mille morts d'être polonais. Il ne se passait pas de jour sans que quelqu'un du commissariat ne raconte une blague polonaise. Le jour de Noël (qui était l'anniversaire de Wizonski), Lou Moscowitz (qui fêtait Hanoukka) lui parla du premier miracle du pape Jean-Paul II : il avait changé le vin en eau. Wizonski ne trouva pas ça drôle. Personne, pas même le maire, n'avait beaucoup de chance avec ses blagues, ce jour-là.

Les feux d'artifice commencèrent vers dix heures et demie.

Ils commencèrent par ce qu'on appelait une « scène de ménage » à l'angle de Mason Avenue et de la Sixième Rue. Quelques années plus tôt, Mason Avenue avait été connue sous le nom de *Via de Putas :* la rue des Putains. Les prostituées qui hantaient ce quartier portoricain étaient depuis parties pour de plus verts pâturages, dans le centre, où elles pouvaient offrir une passe dans un salon de massage pour quarante à quatre-vingts dollars, selon le service rendu. La *Via de Putas* n'était plus que la *Via* — la Rue — mélange de salles de jeu, de librairies cochonnes, de cabarets douteux, de bistrots, d'épiceries familiales, d'une bonne douzaine de bars et d'une église destinée à sauver les âmes de ceux qui fréquentaient le quartier. A part l'église, dont l'unique étage dispensateur d'espérance religieuse était coincé entre les immeubles voisins, les alléchantes boutiques qui bordaient la Rue étaient au rez-de-chaussée d'immeubles qui abritaient des gens disposés à supporter un cadre de vie crasseux en échange de loyers parmi les plus bas de toute la ville. C'est dans un de ces appartements que la scène de ménage eut lieu.

Les deux agents qui répondirent à l'appel assistèrent à un spectacle qui n'avait rien à voir avec Noël. Il y avait deux corps dans le salon, tous deux vêtus de chemises de nuit, tous deux victimes de coups de feu. L'un d'eux, une femme, était morte assise sur une chaise à côté du téléphone, tenant encore le combiné dans sa main ensanglantée. C'était elle, comme ils l'apprirent plus tard, qui avait appelé le 911. La seconde victime était une jeune fille de seize ans étendue la face contre le linoléum constellé de taches, morte elle aussi. La femme qui avait appelé le 911 avait seulement dit : « Envoyez la police ; mon mari est devenu fou. » Les agents s'étaient attendus à une querelle de ménage, mais pas de cette gravité. Après avoir frappé à la porte, ne recevant pas de réponse, ils avaient tourné la poignée pour entrer presque tranquillement — c'était Noël ; c'était Hanoukka. A présent, ils sortirent tous deux leur arme et se séparèrent pour entrer dans la pièce. A l'autre bout, il y avait une porte fermée. Lorsque le premier agent (un flic noir du nom de Jake Parsons) frappa à la porte, il fut accueilli par une grêle de coups de feu qui fit jaillir de gros éclats de bois du battant et aurait fait la même chose de sa tête s'il n'avait pas eu le réflexe de se jeter sur-le-champ à terre. Les deux flics ressortirent de l'appartement.

De la radio de leur voiture, ils avertirent le sergent de garde, Murchison, qu'il semblait y avoir un double meurtre, sans parler d'un type armé barricadé derrière une porte. Murchison appela la salle de permanence, au premier. Pee Wee Wizonski, qui prit l'appel, sortit son étui et son arme du tiroir de son bureau, fit signe à Hal Willis, à l'autre bout de la pièce, et passa le portillon de la barrière à claire-voie avant même que Willis ait mis son manteau. En bas, Murchison appela la criminelle ainsi que la brigade d'intervention de ce secteur de la ville. S'il y avait un type armé barricadé derrière une porte, c'était l'affaire des volontaires de la brigade d'intervention, et non de simples mortels. Quand Wizonski et Willis arrivèrent sur les lieux, les flics de choc étaient déjà là. L'un à côté de l'autre, les inspecteurs du 87e ressemblaient un peu à Astérix et Obélix ou à Laurel et Hardy. Wizonski était le plus grand de la brigade ; Willis était le plus petit, puisqu'il dépassait de peu la taille minimale réglementaire d'un mètre soixante-dix. Les agents de ronde les mirent au jus de ce qui se passait là-haut et tout le monde remonta au troisième étage. Les flics de choc, revêtus de gilets pare-balles, entrèrent les premiers. Comme celui qui était barricadé là-derrière tirait dès qu'il entendait un bruit dans l'appartement, ils renoncèrent à enfoncer la porte. Dans le couloir, à l'extérieur, les flics se réunirent en conférence au sommet.

Les deux flics de la Criminelle affectés à cette affaire s'appelaient Phelps et Forbes. Ils ressemblaient beaucoup à Monoghan et Monroe, qui étaient à ce moment-là chez eux en train d'ouvrir leurs cadeaux de Noël. (Les hommes du 87e devaient apprendre plus tard que la femme de Monoghan lui avait offert un revolver plaqué or ; la femme de Monroe lui avait offert un magnétoscope sur lequel il pourrait passer discrètement les cassettes porno qu'il prélevait ici et là à travers la ville.) Phelps et Forbes n'étaient pas contents de devoir travailler le jour de Noël. Phelps était particulièrement mécontent parce qu'il détestait les Portoricains et aimait répéter que s'ils retournaient tous dans l'île de merde d'où ils étaient venus, il n'y aurait plus de crimes dans la ville. Et voilà qu'une famille portoricaine faisait du grabuge le jour de Noël — à supposer que le cloporte retranché derrière cette porte fût en effet hispanique. « Hispanique » était le terme dont tous les flics de la ville se servaient pour désigner toute personne d'ascendance espagnole, même lointaine, sauf Phelps et de nombreux flics dans son genre qui continuaient à les appeler « espingouins ». Aux yeux de Phelps, même l'adjoint au maire, qui était né à Mayagüez, était un espingouin.

— Si on approche de cette porte, dit Phelps, ce sale espingouin va nous faire sauter la cervelle.

— Vous croyez qu'on peut passer par la fenêtre ? demanda l'un des flics de choc.

— A quel étage est-on ? dit l'autre.

— Au troisième.

— Il y en a combien en tout ?

— Quatre.

— Ça vaut le coup d'essayer de descendre par le toit, vous ne croyez pas ?

— Vous, occupez-le de ce côté-ci, dit le premier flic de choc. L'un d'entre nous va le prendre à revers par la fenêtre.

— Quand vous nous entendrez crier, dit le second flic de choc, enfoncez la porte. On le prendra en tenaille.

Pendant ce temps, les agents qui étaient arrivés les premiers sur les lieux avaient interrogé une dame du même étage, qui leur avait dit qu'il y avait deux filles dans cette famille : celle de seize ans qu'ils avaient trouvée morte par terre et une autre de dix ans qui s'appelait Consuela. Ils firent part de ce détail aux flics qui échafaudaient leur tactique dans le couloir, et tous tombèrent d'accord qu'ils avaient affaire à une « situation avec prise d'otage », si bien qu'il était un peu risqué d'entrer par la fenêtre en volant comme Batman. Les deux flics de choc étaient d'avis d'essayer malgré tout, sans demander l'aide de la brigade spécialisée. Mais Phelps et Forbes y mirent leur veto et demandèrent à l'un des agents de descendre appeler à l'aide la brigade spécialisée. Personne ne savait encore si Consuela était bel et bien derrière cette porte avec celui qui tirait des coups de feu ou partie se promener dans la neige.

D'habitude, une véritable prise d'otage attirait beaucoup de monde, même si le théâtre des opérations se trouvait être dans un quartier portoricain. Ce matin-là, à onze heures, à l'arrivée de deux flics de la brigade des prises d'otage, il y avait quatre sergents, un lieutenant et un capitaine avec tous les autres dans le couloir surpeuplé. Le capitaine avait pris la direction des opérations, et il exposait son plan comme s'il projetait de prendre le Kremlin d'assaut, expliquant aux flics de choc qu'il voulait en effet qu'un homme descendu du toit à l'aide d'une corde entre par la fenêtre pendant que les flics spécialisés parleraient au type à travers la porte. Il voulait des gilets pare-balles pour tout le monde, y compris celui qui descendrait par la corde. Le flic de choc qui prévoyait de descendre du toit lui dit que les gilets pare-balles pesaient une tonne et qu'il aurait assez de mal au bout de sa corde, avec tout ce vent, sans s'encombrer d'un gilet qui risquait de l'entraîner quatre étages plus bas. Le capitaine exigea qu'il porte un gilet pare-balles. Ils étaient tous prêts à gagner leurs postes quand la porte de la chambre s'ouvrit et qu'un type en caleçon lança un Colt 45 automatique dans le salon et sortit les mains sur la tête. Il pleurait. Sa fille de dix ans, Consuela, était sur le lit, derrière lui. Il l'avait étouffée sous un oreiller. Le capitaine eut l'air déçu de ne pas avoir l'occasion d'appliquer son plan génial.

Pendant ce temps, à la maison, Meyer Meyer et Bob O'Brien prirent un appel en quelque sorte plus raffiné. D'habitude, Meyer n'aimait pas travailler avec O'Brien. Ce qui n'avait rien à voir avec la personnalité, la compétence ou le courage d'O'Brien. Cela tenait seulement à l'étrange tendance d'O'Brien à se fourrer dans des situations dans lesquelles il devenait nécessaire qu'il tire sur quelqu'un. O'Brien n'aimait pas tirer sur les gens. Il faisait même d'énormes efforts pour éviter d'avoir à sortir son arme. Mais il semblait exercer une force d'attraction sur les gens qui tenaient à se faire tirer dessus. Résultat, étant donné que les flics n'aiment pas plus que les civils se faire tirer dessus, étant donné aussi que travailler avec O'Brien augmentait les chances d'échange de coups de feu inopinés, la plupart des flics du 87e essayaient de s'arranger pour ne pas faire trop souvent équipe avec lui. O'Brien avait la réputation, peut-être imméritée, de porter la poisse. Il était lui-même convaincu que s'il y avait, quelque part dans la ville, un homme ou une femme armés, cette arme finirait par servir contre lui, et qu'il serait contraint de se défendre. Il l'avait dit un jour à sa fiancée, qui avait rompu ses fiançailles la semaine suivante — pas étonnant.

Ce jour-là, cependant, comme c'était à la fois Noël et Hanoukka, Meyer se dit que les chances de violence en compagnie d'O'Brien allaient peut-être tourner à quatre-vingts pour cent en leur faveur. Lorsqu'ils reçurent l'appel de Smoke Rise, elles montèrent à quatre-vingt-dix pour cent. Smoke Rise était le quartier le plus élégant compris dans les limites du 87e, presque une ville en lui-même, avec des maisons à deux cent ou trois cent mille dollars, la plupart avec vue sur le cours de l'Harb. Il s'agissait en outre d'un appel 10-21 — un cambriolage « au passé », c'est-à-dire que le cambrioleur avait terminé son numéro et avait quitté la scène sans attendre les applaudissements. Il n'y avait donc aucun danger que quelqu'un tire sur O'Brien (ni qu'O'Brien riposte) puisque le malfaiteur s'était éclipsé avant leur arrivée.

Beaucoup de voies de Smoke Rise portaient des noms royaux — Victoria Circle, Elizabeth Lane, Albert Way,

Henry Drive — qui donnaient à la localité une tonalité monarchique dont elle n'avait ni envie ni besoin. Mais l'entrepreneur, peu soucieux qu'on confonde son quartier avec des quartiers moins huppés de cette partie de la ville, avait nommé lui-même les rues en divisant les parcelles. Une fois à court de Normands, de Plantagenêts, de Lancastre, d'York, de Tudors, d'Orange et de Hanovre, il était passé aux Windsor. Et une fois à court de princes du sang, il était passé à des noms comme Westminster, Salisbury, Winchester (auquel il avait renoncé parce que ça ressemblait trop à un nom de fusil) et Stonehenge. Tout le quartier avait une tonalité tout à fait britannique. Certaines maisons auraient été parfaitement dans leur cadre dans une lande de Cornouaille.

Le cambriolage avait eu lieu dans Coronation Drive, à deux pas de Buckingham Way. La maison était une fantaisie tout en pignons, tourelles, vitraux et pierres de taille qui s'élevait au bord du fleuve, tel le palais d'été de la reine. Le propriétaire des lieux avait fait fortune dans la ferraille à une époque où il était encore possible d'amasser de grandes quantités d'argent sans devoir en reverser soixante-dix pour cent à l'oncle Sam. Il parlait encore avec un accent de Calm's Point affirmé, dont certains phonèmes sonnaient comme autant de blasphèmes sous les voûtes gothiques du plafond de son salon. Sa famille — une femme et deux fils — était en dimanche. Ils avaient quitté la maison à onze heures moins le quart pour aller apporter des cadeaux de Noël dans la même rue, et en rentrant à midi et demi, ils avaient trouvé leur demeure pillée. Ils avaient aussitôt appelé la police.

— Que vous a-t-on pris, monsieur ? demanda Meyer.

— Tout, répondit Feinberg. Il a dû faire entrer un camion dans l'allée. Il a piqué la chaîne, la télévision, les fourrures et les bijoux de ma femme, et tous mes appareils photo, dans le placard d'en haut. Sans parler de tous les cadeaux qu'il y avait sous l'arbre. Ce salaud a tout embarqué.

Dans un coin du salon se dressait un gigantesque sapin qui avait dû nécessiter une équipe de quatre pour le faire entrer et le décorer. Meyer ne trouvait pas un arbre de Noël déplacé chez des juifs. Depuis la naissance de ses propres enfants, il avait lutté contre l'idée de célébrer Noël, comme les *goys*, pour finir par capituler le jour où ils avaient eu respectivement neuf, huit et six ans. Son premier compromis avait été un cageot recouvert de papier crépon pour ressembler à une cheminée. De là, il était passé à un petit épicéa spruce en pot, qui était un arbuste de Hanoukka, d'après ce qu'il avait dit à ses enfants. Comme il s'était donné un tour de reins en replantant ce foutu arbre dans la cour après Noël, l'année suivante, il avait acheté un sapin coupé auprès de l'association charitable qui en vendait au coin de la rue. Il ne se sentait pas moins juif parce qu'il avait un sapin de Noël chez lui. Comme pour bien des *goys*, les fêtes de Noël étaient à ses yeux une question d'esprit plutôt que de religion. Si quelque chose sur terre pouvait rapprocher les gens, ne fût-ce qu'un instant, Meyer était à fond pour.

Certains de ses amis juifs le traitaient de *goy* honteux. Il leur avait répondu qu'il était aussi un juif honteux. Meyer était convaincu qu'Israël n'était pas sa patrie, mais un pays étranger. Il approuvait l'idée qu'Israël devait survivre et même perdurer — mais il ne faisait aucun doute dans son esprit qu'il était d'abord américain, ensuite juif et en aucun cas israélien. Il savait qu'Israël avait accueilli à l'intérieur de ses frontières menacées des juifs errants du monde entier — mais il n'oubliait jamais que l'Amérique avait accueilli des juifs errants longtemps avant qu'Israël soit ne serait-ce qu'un rêve. Alors oui, il avait donné de l'argent pour qu'on plante des arbres en Israël. Et oui, il haïssait de toute son âme les actes de terrorisme à l'encontre de cette petite nation. Et oui, il lui tardait de voir ces pays bibliques qu'il n'avait connus que dans sa jeunesse, quand il allait suivre l'instruction religieuse six jours par semaine et qu'il était même le meilleur élève de sa classe en hébreu. Il était content que, cette année-là, Noël et Hanoukka tombent le même jour. Toutefois, au plus profond de son cœur, il soupçonnait que toutes les fêtes religieuses avaient commencé par être des fêtes agraires, des siècles plus tôt ; ce n'était pas par hasard que Pâques et la Pâque juive se suivent chaque année d'aussi près et parfois — comme pour cette fête-ci — tombaient exactement le même jour. Lou Moscowitz, qui était inspecteur de deuxième classe au commissariat, disait à Meyer qu'il n'était plus un vrai juif. Meyer Meyer était un vrai juif par chaque parcelle de son être. Mais il était juif à sa manière à lui.

Le cambrioleur avait accompli un fort beau numéro chez les Feinberg. En parcourant la maison pour faire l'inventaire des objets manquants, ils se rendirent compte qu'il manquait bien plus de choses que Feinberg ne l'avait d'abord supposé. L'hypothèse que le cambrioleur avait fait entrer un camion dans l'allée était désormais tout à fait plausible. Il avait même volé les bicyclettes des garçons dans le garage et la précieuse collection des disques du groupe Queen appartenant au cadet. La perte de ces disques semblait affecter ce dernier beaucoup plus que celle de sa caméra toute neuve, cadeau de Noël qu'il avait laissé au pied de l'arbre après l'avoir déballé. L'indignation première de la famille devant ce vol avait laissé place à un abattement qui n'avait rien à voir avec la valeur des biens. Quelqu'un était entré chez eux. Un intrus indésirable était venu piller leur demeure, et ce qu'il leur avait dérobé de plus précieux était leur sentiment d'intimité inviolable. En l'absence d'éléments sur les explosifs ou les armes dont le cambrioleur était muni, il s'agissait en apparence d'un vol avec effraction : « Intrusion volontaire ou maintien illégal dans un lieu clos dans l'intention d'y commettre un délit. » Cependant, le langage du Code pénal convenait mal pour décrire le délit commis aux dépens des Feinberg. De toute leur vie, ils n'oublieraient jamais ce jour. Au cours des prochaines années, ils raconteraient l'histoire de l'homme qui s'était introduit chez eux le jour de Noël, qui tombait cette année-là le jour de Hanoukka, et de ce qui était arrivé aux inspecteurs dix minutes après leur départ des lieux.

Si ce n'avait pas été le jour de Noël, le camion de déménagement n'aurait peut-être pas attiré l'attention de Meyer et O'Brien. Ce camion était garé dans une rue latérale, à une quinzaine de pâtés de maisons de chez les Feinberg et bien en dehors du mur d'enceinte du lotissement de Smoke Rise. Le pneu arrière gauche du camion, le plus éloigné du trottoir enneigé, était à plat. Un homme vêtu d'une veste en cuir marron et coiffé d'une casquette de marin en laine bleue était en train de changer le pneu. Près de lui, sur la chaussée en partie enneigée, se trouvaient un démonte-pneu et une clef à molette. En voyant ce camion, ni Meyer ni O'Brien ne s'étonnèrent à voix haute qu'un déménageur travaillât le jour de Noël. Ce n'était pas nécessaire. Meyer, qui conduisait, gara la voiture banalisée le long du trottoir derrière le camion. Les deux hommes descendirent de voiture chacun de leur côté. La chaussée était encore glissante là où le chasse-neige avait laissé des plaques de neige gelée. L'haleine fumante, les deux inspecteurs s'approchèrent de l'homme qui soulevait le pneu de rechange pour le remettre en place.

— Besoin d'un coup de main ? demanda Meyer.

— Non, ça va, dit l'homme.

C'était un Blanc qui allait sur ses trente ans, au teint blême sur lequel tranchait le noir de ses yeux et de sa moustache. Sur le flanc du camion, on lisait en grosses lettres : « CULBERTSON DEMENAGEMENT ET TRANSPORT ». Le camion était immatriculé dans l'état voisin.

— On vous fait travailler le jour de Noël, hein ? dit O'Brien d'un ton détaché.

— Ouais, vous savez ce que c'est, répondit l'homme.

— Ça doit être un chargement important, dit Meyer. Pour qu'on vous envoie le chercher le jour de Noël.

— Ecoutez, qu'est-ce que ça peut vous faire ? dit l'homme. J'ai un pneu à plat ; j'essaie de le changer ; pourquoi est-ce que vous ne dégagez pas, hein ?

— Police, dit O'Brien en plongeant la main dans sa poche pour sortir sa plaque, mais un pistolet apparut dans la main de l'homme.

Cette réaction les prit de court. Il était rare que les cambrioleurs opérant chez des particuliers fussent armés. Un homme qui commettait un cambriolage la nuit, surtout dans un domicile où se trouvait quelqu'un à ce moment-là, courait les plus grands risques, et il pouvait très bien être armé, bien que le port d'arme eût allongé son temps de prison. S'ils s'étaient attendus à un geste de violence (ce qui n'était certes pas le cas), ils auraient pensé qu'il allait se saisir du démonte-pneu posé sur la chaussée. Or l'homme mit la main sous sa veste et une arme lui apparut dans la main, un pistolet de calibre 38 qu'il tira de la ceinture de son pantalon pour le braquer droit sur Meyer.

Le coup partit sans que Meyer ait le temps de réagir et de sortir sa propre arme. L'homme tira deux coups, qui atteignirent tous deux l'inspecteur à la jambe et le firent tomber. O'Brien dégaina aussitôt. Il n'eut pas le temps de se dire que c'était encore à lui que ça arrivait. Il pensa seulement : « Mon collègue est touché », puis il vit l'homme diriger son arme vers lui, et il tira sur-le-champ, le touchant à l'épaule, puis tira de nouveau sur l'homme qui basculait en avant, et que la seconde balle atteignit à la poitrine. L'arme toujours dans la main droite, O'Brien se pencha sur le blessé tout en attrapant d'une main gauche malhabile les menottes qu'il portait à la ceinture, le fit rouler sur lui-même sans se soucier du sang qui coulait de ses blessures et lui attacha les mains derrière le dos. Le souffle court, il se tourna vers Meyer, qui était couché sur la chaussée, une jambe repliée sous lui.

— Comment ça va ? demanda-t-il.

— Mal, répondit Meyer.

O'Brien alla à la voiture et prit le micro relié au tableau de bord.

— Ici 874, dit-il, à l'angle de Holmsby Street et de North Street. Officier de police blessé. Je demande une ambulance.

— Qui êtes-vous ? demanda l'opérateur.

— Inspecteur O'Brien.

Comme si l'opérateur ne l'avait pas déjà deviné.

L'hôpital le plus proche de Smoke Rise était Mercy General Hospital, à l'angle de North Street et de Platte Avenue. Là, tandis qu'un essaim de bonnes sœurs voletait dans la salle des urgences, un interne fendit des deux côtés la jambe gauche du pantalon de Meyer, examina les deux plaies (une sur la cuisse, l'autre juste sous la rotule) et appela le premier étage pour qu'on prépare sur-le-champ une salle d'opération. Le cambrioleur qui avait tiré sur Meyer eut droit aux mêmes soins attentifs que toutes les créatures de Dieu, grandes ou petites. Dès une heure, en cet après-midi de Noël, ils étaient installés chacun dans une chambre du cinquième étage. Un factionnaire était posté à la porte de la chambre du cambrioleur, mais c'était la seule différence.

Le cambrioleur s'appelait Michael Addison. Dans le camion qu'il avait volé dans le parc de stationnement de Culbertson, dans l'état voisin, la police retrouva non seulement le butin de sa visite chez les Feinberg, mais encore le produit de plusieurs cambriolages qu'il avait commis ce jour-là. Addison refusa d'avouer quoi que ce soit. Il dit qu'il était souffrant et qu'il voulait un avocat. Il dit qu'il allait intenter un procès à O'Brien en particulier et à la ville en général pour avoir tiré sur un innocent occupé à changer un pneu. Se penchant sur son lit, O'Brien lui chuchota que si son collègue sortait boiteux de cette histoire, Addison aurait intérêt à s'expatrier en Chine.

A la salle de permanence, Arthur Brown (qui était friand de littérature anglaise) signala à Miscolo, du secrétariat, que le type avait un nom prédestiné pour un cambrioleur.

— C'est-à-dire ? demanda Miscolo.

— Il est parti sans demander l'addition, dit Brown en souriant.

— Je ne comprends pas, dit Miscolo.

— Addison, dit Brown. Addition.

— Je ne comprends toujours pas, dit Miscolo. Vous voulez du café ?

C'était avant qu'une bande de six hommes ne dérobe une rue entière.

L'appel arriva à cinq heures moins dix. A ce moment,

il y avait eu le nombre prévu de suicides ou de tentatives de suicide — en fait, un peu plus que ce dont les uns et les autres se souvenaient à l'occasion des Noëls précédents. A ce moment, le lieutenant Byrnes était déjà passé en personne chez Meyer pour donner des nouvelles à Sarah. Sarah fut soulagée d'apprendre que son mari n'était touché qu'à la jambe ; au moment où elle avait vu Byrnes sur le palier, elle avait cru que ses pires craintes s'étaient réalisées. Après cette courte visite, Byrnes l'avait conduite à l'hôpital, où elle avait passé le reste de l'après-midi auprès de Meyer, qui fit remarquer que quand un homme se faisait tirer dessus, sa femme devait lui apporter un bon bol de soupe au poulet. Pendant ce temps, tandis qu'elle tenait la main de Meyer en lui disant à quel point elle était contente qu'il fût toujours en vie, un camion s'engagea dans Gedney Avenue et six hommes qui en descendirent entreprirent d'en arracher les pavés.

Gedney était l'un des rares quartiers de la ville qui avait encore des rues pavées — du moins jusqu'à ce jour de Noël. Les pavés, aux dires de certains, dataient de l'époque à laquelle les Hollandais gouvernaient encore la ville. D'autres soutenaient que les Hollandais n'auraient jamais fait la différence entre un pavé et une tulipe, et que c'étaient les Britanniques qui avaient pavé Gedney. Le nom de l'avenue était anglais, non ? Ce devait donc être les Britanniques. Quoi qu'il en soit, les six hommes qui avaient sauté du camion étaient en train de la dépaver. Les chasse-neige étaient passés déjà deux fois par Gedney Avenue, qui était donc assez bien dégagée. Les hommes se mirent au travail avec une belle ardeur — se servant de pioches et de barres à mine pour arracher les précieux pavés, qu'ils chargeaient dans le camion en les alignant rang par rang avec la précision d'une équipe de démolisseurs. Du haut en bas de l'avenue, les gens se mettaient aux fenêtres pour admirer ces hommes au travail, admirant l'efficacité de la manœuvre. Il fallut à ces hommes deux heures pour dépaver la longueur d'un pâté de maisons. Passé ce délai, ils remontèrent dans la camion et décampèrent. Personne ne releva le numéro d'immatriculation du camion.

Quelqu'un fut néanmoins impressionné par le fait que le service des travaux publics (à ce qu'il paraissait) travaillait au service de cette ville tant décriée même le jour de Noël. Il appela la mairie pour féliciter celui qu'il eut au bout du fil, et on lui passa l'une des nouvelles lignes d'appel direct pour les citoyens, auprès de laquelle il exprima sa vive gratitude. Soupçonneuse, la dame qui lui avait répondu appela aussitôt après le service des travaux publics, n'en obtint pas de réponse et appela le chef de service chez lui. Le chef de service lui affirma qu'il n'y avait eu aucun ordre de dépaver Gedney Avenue. Il lui suggéra d'appeler la police.

Si bien qu'à cinq heures, ce soir-là, tandis que les réverbères s'allumaient et que les ombres s'allongeaient, les inspecteurs Arthur Brown et Lou Moscowitz, debout au coin du pâté de maisons, contemplèrent le sol même que les Indiens avaient dû fouler de leurs mocassins des siècles plus tôt, quand Christophe Colomb était arrivé mettre la pagaille dans cet hémisphère. Dépouillée de ses pavés d'un bout à l'autre, Gedney Avenue paraissait sauvage et rustique. Brown et Moscowitz avaient le sourire fendu jusqu'aux oreilles ; même les flics apprécient un bon carottage de temps à autre.

Chez lui, Carella se sentait atrocement coupable. Non parce que quelqu'un avait embarqué les pavés de toute une rue, mais parce que Meyer s'était fait blesser deux fois à la jambe. S'il avait échangé son jour de congé avec Meyer, peut-être Meyer ne se serait-il pas fait tirer dessus. Peut-être Carella se serait-il fait tirer dessus à sa place. A cette idée, Carella se sentit un peu moins coupable. Il s'était fait tirer dessus assez souvent, merci — et même une fois quelques jours seulement avant Noël. Mais Carella était d'origine italienne, et les Italiens et les juifs de la ville partageaient un sentiment de culpabilité, de même qu'ils partageaient un système matriarcal. Carella avait un cousin qui, lorsqu'il lui arrivait de brûler un feu rouge par inadvertance, s'arrêtait au feu vert suivant pour se punir.

C'est ainsi que, le soir de Noël, à huit heures, Carella se rendit au Mercy General Hospital pour dire à Meyer à quel point il se sentait coupable de ne pas s'être fait tirer dessus à sa place. Meyer, lui aussi, se sentait coupable. En effet, se reprochait Meyer, s'il n'avait pas été assez bête pour se faire tirer dessus, Bob O'Brien n'aurait pas été contraint de sortir son arme et de tirer. Meyer avait peur que cela n'aggrave les propres sentiments de culpabilité d'O'Brien, bien qu'O'Brien fût irlandais et donc moins enclin à ce genre de réaction.

Carella avait apporté une bouteille de whisky. Il la sortit de la poche de son manteau, versa deux bonnes doses dans des verres stériles de l'hôpital, et ils trinquèrent ensemble pour célébrer le fait que Meyer était indéniablement toujours en vie, bien qu'un peu perforé. Carella servit une seconde tournée, et ils burent à la journée qui commencerait le lendemain.

7

La nouvelle salle de confrontation des suspects, ou salle de « retapissage », comme on l'appelait aussi, se trouvait au sous-sol du commissariat, à côté des cellules de détention provisoire des détenus avant leur transfert au palais de justice. On avait ainsi sous la main des individus qu'on pouvait (si eux-mêmes et leur avocat n'y voyaient pas d'objection) faire défiler devant une victime ou un témoin en compagnie du véritable suspect que la police souhaitait faire identifier.

Au temps jadis, une confrontation des malfaiteurs arrêtés la veille avait lieu tous les matins au quartier général. Le but des séances régulières d'identification était de faire connaître aux inspecteurs de toute la ville ceux qui y commettaient des crimes et délits. Les inspecteurs passaient autant de temps à ces confrontations qu'au palais de justice. Mais, alors que les comparutions devant la cour étaient nécessaires pour obtenir les inculpations, un type haut placé décida que ces confrontations quotidiennes étaient une dépense d'énergie inutile et ne débouchaient que sur de rares arrestations, puisque ceux qui apparaissaient sur l'estrade étaient de toute façon conduits en prison, certains pour la vie. Désormais, la confrontation était une affaire strictement locale organisée dans le seul but d'identifier un suspect.

La salle de retapissage contenait une estrade étroite derrière laquelle des graduations destinées à indiquer la taille étaient tracées sur le mur et au-dessus de laquelle un micro était suspendu au plafond. Devant l'estrade, qu'il séparait des trois rangées de sièges, se trouvait un miroir sans tain qui allait du sol au plafond. Les flics appelaient les miroirs sans tain tantôt demi-miroir, tantôt miroir double [1] — mais les flics se mettaient rarement d'accord entre eux, sauf sur leurs jours de congé. Simple ou double, il ne présentait aux gens alignés sur l'estrade que leur propre reflet. Les gens assis de l'autre côté pouvaient voir sans obstacle sans être vus, à travers ce qui semblait n'être qu'une grande vitre, les hommes ou les femmes alignés sur l'estrade.

La séance de retapissage de ce jeudi matin 26 décembre avait pour but avoué de savoir si Jerry Mandel pourrait reconnaître Daniel Corbett. En appelant Mandel chez lui avant toute autre chose, Carella avait été enchanté d'apprendre que le gardien de Harborview était rentré de son séjour aux sports d'hiver sans s'être rien cassé. Après avoir fixé l'heure de la séance, il avait appelé Daniel Corbett chez lui puis chez Harlow House pour lui demander s'il acceptait de collaborer avec la police sur ce point. Corbett avait dit qu'il n'avait rien à cacher, puisque ce n'était pas lui qui s'était fait annoncer à Harborview le soir de la mort de Craig.

Dans les cellules de détention voisines, les inspecteurs avaient choisi une demi-douzaine d'hommes qui ressemblaient vaguement à Corbett : tous aux cheveux noirs et

1. En anglais, miroir sans tain se dit *one-way mirror* ou bien *two-way mirror*, miroir « à sens unique » ou « à double sens ».

aux yeux marron. A la salle de permanence, ils avaient aussi recruté les inspecteurs Richard Genero et Jerry Barker, selon les mêmes critères. Les prisonniers, tous vêtus comme ils l'étaient au moment de leur arrestation, présentaient un échantillon de chandails, de vestes et — dans le cas d'un pickpocket — un élégant costume à fines rayures. Genero et Barker étaient en veste sport. Daniel Corbett, qui était venu tout droit de Harlow House, portait un complet bleu foncé, une chemise d'un bleu plus pâle et une cravate en reps de soie bleu et or. En qualité d'invité d'honneur, il fut autorisé à choisir sa place dans la ligne. Il choisit la quatrième place en partant de la gauche. Quand les neuf hommes eurent tous pris place en silence derrière le miroir, les projecteurs illuminèrent l'estrade. Les sièges restèrent dans le noir. Carella et Hawes étaient assis au milieu de la deuxième rangée, de part et d'autre de Mandel.

— Vous reconnaissez quelqu'un ? demanda Carella.

— Non, pas encore, répondit Mandel.

Chose curieuse pour un skieur, c'était une petit homme grassouillet âgé d'une cinquantaine d'années. Avant le début de la séance, il avait dit à Carella qu'il était ancien catcheur professionnel. Carella le voyait mal décocher une manchette à qui que ce soit. Mandel observait les hommes alignés de l'autre côté du miroir.

— Est-ce que je peux éliminer ceux qui ne sont sûrement pas lui ? demanda-t-il.

— Allez-y.

— Eh bien, ce n'était pas ceux des deux bouts, ni celui du milieu.

— Frank, dit Carella dans le micro placé devant lui sur un support, tu peux éliminer les numéros un, cinq et neuf.

Genero était le premier ; il descendit de l'estrade, l'air

bizarrement déçu de ne pas être le gagnant. Les deux autres disqualifiés étaient des prisonniers des cellules de détention. Mandel élimina ensuite coup sur coup deux autres prisonniers et l'inspecteur Barker. Il ne restait plus que trois hommes sur l'estrade : les deux autres détenus et Daniel Corbett.

— Est-ce qu'ils pourraient dire quelque chose ? chuchota Mandel.

— Bien sûr, dit Carella. Messieurs, auriez-vous l'obligeance de dire d'une voix normale : « Je suis Daniel Corbett. Je voudrais voir M. Craig, s'il vous plaît. » Numéro quatre, nous commencerons par vous.

Le numéro quatre était Daniel Corbett. Il s'éclaircit la gorge et dit :

— Je suis Daniel Corbett. Je voudrais voir M. Craig, s'il vous plaît.

— Très bien, le numéro six, dit Carella.

Le six répéta :

— Je suis Daniel Corbett. Je voudrais voir M. Craig, s'il vous plaît.

— Et le huit.

Le numéro huit dit :

— Je suis Daniel Corbett. Je voudrais voir M. Craig, s'il vous plaît.

— Qu'en pensez-vous ? demanda Carella.

— Je ne peux pas être sûr... dit Mandel, qui s'interrompit. Mais je crois que c'est celui de droite. Le numéro huit.

Le numéro huit était un certain Anthony Ruggiero, qu'on avait arrêté le matin même pour tentative d'effraction dans un appartement de Grover Avenue, à trois pâtés de maisons du commissariat. Au moment de son arrestation, il était ivre, et il affirma qu'il croyait que c'était son propre appartement et que la femme qui lui répétait de s'en aller était sa propre femme. Carella jeta un coup d'œil morne à Hawes puis remercia Mandel. Un instant plus tard, il repassa de l'autre côté du miroir, comme un admirateur qui se présente dans les coulisses sans son bouquet de fleurs, et s'excusa auprès de Corbett de lui avoir fait perdre son temps.

— Mais qui était-ce donc, bon sang ? dit Carella à Hawes.

— Quelqu'un que Craig connaissait, en tout cas, dit Hawes.

— Forcément. Autrement, pourquoi l'aurait-il laissé entrer ? Et pourquoi aurait-il pris un verre avec lui ?

— C'est vrai. L'autopsie...

— Oui, il avait bu. Il était même ivre. Pourtant, les gars du labo n'ont pas trouvé trace d'alcool dans les verres.

— Ce qui veut dire qu'on les a lavés après.

— Ce qui ne voudrait rien dire si Craig avait bu seul. Mais Hillary m'a dit qu'il ne buvait jamais en travaillant. Jamais. Or nous savons qu'il avait travaillé cet après-midi-là, puisqu'il y avait une feuille de papier dans sa machine à écrire. Et la phrase était restée en suspens, ce qui semblerait indiquer qu'il a été interrompu — sans doute par le meurtrier qui sonnait à la porte. Seulement il l'a fait entrer, Cotton ! Il savait que ce n'était pas Corbett, mais il l'a quand même fait entrer. Et s'il ne buvait jamais en travaillant, c'est forcément après avoir cessé de travailler qu'il s'est mis à boire. Ce qui veut dire qu'il s'est installé pour prendre un verre avec son meurtrier.

Les deux inspecteurs échangèrent un regard.

— Qu'est-ce que tu en penses ? demanda Hawes.

— Mais je ne sais foutre pas quoi en penser. Peut-être que Craig a cru qu'il ne s'agissait que d'une petite visite amicale, prenez un verre, installez-vous, et crac ! un coup de couteau.

— C'est le couteau qui me tracasse, dit Hawes. Le fait qu'il ait apporté un couteau.

— Bien sûr, ça veut dire que c'était prémédité.

— Meurtre avec préméditation, purement et simplement.

— Alors pourquoi a-t-il accepté de prendre un verre ?

— Et de quoi ont-ils parlé entre cinq heures et le moment où le type s'est jeté sur lui ?

Les inspecteurs échangèrent un nouveau regard.

— Esposito ? dit Hawes.

— Peut-être, dit Carella. Il habitait le même immeuble ; il a pu se présenter en tant que membre d'une association de locataires ou...

— Alors, en bas, qui était-ce ?

— Comment ça ?

— Qui s'est fait annoncer sous le nom de Corbett ? Ça ne pouvait pas être Esposito.

— Non, dit Carella. Merde, allons chez les pompiers.

Une demi-heure plus tard, à la caserne nº 6, ils rencontrèrent Terry Brogan, garçon chez Elmer la nuit. Brogan regarda la photographie de Warren Esposito, hocha la tête et dit :

— Ouais, je le connais.

— Etait-il chez Elmer jeudi soir ? demanda Carella.

— C'était quel jour ? Le 22 ?

— Le 21.

— Ouais. Ouais, je travaillais ce soir-là.

— Est-ce qu'Esposito est venu ?

— C'est comme ça qu'il s'appelle ?

— Warren Esposito, oui. Est-ce qu'il... ?

— On sert à boire à un type pendant des mois et on

ne connaît même pas son nom, dit Brogan en hochant la tête d'un air songeur.

— Est-ce qu'il était là-bas jeudi soir ?

— Jeudi soir, jeudi soir, dit Brogan, voyons voir, qu'est-ce qui s'est passé, jeudi soir ?

Il resta pensif un moment. Du premier étage de la caserne, Carella entendit une voix par l'orifice où passait le poteau de descente.

— Carré de rois.

Un autre dit :

— Tu as un bol de cocu.

— Je crois que c'est jeudi soir que la rousse a retiré son chemisier, dit enfin Brogan.

— Quand était-ce ? A quelle heure ?

— Il devait être dans les six heures, dit Brogan. Elle est arrivée saoule, et elle a encore pris trois verres en une heure. Ouais, il devait être vers six heures. Alors un type assis au bar lui a dit que des nichons pareils, c'était sûrement des faux. Alors elle a retiré son chemisier pour lui montrer que non.

— Est-ce qu'Esposito était là ? demanda Carella, patient.

— Peut-être bien. Avec un esclandre pareil... Qui est-ce qui aurait regardé autre chose que les lolos de cette rouquine ?

— A quelle heure avez-vous pris votre travail, jeudi dernier ? demanda Hawes, histoire de tenter une autre approche.

— A quatre heures et demie.

— Esposito nous a dit qu'il était arrivé à cinq heures et demie.

— Possible.

— A quelle heure la rouquine est-elle arrivée ?

— Une heure avant de retirer son chemisier.

— C'est-à-dire vers cinq heures, c'est ça ?

— Ouais, vers cinq heures.

— D'accord, et à cinq heures, est-ce que vous étiez seul derrière le bar ?

— Bien sûr.

— C'est donc vous qui avez servi la rouquine.

— C'est ça.

— De cinq à six, il n'y a pas eu d'esclandre. Rien qui ait pu vous distraire. Alors vous pouvez peut-être essayer de vous rappeler si Warren Esposito est arrivé à cinq heures et demie ?

— Regardez de nouveau la photo, dit Carella.

Brogan regarda de nouveau la photo. Carella se surprit à se demander comment cet homme se comporterait lors d'une alerte au feu. Que se passerait-il si, se frayant un chemin jusqu'à une chambre, il y trouvait une rouquine aux seins nus ? Est-ce qu'il en oublierait son propre nom ? Est-ce qu'il sauterait dans le vide ? Est-ce qu'il dirigerait sa lance à incendie vers une fenêtre ouverte ?

— Ouais, c'est ça, grogna Brogan.

— Ça quoi ? s'enquit Carella en se demandant s'il était tombé sur un autre parapsychique.

— Des rob-roys. Il boit des rob-roys. C'est ça. J'ai servi un manhattan à la rouquine, un gin avec de la glace au vieux schnock du bout du comptoir, et puis il est arrivé et il m'a commandé un rob-roy.

— Esposito ?

— Ouais, le type de la photo.

— A quelle heure ?

— Eh bien, si la rouquine est arrivée à cinq heures... Ouais, il devait être dans les cinq heures et demie. Comme il a dit.

— A quelle heure est-il parti ? demanda Carella.

— C'est difficile à dire, répondit Brogan. Avec tout ce remue-ménage à cause de la rouquine.

— Est-ce qu'il était là quand elle a retiré son chemisier ?

— Je suis presque sûr que oui. Laissez-moi réfléchir une minute.

Carella le regarda réfléchir une minute. Il eut l'impression que Brogan revivait en pensée toute cette scène passionnante. De toute sa carrière de policier, il n'avait jamais vu un alibi reposer sur les seins d'une rousse. Enfin, la rousse était arrivée à cinq heures, avait retiré son chemisier à six heures, et ils venaient d'établir qu'Esposito était là vers cinq heures et demie. Si Carella avait voulu gagner sa vie en arrachant des dents, il se serait fait dentiste. Il semblait cependant qu'ils allaient être contraints d'arracher les dents de Brogan, incisives, canines et molaires, pour lui extorquer ce qu'ils cherchaient.

Brogan entreprit d'énumérer les gens qu'il imaginait assis au comptoir en les comptant sur les doigts de sa main gauche.

— Au bout du comptoir, à côté du juke-box, Abner, un whisky-soda. A côté de lui, la secrétaire de chez Halston, une vodka-tonic. Puis votre type, un rob-roy. A côté de lui, un type que je n'avais jamais vu, un bourbon à l'eau. Puis la rouquine, des manhattans. Et à côté d'elle, le type qui avait fait un commentaire sur ses nichons, un type que je n'avais jamais vu non plus, un canada rye. Voilà qui il y avait à six heures, juste avant qu'elle ne retire son chemisier. Alors ouais, votre type était encore là à six heures.

— Comment savez-vous qu'il était six heures ? demanda Hawes.

— C'était le début des informations. A la télévision.

On a un téléviseur derrière le comptoir. C'est comme ça que tout a commencé.

— Comment ça ?

— La fille qui présente le journal de six heures. Comment est-ce qu'elle s'appelle ? J'ai oublié son nom.

— Je ne sais pas comment elle s'appelle, dit Hawes.

— Mais vous voyez de qui je parle, hein ? Elle présente les nouvelles avec un type. Le journal de six heures.

— Bon, eh bien ? s'enquit Hawes.

— Quelqu'un a dit qu'elle avait des nichons d'enfer, la fille de la télévision, et la rouquine a dit qu'ils étaient faux, et le voisin de la rouquine a dit que les siens à elle aussi étaient faux, et c'est à ce moment qu'elle a retiré son chemisier pour lui prouver que non. (Brogan sourit en connaisseur.) Ce n'était pas des faux, croyez-moi.

— Donc Esposito était là à six heures, à l'apparition du journal et à la disparition du chemisier, dit Carella.

— C'est ça.

— Est-ce qu'il était encore là à six heures et demie ?

— Six heures et demie, six heures et demie, dit Brogan. Laissez-moi réfléchir une minute.

Carella regarda Hawes. Celui-ci souffla par les narines.

— Le patron est arrivé vers six heures dix, dit Brogan. Il voit la rouquine assise au comptoir, à poil jusqu'à la taille, et il dit : « Qu'est-ce qui se passe ici ? » Il croit que c'est une putain, vous comprenez ? Il lui dit de foutre le camp, qu'il ne veut pas de putains à son bar, pour attirer la flicaille. Soit dit entre nous, il a une loterie clandestine. C'est pour ça qu'il ne veut pas que les flics tombent par hasard sur sa loterie en venant chez lui arrêter une putain. (Il baissa la voix, sur le ton de la confidence.) Je vous dis ça parce que nous sommes fonctionnaires, vous et moi, dit-il. Je ne veux pas lui attirer d'ennuis.

— Très bien, donc le patron arrive à six heures dix, dit Hawes. Est-ce qu'Esposito était là, à l'arrivée du patron ?

— Ouais, il s'est mêlé aux autres.

— Quels autres ?

— Tout le monde a dit au patron de la fermer et de fiche la paix à la rouquine.

— Et ensuite ?

— Le patron a dit à la fille de remettre son chemisier et de dégager avant qu'il n'appelle la police. Il n'avait pas vraiment l'intention d'appeler la police, parce que ça risquait de lui attirer des ennuis qu'il préférait éviter ; c'était histoire de faire peur à la rouquine, vous voyez ?

— Est-ce qu'elle a remis son chemisier ? demanda Carella.

— Elle a remis son chemisier.

— A six heures dix ?

— A six heures et quart.

— Et ensuite ?

— Elle est partie. Non, attendez. Elle a d'abord traité le patron de cul-serré. C'est seulement après qu'elle est partie.

— A six heures et quart ?

— Six heures et quart, c'est ça.

— Est-ce qu'Esposito était encore là quand elle est partie ?

— Il était encore là.

— Comment le savez-vous ?

— Il m'a commandé un autre rob-roy, et puis il a dit qu'il n'avait jamais vu d'aussi gros nichons.

— Bon, il est donc six heures et quart, dit Carella. Est-ce qu'il était encore là à six heures et demie ?

— C’est à six heures et demie que je lui ai refilé son addition.

— Comment savez-vous qu’il était six heures et demie ?

— Parce que c’était la fin des informations.

— Quand vous lui avez donné son addition, est-ce qu’il est parti ?

— Il a d’abord payé.

— Et après, est-ce qu’il est parti ? demanda Hawes.

— Il est parti, répondit Brogan en hochant la tête.

— A six heures et demie ?

— Ça devait être quelques minutes après six heures et demie.

— Comment savez-vous que c’est Esposito qui partait ?

— Il m’a filé cinq dollars de pourboire. Il m’a dit que c’était pour le spectacle.

— Pourquoi ne vous êtes-vous pas rappelé tout ça tout de suite ? dit Hawes.

— Parce que dans la vie, tout a un début, un milieu et une fin, dit Brogan, philosophe, en haussant les épaules.

Il avait tout de même fini par confirmer l’alibi de Warren Esposito. Ce dernier se trouvait chez Elmer, où il buvait en regardant un spectacle impromptu d’effeuillage au moment où sa femme se faisait poignarder en bas de chez eux.

Ils étaient revenus à leur point de départ, et le milieu et la fin n’étaient pas à l’horizon.

Ce soir-là, à six heures, la voiture Boy 7, du commissariat 12, fut envoyée au 1134, Llewlyn Mews pour enquêter sur ce que la personne qui avait appelé avait décrit comme « des cris et des hurlements dans un appartement ». Une particularité de langage de la police de la ville voulait qu'on appelle familièrement des commissariats comme le 87e et le 63e respectivement le huit-sept et le six-trois, tandis qu'on désignait tous les commissariats de 1 à 20 sous leur nom complet. Il n'y avait pas de un-six dans la ville ; c'était le 16e. De même, il n'y avait pas de un-deux ; les hommes qui répondirent à cet appel dans le Quarter étaient des flics du 12e.

Ils descendirent de la voiture de patrouille, enjambèrent la banquette de neige le long du caniveau et se dirigèrent avec prudence sur le trottoir verglacé vers une grille en fer forgé noir qui entourait une cour pavée. Ouvrant un portail, ils passèrent une haie de pins d'Australie pour arriver devant la porte orange vif de la maison. L'un des agents souleva le lourd heurtoir de bronze et le laissa retomber. Il répéta quatre fois ce geste, puis essaya de tourner la poignée. La porte était fermée à clef. Il n'y avait plus aucun bruit à l'intérieur ; ils supposèrent aussitôt que c'était un appel 10-90 — une « fausse alerte ». Cependant, en gardiens de la loi consciencieux, ils firent le tour du bâtiment et traversèrent un jardinet tout enneigé pour frapper à la porte de service et jeter un coup d'œil par la fenêtre de la cuisine, puis ils frappèrent de nouveau et tournèrent la poignée. La porte était ouverte.

L'un des agents passa la tête dans la cuisine en criant :

— Police ! Il y a quelqu'un ?

Il n'y eut pas de réponse.

Il regarda son collègue. Celui-ci haussa les épaules. Ils entrèrent dans la maison, à tout hasard, sans très bien savoir s'ils en avaient le droit, mais se disant qu'ils répondaient à un appel et qu'il était de leur devoir de voir ça de près, d'autant plus que la porte de service était ouverte — ce qui leur permettrait d'alléguer des signes d'effraction, si on leur cherchait des poux dans la tête.

Dans la bibliothèque aux murs lambrissés, ils découvrirent le corps d'un homme en veste d'intérieur rouge à col de velours noir.

L'inspecteur de deuxième classe du commissariat 12 s'appelait Kurt Heidiger ; il commença son enquête sur ce meurtre seul parce que son équipier, qui avait la grippe, était resté chez lui et que, comme la salle de permanence était sur les dents ce jour-là, on ne pouvait détacher personne pour l'accompagner. Il conclut du premier coup d'œil que la cause probable de la mort était de nombreux coups de couteau, et il apprit par la voisine d'en face (la femme qui avait appelé le 911) que la victime se nommait Daniel Corbett et travaillait dans une maison d'édition du nom de Harlow House.

Heidiger était un flic intelligent et passionné de lecture. Quand les journaux de la ville n'étaient pas en grève, ce qui était rare, il les lisait tous les trois de la première à la dernière page, tous les jours de la semaine. Il se souvint avoir lu le vendredi un article sur la mort d'un écrivain du nom de Gregory Craig (dont il avait aussi lu le livre intitulé *Ombres mortelles*), et il se souvint avoir vu, à la page « livres » de l'édition du matin du plus littéraire des trois journaux, un avis de décès bordé de noir ; cet avis était inséré par une maison d'édition, Harlow House. Il se rappela surtout que Craig s'était fait poignarder sauvagement. Il n'y avait sans doute aucun rapport, mais Heidiger avait trop d'intelligence et d'expérience pour laisser inexplorée la plus infime hypothèse. Quand il en eut fini avec les sempiternelles mesures de routine sur les lieux du crime, médecin légiste, techniciens du labo et tout le tremblement, il rentra au commissariat et appela le central pour demander le nom de l'inspecteur chargé de l'affaire Craig. Il appela le commissariat 87, on lui passa la permanence, et un certain inspecteur Bert Kling lui apprit que Carella était rentré chez lui un peu après quatre heures. Il finit par joindre Carella chez lui, à Riverhead. Carella l'écouta avec attention et lui dit qu'il le retrouverait sur les lieux une heure plus tard.

On aurait dit qu'il y avait une autre affaire connexe.

Jennifer Groat était une blonde grande et osseuse de plus de quarante-cinq ans, aux cheveux empilés n'importe comment sur son crâne et vêtue d'une robe de chambre bleue qui était tachée de ce qui devait être de la mayonnaise ou de la crème anglaise. Elle expliqua qu'elle était sur le point de se coucher. Les vacances l'avaient littéralement épuisée, et il fallait qu'il arrive une chose pareille. Dès l'instant où elle fit entrer les inspecteurs, elle ne cacha pas qu'elle regrettait d'avoir appelé la police. Dans cette ville, on avait tout intérêt à se boucher les yeux et les oreilles et à s'occuper de ses oignons.

— En appelant le 911, dit Heidiger, vous avez signalé que vous aviez entendu des cris et des hurlements chez Corbett...

— Oui, dit Jennifer en hochant la tête.

— Votre appel a été enregistré à dix-sept heures cinquante-trois, c'est à peu près ça ?

— Oui, c'était un peu avant six heures.

— Quel genre de cris et de hurlements avez-vous entendus ?

— Qu'est-ce qui existe, comme cris et hurlements ? dit Jennifer. Des cris et des hurlements, c'est des cris et des hurlements.

— Des cris...

— Quelqu'un qui criait de toutes ses forces.

— Et les hurlements ?

— Je n'ai pas compris ce qu'il hurlait.

— Est-ce qu'il appelait au secours ?

— Je ne sais pas.

— Est-ce que c'était la même personne qui criait et qui hurlait ?

— Je ne sais pas. En entendant tout ce tapage, j'ai appelé la police. Il y a toujours du tapage, là-bas, mais c'était pire que d'habitude.

— Comment ça ? s'enquit aussitôt Carella. Quel genre de tapage ?

— Des réceptions tout le temps. Des gens qui boivent et qui rient toute la nuit. Enfin, vous voyez. Avec le genre d'amis qu'avait M. Corbett...

Elle laissa la phrase en suspens.

— Quel genre d'amis avait-il ? demanda Heidiger.

— Vous voyez bien...

— Non, excusez-moi, nous ne voyons pas.

— Des tantes, dit-elle. Des tantouzes. Des tapettes. Des pédérastes, quoi, dit-elle en appuyant sur le mot et en faisant la grimace.

— Des homosexuels, dit Carella.

— Des pédales, dit Jennifer.

— Et ils organisaient tout le temps des soirées, c'est ça ?

— Enfin, pas tout le temps quand même. Mais assez souvent. Moi, je suis standardiste ; je fais le service de nuit ; et j'essaie de faire un petit somme chaque soir avant de quitter la maison. Mais avec tout ce tapage là-bas, c'est impossible. J'allais faire un petit somme, à l'instant, d'ailleurs. Quand ce n'est pas une chose, c'en est une autre, dit-elle en faisant une nouvelle grimace.

— Ces amis de M. Corbett, dit Carella, comment savez-vous que c'étaient des homosexuels ?

Il se rappelait que l'alibi de Corbett, pour l'heure du meurtre de Craig, était qu'une femme mariée, une certaine Priscilla Lambeth, l'avait accueilli sur le canapé de son bureau.

— Il y en a un qui est venu ici, justement, l'autre soir, dit-elle, il cherchait la grande fête. (Elle appuya sur le mot « fête » en faisant un geste du poignet.) Il ne savait pas que M. Corbett habitait de l'autre côté de l'allée.

— Est-ce qu'il vous a donné son nom ? demanda Heidiger.

— Qui ?

— L'homme qui cherchait M. Corbett.

— L'homme ? Ne me faites pas rire.

— Est-ce qu'il vous a donné son nom ?

— Pourquoi l'aurait-il fait ? Il m'a juste demandé Danny (elle appuya de nouveau sur le mot en levant le poignet), et je lui ai dit qu'ici c'était le 1136 alors qu'il cherchait le 1134. Il m'a remerciée bien gentiment et il a traversé l'allée.

— Ça se passait quand, disiez-vous ?

— La nuit de Noël. M. Corbett avait organisé un grand réveillon chez lui. Mais moi, je travaillais la nuit de Noël, moi, et j'essayais de dormir un peu, moi, au lieu de répondre à un minet qui cherchait « Danny ».

— Ce soir, avez-vous vu quelqu'un entrer dans la cour ? demanda Carella.

— Non.

— Je veux dire avant d'entendre les cris.

— Personne. En fait, quand j'ai entendu le vacarme, j'étais dans mon bain. J'aime bien prendre un bain avant le dîner. Après, je mange un petit quelque chose et je fais un somme, ce que je devrais être en train de faire, dit-elle en regardant la pendule, et puis je m'habille et je vais travailler.

— Et après avoir entendu les cris, avez-vous vu quelqu'un dans la cour ?

— Je suis restée dans mon bain.

— Vous voulez dire que vous n'avez pas appelé la police tout de suite ?

— Non, c'est en sortant du bain que je l'ai appelée. Il y a toujours du tapage, là-bas. Si j'appelais chaque fois que j'entends du bruit, ça m'occuperait à plein temps.

— Quand vous avez entendu les cris, quelle heure était-il ?

— Je ne garde pas ma montre dans le bain.

— Combien de temps êtes-vous restée dans votre bain ? Je veux dire après avoir entendu crier.

— Environ un quart d'heure, je crois.

— L'appel est arrivé à dix-sept heures cinquante-trois, dit Heidiger. Ce qui veut dire que vous avez entendu crier à... (Il s'interrompit pour faire le calcul de tête avant de dire :) Six heures moins vingt, à peu près.

— Ça doit être ça.

— En sortant de votre bain, dit Carella, avez-vous vu quelqu'un dans la cour ? Quelqu'un près de la porte de Corbett ?

— Je n'ai pas regardé. Je suis allée appeler la police. Je me suis dit que si je ne faisais pas quelque chose, ce tapage allait durer toute la nuit. Et je voulais dîner et faire un somme en paix.

— Est-ce que les cris continuaient ?

— Non, ils s'étaient arrêtés.

— Mais vous avez quand même appelé la police.

— Qui sait si ça n'allait pas recommencer ? Vous savez comment sont ces gens, dit-elle.

— Hum ! dit Carella. Eh bien, merci beaucoup, miss. Désolé de vous avoir dérangée.

Une fois dehors, Heidiger alluma une cigarette, en offrit une avec un temps de retard à Carella, qui la refusa, avant de demander :

— Vous aviez déjà rencontré ce Corbett ?

— Samedi dernier.

— Il vous a fait l'effet d'être une tante ?

— Il avait l'air tout à fait normal.

— Qui sait, de nos jours, hein ? dit Heidiger. Et Craig ?

— Il vivait avec une ravissante jeune femme de vingt-deux ans.

— Hum ! fit Heidiger. Alors, qu'est-ce que vous en pensez ? Il y a un rapport, vous croyez ?

— Je ne sais pas.

— Le couteau, dans les deux cas.

— Ouais.

— Si cette sorcière dit vrai, il pourrait s'agir d'une querelle d'amoureux.

— Peut-être. Mais nous n'avons que son témoignage pour savoir ce qu'était Corbett. Est-ce qu'elle vous a fait l'effet d'avoir des qualités de témoin particulières ?

— Elle m'a fait l'effet d'avoir des qualités d'emmerdeuse particulières, dit Heidiger d'un ton sec. Vous voulez une bière ou quelque chose ? Officiellement je suis encore en service, mais je m'en fous.

— Les bœuf-carottes y vont fort pendant les périodes de vacances, dit Carella en souriant.

— Les bœuf-carottes aussi, je m'en fous, dit Heidiger. J'ai vingt-deux ans de service ; en tout ce temps, je n'ai jamais piqué un sou à personne. Mais qu'ils viennent me reprocher un verre de bière ; j'aimerais bien voir ça.

— Allez-y sans moi, dit Carella. J'ai quelqu'un à aller voir.

— Tenez-moi au courant, dit Heidiger en lui serrant la main avant de s'en aller.

Dans la cabine téléphonique du coin de la rue, Carella chercha Priscilla Lambeth dans l'annuaire d'Isola ; il ne trouva personne avec son prénom, mais il trouva deux numéros au nom du docteur Howard Lambeth : un pour son cabinet et un pour son domicile. Le numéro du domicile était Higley 7-8021, ce qui rappelait à Carella celui qu'il avait appelé de chez Corbett le samedi précédent. Il composa le numéro. Ce fut une femme qui répondit ; il eut l'impression de reconnaître sa voix.

— Madame Lambeth ? dit Carella.

— Oui ?

— Priscilla Lambeth ?

— Oui ?

— C'est l'inspecteur Carella ; nous nous sommes parlé samedi, vous vous sou...

— Je vous ai demandé de ne plus appeler ici, dit-elle.

— Daniel Corbett a été assassiné, dit Carella. Je voudrais vous parler. Je peux venir chez vous ou nous pouvons nous retrouver quelque part.

Il y eut un long silence sur la ligne.

— Madame ? dit-il.

Le silence se prolongea.

— Que préférez-vous ? dit Carella.

— Je réfléchis. (Il attendit.) Accordez-moi une demi-heure, dit-elle. Dans une demi-heure, j'irai promener le chien. Pouvez-vous me retrouver au coin de Jefferson Avenue et de Juniper Street à... quelle heure est-il ?

— Près de dix heures.

— Disons dix heures et demie, dit-elle. C'est un retriever doré.

Comme il convenait à une directrice de collection de livres pour enfants, Priscilla Lambeth était une *petite brunette*[1] au visage de lutin et aux grands yeux innocents. Elle tenait un énorme chien au bout d'une laisse, molosse qui semblait bien décidé à parcourir la ville au galop, à la recherche d'un nouveau réverbère à flairer, entraînant Priscilla derrière lui, bon gré, mal gré. Carella avait du mal à suivre.

Priscilla portait un anorak de ski bleu foncé par-dessus un blue-jean et des bottes. Elle était nu-tête et le vent lui ébouriffait ses cheveux bruns courts, lui donnant la tête de quelqu'un qui vient de recevoir le choc de sa vie — ce qui n'était pas loin de la vérité. Elle commença par dire à Carella que ce qu'il lui avait appris au téléphone l'avait sincèrement bouleversée. Elle n'en était pas encore remise. Danny assassiné ? Incroyable ! Qui pouvait bien vouloir assassiner un être aussi doux et affectueux que Danny ?

A cette heure, Jefferson Avenue était presque déserte, les rideaux de fer baissés, et un vent coupant arrachait des tourbillons de neige aux monticules le long des caniveaux. Au nord, dans Hall Avenue, il y avait encore des promeneurs, des flâneurs dans les librairies qui restaient ouvertes jusqu'à minuit dans l'espoir de profiter de la foule qui redescendait vers le sud en sortant du théâtre sur le Stem et dans le quartier des théâtres. Même ces âmes courageuses étaient rares par une nuit pareille, avec ce vent qui passait en sifflant au-dessus de l'Harb et une température de moins sept degrés. Carella marchait les mains dans les poches, le col de son manteau relevé bien haut, les épaules rentrées.

1. En français dans le texte.

Le chien trottait devant eux comme le chien de tête d'un attelage de traîneau, tirant sur la laisse, tirant Priscilla à sa suite et Carella du même coup.

— Madame, Daniel Corbett nous a dit que vous aviez eu des relations sexuelles, lui et vous. Ce que je voudrais...

— Ne dites pas ça comme ça, dit Priscilla.

Elle avait une toute petite voix, celle d'une fillette de huit ans dans un corps de treize ans déjà pubère. Il se demanda de manière fugitive quel genre de livres elle éditait. Des livres d'images ? Sa fille April avait-elle lu des livres qui étaient passés sur le bureau de Priscilla Lambeth ? Le chien s'arrêta au pied d'un nouveau réverbère, le flaira et, le trouvant à sa convenance, leva la patte gauche.

— Mais c'est vrai, n'est-ce pas ? dit Carella.

— Oui, c'est vrai. C'est seulement cette façon d'en parler...

Le chien était reparti, lui arrachant presque le bras. Elle se cramponnait à la laisse avec courage, le souffle court, courant à la suite du chien. Carella pressait le pas à côté d'elle. Le vent lui fouettait le visage ; il avait le nez qui coulait. Il sortit un mouchoir de la poche de son manteau, espérant qu'il ne couvait pas quelque chose, et se moucha.

— Madame, dit-il, lui-même à bout de souffle, ce n'est pas ce que vous faites avec Corbett qui m'intéresse en particulier. Mais il s'est fait assassiner aujourd'hui, et une de ses voisines a laissé entendre... Dites, vous ne voulez pas me faire plaisir, s'il vous plaît ? Vous voulez bien attacher ce chien à un réverbère pour que nous puissions être un moment tranquilles pour parler ?

— Il n'a pas encore fait ses besoins, dit-elle.

Carella la regarda.

— Bon, d'accord, dit-elle.

Elle retira ses gants, les mit sous son bras pour attacher la laisse autour du poteau d'un panneau de stationnement interdit. Le chien se mit aussitôt à hurler comme Croc-Blanc. Carella la conduisit à l'abri à l'entrée d'un magasin de vêtements pour hommes, attendit qu'elle eût remis ses gants pour demander :

— Daniel Corbett était-il homosexuel ?

Elle eut l'air franchement sidéré. Ses yeux s'ouvrirent encore plus grand. Il remarqua alors qu'ils étaient verts. Ils le dévisagèrent comme si elle attendait qu'il lui avoue que ce n'était qu'une mauvaise plaisanterie.

— Alors ? demanda Carella.

— Il n'en avait pas l'air, dit-elle de sa toute petite voix, qui n'était presque plus qu'un murmure.

— Pas d'indice qu'il aurait pu l'être ?

— Je ne vois pas ce que vous voulez dire.

— Madame, vous aviez des relations avec lui depuis environ un mois, d'après ce qu'il nous a...

— Oui, mais pas très souvent.

— Deux ou trois fois, c'est ça ?

— Eh bien, oui, je crois.

— Ce que je voudrais savoir, c'est si, lors de vos rencontres...

— Il a été à la hauteur, si c'est ce que vous voulez savoir.

— Non, ce n'est pas ce que je voulais savoir.

— Je trouve ça gênant, dit Priscilla.

— Corbett aussi trouvait ça gênant. Mais le meurtre est encore plus gênant. Au cours de vos rencontres, a-t-il fait quelque chose qui puisse indiquer qu'il s'intéressait aussi aux hommes ?

— Non.

— Est-il jamais arrivé en compagnie d'un homme ?

— Comment ça ?

— Je suppose que vous vous retrouviez ailleurs qu'au bureau...

— Oui.

— Lui est-il arrivé d'être accompagné par un homme ?

— Une fois.

— Par qui ?

— Alex Harrod.

— Qui est-ce ?

— Il dirige une collection de livres de poche. Chez Absalom Books.

— Est-il homosexuel ?

— Je ne m'y connais pas tellement en homosexuels.

— Pourquoi était-il là ?

— Danny pensait que... eh bien... il pensait que nous nous ferions moins remarquer s'il y avait quelqu'un avec nous.

— Où était-ce ?

— Au bar de l'hôtel Mandalay.

— Quand ?

— Le mois dernier.

— Que s'est-il passé lors de cette rencontre, pouvez-vous me le dire ?

— Rien. Alex a pris quelques verres, et puis il est parti. Danny et moi... nous sommes montés dans une chambre qu'il avait retenue.

— De quoi avez-vous parlé ?

— Danny et moi ?

— Non, tous les trois. Pendant que vous étiez au bar.

— De livres. Danny avait des livres qui, selon lui, pouvaient intéresser Absalom.

— C'est tout ? De livres ?

— Oui. Enfin... oui.

— De quoi d'autre, madame ?

— De rien. Pas à ce moment-là. Pas dans le bar.

— Où, alors ?

— Vraiment, je trouve ça très...

— Où ça, madame ? Dans la chambre ? De quoi avez-vous parlé dans cette chambre ?

Le chien hurlait comme un loup affamé attendant que l'Esquimau sorte de son iglou. Ensemble, le chien et le vent composaient une véritable symphonie antarctique. Priscilla regarda le chien en disant :

— Il faut que je le détache.

— Non, il ne faut pas, dit Carella. Je veux savoir ce que Corbett vous a dit après votre rencontre avec Harrod.

— Des propos d'amoureux, dit Priscilla. Ce qu'on dit quand on est au lit...

— Oui, qu'est-ce qu'il vous a dit ?

— Il m'a demandé si j'avais... si j'avais déjà joué en trio.

— Que voulait-il dire, selon vous ?

— Il voulait dire... moi et deux hommes.

— Est-ce qu'il pensait à un homme en particulier ?

— Il m'a demandé comment je trouvais Alex Harrod.

— Est-ce que c'est à lui qu'il pensait ?

— Je... suppose. Oui. Il m'a demandé si je trouvais Alex Harrod séduisant. Et il... a dit que ça pourrait être... amusant de faire ça ensemble avec lui, une fois.

— Quelle a été votre réaction ?

— Je lui ai répondu que je trouvais Alex séduisant.

Elle parlait à présent d'une voix si faible qu'il l'entendait à peine. Le chien et le vent refusaient de mettre fin à leur duo. Carella ne pouvait rien faire pour le vent, mais il aurait bien aimé abattre ce chien.

— Est-ce que vous lui avez dit que vous étiez d'accord ?

— Je lui ai dit que... j'y réfléchirais.

— Est-ce qu'il a renouvelé sa proposition ?

Il y eut un long silence, brisé seulement par les hurlements du chien et du vent.

— Est-ce qu'il l'a renouvelée ?

— Oui.

— Quand ?

— A sa soirée de Noël.

— Corbett vous a de nouveau proposé que tous les trois...

— Oui.

— Et qu'avez-vous répondu ?

Priscilla regarda le chien. Les bras croisés sur la poitrine, les mains gantées sous les aisselles. Elle ne quittait pas le chien des yeux.

— Qu'avez-vous répondu ? répéta Carella.

— Je lui ai dit que... que je voulais bien essayer. Nous avions tous les deux trop bu ; c'était la fête de Noël...

— Avez-vous fixé une date ?

— Oui... oui.

— Quelle date ?

— Mon mari doit aller dans le Wisconsin, cette semaine. Sa mère habite dans le Wisconsin, elle est très malade, alors il va la voir. Nous avions convenu de... d'aller dans la maison de campagne de Danny pour le week-end du nouvel an. Mon mari ne sera de retour que... que le 2.

— Sa maison de campagne, c'est-à-dire à Gracelands ?

— Oui, Danny a une maison là-bas.

— Est-ce que cette maison est à lui ?

— Oui, je crois.

— Ou est-ce qu'il la partage avec Alex Harrod ?
— Je ne sais pas.
— Merci, madame, dit Carella. Vous pouvez détacher votre chien, maintenant.

L'annuaire d'Isola donnait pour adresse à Alexander Harrod 511, Jacaranda Street, dans le Quarter. Carella appela d'abord pour lui annoncer qu'il enquêtait sur un meurtre et qu'il voulait parler à Harrod. Il ne précisa pas que la victime était Daniel Corbett ; il se réservait cette information pour le face-à-face. Harrod fit observer qu'il était plus de onze heures et voulut savoir si ça ne pouvait pas attendre le lendemain matin. Carella débita tout son boniment sur les vingt-quatre premières heures qui sont primordiales dans une enquête sur une affaire de meurtre et finit par obtenir de Harrod que celui-ci lui accorde une demi-heure de son temps.

L'immeuble où Harrod habitait était un bâtiment de deux étages en brique peint en blanc sans ascenseur. Carella sonna en bas, entendit le déclic et monta au second. L'appartement se trouvait au bout du couloir. Il frappa à la porte, qui s'ouvrit aussitôt, comme si Harrod avait attendu derrière avec impatience. Carella eut la surprise de se trouver face à un Noir grand et mince. Priscilla ne lui avait pas signalé que la troisième personne du futur *ménage à trois*[1] était noir.

— Monsieur Harrod ? dit-il.
— Oui, entrez, je vous en prie.

Il portait un blue-jean, un maillot blanc moulant et un cardigan bleu à col châle. Il était pieds nus, et il entra dans un salon décoré dans le style que Carella appelait « chotshkepotcheke », expression empruntée à Meyer.

1. En français dans le texte.

Les murs étaient couverts de rayonnages chargés d'*objets d'art*[1] et de bibelots, de petits vases de fleurs séchées, de petites photographies dans des cadres ovales, de clefs trouvées chez un brocanteur, de lettres A de diverses tailles, les unes en cuivre, les autres en bois peint en doré, de livres assez nombreux pour ouvrir une bonne librairie, de billets encadrés qui avaient à l'évidence une valeur sentimentale aux yeux de Harrod. Le canapé était recouvert d'un cuir noir moelleux et chargé de coussins de diverses tailles, les uns brodés de miroirs, les autres de pompons, qui débordaient jusque par terre pour former un autre siège. Un tableau représentant deux lutteurs était accroché au-dessus. Le sol était recouvert d'un tapis de coco blanc. Le chauffage était poussé très fort ; Carella se demanda si Harrod cultivait les orchidées à ses moments perdus.

— C'est au sujet de Gregory Craig ? demanda Harrod.

— Qu'est-ce qui vous le fait croire ?

— Je sais qu'il a été assassiné, et c'est Absalom qui a publié *Ombres* en édition de poche.

— C'est au sujet de Daniel Corbett, dit Carella.

— Danny ? Qu'est-ce qui lui est arrivé ?

— Il a été assassiné ce soir, dit Carella en observant la réaction de Harrod.

Celle-ci ne se fit pas attendre. Harrod recula d'un pas comme si Carella lui avait donné un coup de poing dans la figure.

— Vous me faites marcher, dit-il.

— J'aimerais mieux.

— Danny ? dit-il.

1. En français dans le texte.

— Daniel Corbett, oui. Il a été tué à coups de couteau ce soir entre cinq heures et demie et six heures.

— Danny ? répéta Harrod d'une voix blanche en se mettant soudain à pleurer.

Carella le regarda sans rien dire. Harrod sortit un mouchoir en papier de la poche arrière de son blue-jean et s'essuya les yeux.

— Excusez-moi... nous... nous étions bons amis, dit-il.

— C'est pour ça que je suis ici, monsieur, dit Carella. Quelles étaient vos relations, au juste ?

— Je viens de vous le dire. Nous étions bons amis.

— Est-il vrai, monsieur, que Daniel Corbett et vous aviez l'intention d'aller à Gracelands ce week-end en compagnie d'une certaine Priscilla Lambeth ?

— Qui vous a dit ça ? demanda Harrod.

— Mme Lambeth.

— Eh bien alors...

— Est-ce vrai ?

— Oui, mais ça ne veut pas dire...

— Monsieur, saviez-vous que Daniel Corbett voulait que vous couchiez tous les trois ensemble ?

— Je le savais, oui. Mais ça ne veut quand même pas dire...

— N'était-ce pas le but de ce week-end à Gracelands ?

— Oui, mais...

— Daniel Corbett et vous, aviez-vous déjà fait ce genre de chose ?

— Non.

— Je ne parle pas de Priscilla Lambeth. Je parle de n'importe quelle autre femme.

— Qu'est-ce que ça a à voir avec son assassinat ?

— Vous n'avez pas répondu à ma question.

— Je ne suis pas forcé de répondre à quoi que ce soit,

dit Harrod. Laissez-moi vous poser une question, moi, monsieur l'inspecteur. Si vous ne pensiez pas que j'étais homosexuel, est-ce que vous seriez là, à me poser les mêmes questions ?

— Je me fous pas mal de vos goûts sexuels, monsieur. C'est votre affaire. Si je suis ici, c'est...

— Bien sûr, dit Harrod. Allez raconter ça à tous les autres flics de la ville.

— Je ne suis pas tous les autres flics de la ville, je suis moi. Je veux savoir si l'idée de coucher avec Daniel Corbett et Priscilla Lambeth vous souriait.

— Pourquoi ?

— Etiez-vous amants, Corbett et vous ?

— Je n'ai pas à répondre à cette question.

— C'est vrai, vous n'y êtes pas obligé. Où étiez-vous ce soir à cinq heures et demie, monsieur ?

— Ici. Je suis rentré tout droit du bureau.

— Où se trouve Absalom Books ?

— Dans Jefferson Avenue.

— A quelle heure êtes-vous arrivé ici ?

— A cinq heures et demie, ou un peu plus.

— Avez-vous parlé à M. Corbett, aujourd'hui ?

— Nous nous sommes parlé, oui.

— De quoi ?

— De rien d'important.

— Du week-end à Gracelands ?

— On a pu en parler.

— Qu'est-ce que vous pensiez de ce week-end ?

— Et c'est reparti sur les homosexuels, dit Harrod.

— C'est vous qui n'arrêtez pas d'en parler. Qu'est-ce que vous pensiez de ce week-end ?

— Je ne voulais pas y aller, ça vous va ?

— Pourquoi ?

— Parce que j'étais... (Harrod serra soudain les

poings.) Vous n'avez pas le droit de me harceler comme ça. Je n'étais pas du côté de chez Danny quand il a... quand il a... (Il se remit à pleurer.) Espèce de salaud, dit-il en ressortant de sa poche le mouchoir en lambeaux pour s'essuyer les yeux. Vous n'arrêtez pas de nous harceler. Mais vous ne pouvez pas nous laisser tranquilles, bon sang ?

— Parlez-moi de ce week-end, dit Carella.

— Je ne voulais pas y aller, dit Harrod en pleurant. J'en avais plus qu'assez que... que Danny ramène toutes ces pouffiasses. Il était ambivalent, d'accord ; je pouvais faire avec. Mais ces... ces sales bonnes femmes qu'il ramenait sans arrêt... (Il hocha la tête.) Je lui ai dit de choisir. Il... il m'a promis que ce serait la dernière fois. Il m'a dit que ça me plairait. Il m'a dit qu'elle me trouvait séduisant.

— Comment la trouviez-vous ?

— Répugnante, dit simplement Harrod.

— Mais vous avez accepté d'y aller.

— Pour la dernière fois. Je lui ai dit que s'il continuait à ramener ces gêneuses, je le quitterais. C'était clair. La toute dernière fois.

— Vous ne croyiez pas si bien dire, n'est-ce pas ? dit Carella.

— J'étais ici, à cinq heures et demie, dit Harrod. Vérifiez.

— Auprès de qui ?

Harrod hésita.

— Avec qui étiez-vous, monsieur ?

— Un ami.

— Qui ?

— Il s'appelle Oliver Walsh. Vous allez le harceler, lui aussi ?

— Oui, dit Carella, je vais le harceler, lui aussi.

Oliver Walsh habitait à quelques pas de chez Harrod. Carella arriva chez lui à minuit moins cinq. Il n'avait pas appelé pour annoncer sa visite et il avait interdit à Harrod de décrocher son téléphone une fois qu'il serait parti de chez lui. Walsh eut l'air sincèrement surpris de trouver un inspecteur de police sur le pas de sa porte. Il avait dix-neuf ou vingt ans, selon l'estimation de Carella, avec une tignasse rousse et le nez criblé de taches de rousseur. C'est dans l'entrebâillement de la porte que Carella vit tout cela ; Walsh refusa d'ôter la chaîne de sûreté tant que l'inspecteur ne lui eut pas montré sa plaque et sa carte.

— Je me disais que vous étiez peut-être un voleur, dit Walsh.

— Monsieur, dit Carella, je vais vous dire pourquoi je suis ici. Je voudrais savoir où vous étiez ce soir entre cinq heures et demie et six heures.

— Pourquoi ? rétorqua Walsh.

— Est-ce que vous étiez chez vous ? demanda Carella, éludant la question.

— Non.

— Où étiez-vous, alors ?

— Pourquoi me le demandez-vous ?

— Monsieur, dit Carella, quelqu'un a été assassiné. Tout ce que je veux savoir...

— Eh bien, mon Dieu... vous ne croyez pas...

— Où étiez-vous ?

— Entre... entre... quelle heure avez-vous dit ?

— Cinq heures et demie et six heures.

— Avec un ami, dit Walsh, qui parut vivement soulagé.

— Comment s'appelle cet ami ?

— Alex Harrod. Son numéro de téléphone est Quinn

7-6430 ; appelez-le. Allez-y, appelez-le. Il vous dira où j'étais.

— Où était-ce ?

— Comment ?

— Où étiez-vous avec votre ami Alex Harrod ?

— Chez lui. Au 511, Jacaranda Street, troisième porte au fond. Appartement 32. Allez-y, appelez-le.

— A quelle heure êtes-vous arrivé chez lui ?

— Vers cinq heures vingt. Il venait de rentrer du bureau.

— Combien de temps êtes-vous resté ?

— Je suis parti vers neuf heures et demie.

— Pendant ces quatre heures, avez-vous quitté l'appartement ?

— Non.

— Et Harrod ?

— Non plus, nous sommes restés ensemble.

— Depuis combien de temps connaissez-vous Harrod ?

— Nous nous sommes rencontrés récemment.

— Quand ?

— Le soir de Noël.

— Où ?

— A une soirée.

— Où avait lieu cette soirée ?

— Ici, dans le Quarter.

— Où, dans le Quarter ?

— A Llewlyn Mews. Un type qui s'appelle Daniel Corbett donnait une soirée, et un ami m'a demandé de l'accompagner.

— Est-ce que vous connaissiez déjà Corbett ?

— Non, c'est ce soir-là que je l'ai rencontré.

— Et c'est aussi là que vous avez fait connaissance de Harrod, c'est ça ?

— C'est ça.

— Est-ce que vous lui avez parlé depuis que vous êtes parti de chez lui, ce soir ?

— Non.

— Nous pouvons vérifier auprès de la compagnie du téléphone pour savoir s'il y a eu un appel entre son numéro et le vôtre.

— Vérifiez, dit Walsh. Je l'ai quitté à neuf heures et demie et je ne lui ai pas parlé depuis. Qui s'est fait assassiner ? Ce n'est pas Alex, au moins ?

— Non, ce n'est pas Alex, dit Carella. Merci d'avoir répondu à mes questions, monsieur.

8

Selon leurs conclusions ultérieures, l'agresseur s'était trompé de victime. La méprise était compréhensible ; même Carella avait commis la même erreur. Le meurtrier devait la surveiller depuis plusieurs jours et, quand il l'avait vue (du moins celle qu'il avait prise pour Hillary Scott) sortir de l'immeuble de Stewart City à huit heures et demie, le mercredi matin, il l'avait suivie jusqu'à l'entrée de la station de métro et il avait tenté de la poignarder avec ce que Denise Scott avait ensuite appelé « le plus grand couteau que j'aie jamais vu ».

Quelques minutes après que Denise avait fait irruption chez elle avec une grande entaille dans le devant de son manteau de laine noire et dans son chemisier de satin blanc, Hillary avait appelé d'abord le commissariat du quartier, puis Carella chez lui. Ce dernier et Hawes étaient arrivés une heure plus tard. Les agents de Midtown South étaient déjà là, à se demander ce qu'ils devaient faire. Ils demandèrent à Carella s'ils devaient rédiger un rapport 10-24 (agression « au passé ») pour leur commissariat ou si le 87e allait s'en charger. Carella leur expliqua que, cette agression ayant sans doute un lien avec un meurtre sur lequel ils enquêtaient, les deux agents n'avaient pas à s'en occuper. Ces derniers n'eurent pas l'air convaincus.

— Mais le rapport ? demanda l'un d'eux. Qui va s'occuper du rapport ?

— Moi, répondit Carella.

— Oui, mais nous, on risque d'avoir des ennuis, dit le second agent.

— Si vous voulez faire un rapport, allez-y, faites un rapport, dit Carella.

— Qu'est-ce qu'on met ? Un 10-24 ?

— Forcément.

— Où est-ce qu'on le situe ?

— Comment ça ?

— Le type a essayé de la poignarder près de la bouche de métro de Masters Street. Mais elle ne nous a pas appelés avant d'être rentrée ici. Alors, où est-ce qu'on situe l'affaire ?

— Ici, dit Carella. C'est ici que vous êtes arrivés, non ?

— Oui, mais ce n'est pas ici que ça s'est passé.

— Alors laissez-moi faire moi-même le rapport, dit Carella. Ne vous en occupez pas.

— Vous ne connaissez pas notre sergent, dit le premier agent.

— Ecoutez, je veux parler à la victime, dit Carella. Je vous dis que c'est une affaire de meurtre sur laquelle nous enquêtons, alors si vous me laissiez rédiger le rapport ? Comme ça, vous n'aurez pas à vous en occuper.

— Prends son nom et son matricule, conseilla le second agent.

— Inspecteur de deuxième classe Stephen Louis Carella, dit Carella, patient. Commissariat 87. Mon matricule est le 704-4632.

— Tu as noté ? demanda le second agent à son collègue.

— C'est noté, répondit le premier, et ils s'en allèrent, toujours inquiets de la réaction de leur sergent.

Denise Scott était encore sous le choc. Elle était pâle ; ses lèvres tremblaient ; elle n'avait pas encore enlevé son manteau — comme s'il lui servait toujours de bouclier contre le couteau de son agresseur. Hillary lui apporta un grand verre de brandy, et quand, après plusieurs gorgées, ses joues eurent repris des couleurs, elle parut capable de raconter ce qui s'était passé. Ce qui s'était passé, c'était en fait très simple. Au moment où elle allait descendre l'escalier du métro, quelqu'un l'avait empoignée par-derrière avant de lui taillader le devant de son manteau avec le plus grand couteau qu'elle avait jamais vu. Elle l'avait frappé avec son sac en se mettant à hurler, et quand quelqu'un avait commencé à remonter l'escalier, l'homme avait fait demi-tour en courant.

— C'était un homme, vous en êtes sûre ? demanda Carella.

— Certaine.

— De quoi avait-il l'air ? demanda Hawes.

— Les cheveux noirs et les yeux marron. Un visage très étroit, dit Denise.

— Quel âge ?

— Allant vers trente ans, je dirais.

— Seriez-vous capable de le reconnaître ?

— Sans hésitation.

— Est-ce qu'il vous a dit quelque chose ?

— Pas un mot. Il m'a attrapée, m'a retournée en essayant de me poignarder. Regardez ce qu'il a fait à mon manteau et à mon chemisier, dit-elle en écartant la partie déchirée de son chemisier, découvrant la courbe supérieure de son sein gauche. (Hawes semblait très désireux de savoir si le couteau avait ou non pénétré les chairs. Il observait l'échancrure du chemisier avec l'attention soutenue d'un médecin légiste.) J'ai eu de la chance, voilà tout, dit Denise en laissant le tissu reprendre sa place.

— C'est moi qui étais visée, dit Hillary.

Carella ne lui demanda pas pourquoi elle disait cela ; il était tout à fait de son avis.

— Donne-moi ce manteau, dit Hillary.

— Comment ? dit sa sœur.

— Ton manteau. Donne-le-moi.

Denise enleva son manteau. Le coup de couteau avait déchiré le chemisier sous le sein gauche. Sous la déchirure, Hawes eut un aperçu de la chair de Denise, un blanc plus laiteux sur le blanc du satin. Hillary serra le manteau contre sa poitrine comme si c'était un amant fantôme. Fermant les yeux, elle se mit à se balancer comme elle l'avait fait après avoir embrassé Carella. Hawes la regarda, puis il regarda sa sœur, et conclut qu'il aimerait mieux coucher avec Denise qu'avec Hillary. Puis il se dit exactement le contraire. Il finit par décider que ce ne serait pas mal de les avoir toutes les deux ensemble, dans son grand lit double. Carella, qui n'était pas médium, ne pouvait pas savoir que les parties à trois obsédaient tout le monde en cette fin de l'année. Hillary, qui se prétendait ce que Carella savait ne pas être, se mit à psalmodier de la même voix que le jour où elle l'avait embrassé, « bande, tu as volé, bande », et tout le baratin.

Hawes la regardait, stupéfait ; il ne l'avait jamais vue faire son numéro. Denise, blasée sur le chapitre des médiums, se mit à bâiller. Le brandy faisait son effet. Elle semblait avoir oublié que, moins d'une heure plus tôt, un homme avait tenté de l'expédier dans cet au-delà avec lequel sa sœur avait l'air d'être en communication

— Hillary avait dit que c'était un esprit qui avait tué Gregory Craig, et le même esprit avait cette fois voulu tuer sa sœur, dont le manteau noir exhalait des émanations qui semblaient signifier ou bien quelque chose, ou bien rien du tout.

— Hampe, dit-elle.

Carella ne sut pas très bien si elle s'éclaircissait la gorge.

— Hampe, répéta-t-elle. Thé.

Comme il n'était pas l'heure du thé, il se demanda ce qu'elle pouvait bien vouloir dire.

— Hampe, thé, dit-elle. Hempstead. Hampstead.

Carella sentit nettement ses cheveux se dresser sur sa tête. En observant Denise, qui avait à présent croisé les jambes, désinvolte, et lui souriait avec un abandon encouragé par le brandy, Hawes sentit quant à lui quelque chose se dresser du côté de son bas-ventre.

— Masse, chanta Hillary qui, les yeux fermés, se balançait en serrant le manteau entre ses mains. Masse. Massachusetts. Hampstead, Massachusetts.

Carella en resta bouche bée.

Hillary ouvrit les yeux et le regarda d'un œil vide. Son regard à lui était aussi vide. Comme un couple de savants gâteux partageant le même savoir mystérieux, ils se dévisageaient de part et d'autre d'un gouffre qui ne faisait pas plus d'un mètre de diamètre mais qui grouillait de démons gesticulants et de fantômes agités. Il eut soudain très froid aux pieds. Il l'observait sans ciller, elle fixait sur lui un regard dans lequel Carella voyait des flammes, le brun foncé illuminé par les rouges et les jaunes d'opales scintillantes.

— Quelqu'un s'est noyé à Hampstead, dans le Massachusetts, dit-elle.

C'était à lui seul qu'elle l'avait dit, oubliant Hawes et

sa sœur. Et Carella, sachant fort bien qu'elle avait vécu plus d'un an avec Craig, sachant aussi qu'il avait très bien pu lui raconter la noyade de son ancienne femme à trois kilomètres de l'endroit où il louait la maison qu'*Ombres mortelles* avait rendue célèbre, n'en croyait pas moins que c'est par les émanations du manteau qu'elle avait à la main qu'elle l'avait appris.

Quand elle lui dit : « Nous allons aller dans le Massachusetts, vous et moi », il savait qu'ils le feraient parce qu'un été, trois ans plus tôt, la femme de Craig s'était noyée là-bas et qu'il y avait à présent trois autres morts et une tentative de meurtre — et qu'il y avait peut-être des fantômes dans le coup, après tout.

Ils avaient espéré arriver là-bas avant une heure de l'après-midi — estimation qui n'avait rien d'irréaliste étant donné qu'ils étaient partis peu après dix heures et que, d'après la carte, Hampstead n'était qu'à trois cent vingt kilomètres au nord-est. Aux abords de la ville, les routes étaient parfaitement sèches, la tempête de neige qui avait enseveli Isola ayant épargné les environs de la ville. Ce n'est qu'en pénétrant dans le Massachusetts qu'ils rencontrèrent des difficultés. Alors que Carella avait pu rouler jusque-là à une vitesse de croisière de cent kilomètres à l'heure, conforme aux limitations fédérales destinées à économiser l'énergie, il leva le pied et espéra pouvoir rester à cinquante. Ce n'était pas la neige qui était gênante ; n'importe quel état qui attendait des skieurs s'assurait que les routes seraient déneigées et sablées dès le premier flocon. Mais la température était tout à coup descendue à moins sept degrés, et la neige qui avait fondu au milieu de la matinée avait formé une couche de verglas qui rendait la conduite traîtresse et éreintante.

Ils arrivèrent à Hampstead à deux heures vingt-cinq de l'après-midi. Le ciel était bouché et un vent violent soufflait de l'océan, faisant gémir les volets en bois des maisons des quais. La ville semblait être sortie en rampant de l'Atlantique, comme une créature préhistorique en quête de soleil mais ne trouvant qu'une côte rocheuse et inhospitalière sur laquelle elle s'était affalée, épuisée et déçue. Les maisons délabrées du bord de la mer étaient d'un gris uniforme, et leurs enseignes battues par les vents évoquaient l'époque à laquelle Hampstead était un village de pêcheurs qui vivait des produits de la mer. On voyait toujours des filets et des casiers à homards, mais la force irrésistible du progrès avait sillonné la ville, laissant une ribambelle de motels et de snacks qui flétrissaient un endroit qui n'avait jamais dû être particulièrement riant, de toute façon.

La grand-place, puisque tel était son nom, se composait d'un rectangle desséché de pelouse mal tondue entouré des bâtiments municipaux et d'un hôtel en brique à trois étages qui s'appelait le Hampstead Arms. Les mesquines guirlandes de saison encadraient la place comme une troupe de danseuses en chaussons et tutu. Un arbre de Noël éteint qui occupait le centre de la grand-place faisait plutôt penser à une mouette trempée qui aurait perdu le sens de l'orientation. Carella gara la voiture et se dirigea en compagnie de Hillary vers l'hôtel de ville, où il espérait trouver le bureau du coroner et le dossier relatif au décès de l'ancienne femme de Craig. Hillary portait un épais manteau de ragondin, un chapeau en laine marron qui lui couvrait les oreilles, des gants marron, des bottes marron et la même tenue que ce matin-là chez sa sœur : jupe en tweed beige moucheté de vert et de brun, chandail à col roulé marron foncé, cardigan vert à boutons de cuir. Carella étrennait la plupart des atours qu'il avait reçus l'avant-veille : un pantalon de flanelle grise, don de Fanny, une chemise en laine écossaise rouge, don d'April, un veston en tweed couleur hareng fumé, don de Teddy, un manteau bleu marine doublé de molleton à col en fausse fourrure, autre don de Teddy, et une paire de gants fourrés, don de Mark. Il avait froid aux pieds ; ce matin-là, il avait mis des chaussures basses, ne s'attendant pas à arpenter les rues d'une ville côtière du Massachusetts, où la température n'était pas loin de moins vingt degrés et où le vent soufflait de l'Atlantique comme pour apporter la vengeance de tous les marins morts dans ces eaux sombres. Tandis qu'ils traversaient la grand-place, Hillary dit en hochant la tête :

— Oui, je savais que ce serait comme ça.

L'hôtel de ville de Hampstead était un bâtiment aux murs tapissés de planches peintes en blanc et au toit couvert de bardeaux gris. Il était orienté à l'ouest, le dos tourné à la mer, protégeant le trottoir des violentes bourrasques de l'Atlantique. Toutes les lumières étaient allumées, comme pour se défendre de la grisaille extérieure ; on aurait dit des fanaux pour guider les marins perdus. L'intérieur était chaud comme un grand magasin bien chauffé. Dans le vestibule, Carella consulta le panneau de renseignements, un panneau noir sur lequel des lettres en plastique blanc annonçaient les différents services et le numéro du bureau qui les abritait. Le bureau du coroner n'était pas indiqué. Carella se rabattit sur celui du secrétariat de la mairie, où il tomba sur une dame dont la voix ressemblait beaucoup à celle de feu le président Kennedy. Elle lui dit que le bureau du coroner se trouvait à l'hôpital général de Hampstead, qui était à trois kilomètres au nord-est, juste de l'autre côté du lac de Bight. Peu disposé à affronter de nouveau les solitudes glacées, Carella n'en retourna pas moins à la voiture avec Hillary et roula plein nord sur une route qui longeait l'océan puis contournait ce qui ressemblait à une vaste mare d'eau salée qu'un panneau routier désignait sous le nom de HAMPSTEAD BIGHT.

— C'est ici qu'elle s'est noyée, dit Hillary. Arrêtez la voiture.

— Non, dit Carella. Allons d'abord nous renseigner sur la façon dont elle s'est noyée.

Le coroner était un homme qui allait sur ses soixante-dix ans, aussi pâle et maigre qu'un cadavre et au crâne chauve cerclé d'une couronne de cheveux gris. Il était vêtu d'un chandail brun élimé, d'un pantalon marron tout fripé, d'une chemise blanche au col éraillé, d'une cravate couleur bouse de vache. Sur son bureau encombré d'une pile de dossiers éparpillés et d'un chevalet en plastique noir qui portait son nom en lettres blanches : M. HIRAM HOLLISTER. Carella le rencontra seul ; se faire accompagner de son médium quand on rendait visite à des fantômes, c'était une chose ; c'en était une autre de traiter des affaires officielles en présence d'une ravissante jeune femme de vingt-deux ans vêtue d'un manteau de ragondin qui lui donnait une allure confortablement encombrante. Hillary attendit assise sur un banc dans le couloir.

— J'enquête sur trois meurtres commis à Isola et qui ont peut-être un rapport entre eux, dit Carella en montrant sa plaque. Une des victimes s'appelait Gregory Craig, qui...

— Qu'est-ce qu'il y a écrit, là ? demanda Hollister en lorgnant la plaque de Carella, ornée d'émail bleu et des armes de la ville en relief.

— Inspecteur, dit Carella.

— Ah ! ouais, inspecteur, dit Hollister.

— Une des victimes s'appelait Gregory Craig. Son ancienne femme, Stephanie Craig, s'est noyée dans le Hampstead Bight il y a trois ans. Vos services ont conclu à une mort accidentelle. Je me demandais si je pourrais...

— Il y a trois ans, ouais, dit Hollister.

— Est-ce que vous vous souvenez de cette affaire ?

— Non, mais je me souviens de l'été d'il y a trois ans, ça oui. C'est l'année où on a eu toute cette pluie.

— Auriez-vous un dossier sur cette affaire ? Je suppose qu'il y a eu une enquête...

— Oh ! oui, c'est sûr, si c'était une noyade.

— Stephanie Craig, dit Carella. Est-ce que ce nom vous dit quelque chose ?

— Pas à brûle-pourpoint. Il y a des touristes, ici, vous savez, ils ne savent pas à quel point les courants peuvent être traîtres. Je vais vous dire, on a notre part de noyades, tout comme n'importe quelle autre ville de la côte.

— Et Gregory Craig ?

— Je ne me rappelle pas non plus.

— Il a écrit un livre intitulé *Ombres mortelles*.

— Je ne l'ai pas lu.

— A propos d'une maison du coin.

— Non, je ne connais pas.

Carella eut une pensée fugitive pour la fragilité de la gloire. Derrière son bureau, Hollister s'était mis à hocher la tête comme s'il se rappelait soudain quelque chose dont il n'avait pas parlé.

— Ouais, dit-il.

Carella attendit.

— Des tonnes de pluie, cet été-là. Ça a emporté la jetée du bassin de Logan.

— Monsieur, dit Carella, où pourrais-je trouver le compte rendu de l'enquête ?

— Au bout du couloir, dit Hollister en regardant sa montre. Mais il va être trois heures, et je voudrais être rentré chez moi avant la tempête de neige. Il paraît qu'il va tomber plus de quinze centimètres, vous saviez ça ?

— Non, dit Carella en consultant sa propre montre. Si vous voulez bien me sortir le dossier, dit-il, je pourrais le laisser sur votre bureau après l'avoir consulté, ça ne vous retardera pas.

— Eh bien... dit Hollister.

— Je peux vous signer un reçu officiel, en qualité de...

— Non, je n'ai pas besoin de reçu, dit Hollister. C'est juste que je ne veux pas que tout soit en désordre.

— J'y ferai très attention, dit Carella.

— Ça arrive de temps en temps qu'on ait la visite de flics étrangers à l'état, dit Hollister, ils n'ont aucune notion d'ordre et de propreté.

— Je comprends ça, monsieur le coroner, dit Carella, songeant qu'une marque de respect ne ferait pas de mal dans ces circonstances délicates. Mais j'ai l'habitude de consulter des dossiers, et je vous promets de le laisser dans l'état où vous me l'aurez donné. Monsieur le coroner, ajouta-t-il.

— Je pense que ça ira, dit Hollister en s'extirpant de sa chaise pivotante, surprenant Carella par une stature de plus d'un mètre quatre-vingt-dix, digne d'un joueur de basket.

Il suivit Hollister dans le couloir, passa devant Hillary, toujours assise, qui lui jeta un coup d'œil interrogateur, puis entra dans un bureau sur la porte en verre dépoli duquel on lisait ARCHIVES. Ce bureau était plein de classeurs en bois tout poussiéreux qui auraient sans doute atteint une somme coquette chez n'importe quel antiquaire d'Isola.

— Comment s'écrit le nom de famille ? demanda Hollister.

— C, r, a, i, g, répondit Carella en pensant encore à la célébrité pour se demander si, en ce moment, quelque part aux Etats-Unis, il y avait quelqu'un qui demandait comment s'écrivaient Hemingway, Faulkner ou même Harold Robbins[1].

— C, r, a, i, g, répéta Hollister en s'approchant d'un meuble classeur, dont il ouvrit un tiroir en se répétant sans cesse le nom tout en parcourant les dossiers.

— Stephanie ? demanda-t-il.

— Stephanie, dit Carella.

— Le voici, dit Hollister en retirant un dossier épais de deux centimètres et demi dont il vérifia encore une fois le nom avant de le donner à Carella. Quand vous aurez fini, reposez-le sur le classeur. Je ne veux pas que vous essayiez de le ranger, entendu ?

— Oui, monsieur, dit Carella.

— Autrement, ça flanque la pagaille dans les classeurs, dit Hollister.

— Oui, monsieur.

— Vous pouvez vous installer à ce bureau-là, près de la fenêtre, si vous voulez, retirez votre manteau, mettez-vous à l'aise. Qui est cette dame, dans le couloir, qui a l'air d'un grizzli ?

— Elle m'aide dans mon enquête, dit Carella.

— Vous pouvez la faire entrer, elle aussi, si vous vou-

1. Francis Kane (né en 1916), dit Harold Robbins, auteur à succès qui débuta par le récit de son enfance (*Never Love a Stranger*, 1948) et de sa jeunesse (*Danny Fischer*, 1952) pour continuer avec des récits inspirés de son expérience comme scénariste à Hollywood (*The Dream Merchant*, 1949) ou les dessous de l'économie et de la finance.

lez ; pas la peine qu'elle se gèle les miches dans le couloir. Il y a un courant d'air glacial, dans ce couloir.

— Oui, monsieur, merci, dit Carella.

— Eh bien, c'est tout, je crois, dit Hollister en haussant les épaules avant de laisser Carella seul dans le bureau.

Carella passa la tête par la porte. Hillary était toujours à se morfondre sur son banc, balançant une de ses jambes croisées.

— Entrez, dit Carella.

Elle se leva aussitôt et s'avança dans le couloir en faisant claquer ses talons sur le plancher.

— Qu'est-ce que vous avez trouvé ? demanda-t-elle.

— Le rapport d'enquête.

— Nous en apprendrions plus au lac de Bight.

Carella alluma la lampe de bureau puis approcha une chaise pour Hillary. Celle-ci ne quitta pas son manteau de ragondin. Dehors, il commençait déjà à neiger. A la pendule murale, il était trois heures moins sept.

— Je voudrais faire vite, dit Carella, pour partir d'ici avant la tempête de neige.

— Il faut que nous allions au Bight, dit Hillary. C'est pour voir le lac que je suis venue. Et la maison que Greg louait.

— Si nous avons le temps, dit-il.

— De toute façon, nous ne pourrons pas partir, dit-elle. Ils ont déjà fermé la nationale 44.

— Comment le savez-vous ? demanda-t-il, et elle lui répondit par un regard plein de lassitude. Bon... dépêchons-nous quand même, dit-il. Est-ce que vous voulez regarder ça avec moi ? Est-ce qu'il y a quelque chose là-dedans qui... ?

— Je veux toucher les feuilles, dit-elle.

Après sa prestation avec le manteau de sa sœur, il se

serait bien gardé de se moquer de cette requête. Dans la voiture, à l'aller, elle avait essayé de lui expliquer en quoi consistaient les pouvoirs que les gens comme elle possédaient. Il l'avait écoutée avec attention lui parler de la perception extrasensorielle et de la psychométrie en particulier. Elle définissait cette dernière comme la faculté de mesurer, grâce au sixième sens, le fluide — ou radiations électromagnétiques — d'une autre personne, le plus souvent en touchant un objet appartenant à cette personne ou qu'elle avait porté. Ceux qui étaient doués (« ou parfois affligés », avait-elle dit) de cette faculté étaient capables de recueillir des renseignements sur le passé et le présent, ou même, dans le cas de psychométristes particulièrement doués, sur l'avenir. Elle lui avait expliqué qu'on pouvait considérer le temps, d'un point de vue psychique, comme un énorme disque ayant des millions de sillons contenant des infinités de données enregistrées. Dans un sens, le médium était quelqu'un de doué du pouvoir extraordinaire de soulever le bras imaginaire d'un électrophone pour placer l'aiguille dans n'importe quel sillon, reproduisant ainsi dans son esprit n'importe quelle donnée enregistrée sur le disque. Elle ne savait pas très bien comment ça marchait pour les événements à venir ; elle n'avait jamais été capable de prédire avec la moindre exactitude quelque chose qui allait se passer. La clairvoyance dépassait ses maigres capacités. Elle était en revanche parfaitement sûre de son pouvoir de connaître, grâce aux radiations électromagnétiques d'un objet, les événements (passés ou présents) liés à cet objet. Si elle avait pu le faire avec le manteau de sa sœur, ce matin-là, c'était que le manteau avait été en contact avec le couteau de l'agresseur, que le couteau avait été dans la main de l'agresseur et que le fluide magnétique avait été assez fort pour passer d'un être humain à un objet et, de cet objet, à un autre objet. Cette dissertation, faite sans la moindre emphase, avait fait beaucoup pour renforcer la croyance de Carella que Hillary Scott possédait vraiment des pouvoirs qui échappaient à sa raison.

A présent, assis à côté d'elle, il ouvrit le dossier et se mit à lire. Elle ne lut pas en même temps que lui. Elle se contenta de toucher le coin du haut à droite de chaque page comme si elle avait voulu le corner, tenant la feuille entre le pouce et l'index et palpant le papier comme si c'était du tissu, les yeux fermés, son corps se balançant légèrement sur sa chaise. Elle portait un parfum capiteux qu'il n'avait pas senti dans la voiture. Il supposa qu'en élevant la température de son corps, la tension psychométrique accentuait l'odeur du parfum.

Selon l'enquête du coroner, menée le 16 septembre, trois jours après la noyade fatale, trois ans plus tôt, Stephanie Craig nageait seule dans le Hampstead Bight, entre trois heures et quatre heures moins dix de l'après-midi, lorsque, aux dires des témoins qui se trouvaient sur le rivage, elle avait soudain disparu sous la surface. Elle était remontée deux fois, se débattant chaque fois pour essayer de respirer, mais, après avoir disparu une troisième fois, elle n'avait pas refait surface. Un des témoins avait suggéré au cours de l'enquête que Mme Craig (apparemment, quatre ans après son divorce, elle avait conservé le nom de Craig) avait pu être happée par un requin ou « un genre de poisson », mais la commission d'enquête avait d'emblée rejeté cette suggestion parce qu'il n'y avait pas de sang dans l'eau et peut-être aussi en se souvenant de certains livres et films récents qui avaient quelque peu détourné les touristes des stations balnéaires ; la dernière chose dont

Hampstead avait besoin, c'était d'une psychose du requin — ou de n'importe quel autre genre de poisson.

La commission avait mené son enquête de façon méticuleuse, recueillant auprès de l'homme de peine de Mme Craig l'information qu'elle était partie pour la plage cet après-midi-là vers deux heures et demie, avec une serviette de bain et un sac en bandoulière, en lui annonçant qu'elle avait l'intention d'« aller jusqu'au lac de Bight se baigner un peu ». Elle portait, il s'en souvenait très bien, un maillot deux pièces et des sandales. Les témoins qui se trouvaient sur la plage se rappelaient l'avoir vue s'avancer jusqu'au bord de l'eau, goûter l'eau du bout du pied puis revenir déposer ses sandales, sa serviette et son sac. Un des témoins avait fait remarquer que « c'était le premier jour de soleil qu'on avait depuis des semaines » ; cette réflexion n'avait pas dû réjouir le cœur des deux membres de la chambre de commerce qui faisaient partie de la commission d'enquête.

Stephanie Craig était entrée dans l'eau à trois heures de l'après-midi. Ce jour-là, le Bight était encore plus calme que d'habitude. Protégé par un brise-lames naturel constitué de rochers sur lesquels s'écrasaient à l'est les vagues de l'océan, entouré d'une plage de sable fin comme on en voyait peu dans la région, ce lac où l'on pouvait se baigner à l'abri des courants était un site apprécié des gens du cru comme des touristes. Ce jour-là, il y avait soixante-quatre personnes sur la plage. Une douzaine seulement avaient été témoins de la noyade. De la première à la dernière, toutes avaient fait le même récit. Elle avait soudain coulé et s'était noyée. Un point c'est tout. Le rapport du médecin légiste signalait que le corps ne portait ni contusion, ni lacération, ni ecchymose nulle part, ce qui écartait une fois pour toute l'hypothèse qu'un requin ou qu'un « genre de poisson » ait pu la happer par-dessous. Le rapport établissait en outre que la victime était arrivée à la morgue vêtue du seul bas de son maillot deux pièces, le soutien-gorge ayant sans doute été perdu lorsque Mme Craig s'était débattue pour ne pas se noyer. Les recherches de drogue ou d'alcool dans le sang avaient été négatives. Bien que le médecin qui avait pratiqué l'autopsie eût été incapable d'affirmer que c'était une crampe qui l'avait empêchée de se maintenir à la surface, la commission d'enquête avait néanmoins conclu qu'« une forte crampe ou une suite de crampes avait rendu Mme Craig impuissante dans l'eau, dont la profondeur, à l'endroit où elle nageait, était évaluée ce jour-là à six mètres ». Un témoin oculaire qui se trouvait sur la plage avait dit qu'elle avait coulé définitivement à quatre heures moins dix ; ce qui voulait dire qu'elle avait nagé près d'une heure dans des eaux peu réputées pour la clémence de leur température. Mais Stephanie Craig avait remporté trois médailles d'or avec l'équipe de natation de l'université de Holman, fait dont la commission d'enquête ne faisait pas mention.

Carella referma le dossier. Hillary posa les mains sur la chemise, puis elle ouvrit les yeux en disant :

— Ce n'était pas un accident. La personne qui a tapé ça sait très bien que ce n'était pas un accident.

Carella regarda la première puis la dernière page du rapport pour voir si le nom ou les initiales de la personne qui l'avait tapé à la machine y étaient portés. Ils n'y étaient pas. Il enregistra dans son esprit qu'il faudrait qu'il téléphone à Hollister pour lui demander ce renseignement.

— Je veux aller tout de suite au lac de Bight, dit Hillary. Est-ce qu'on pourrait y aller, s'il vous plaît ? Avant qu'il ne fasse trop sombre ?

Quand ils y arrivèrent, il faisait presque trop sombre. Le peu de lumière qui s'accrochait encore à l'horizon se trouvait masquée par la neige qui tombait, ce qui rendait difficiles et la visibilité et la marche. Ils s'arrêtèrent sur la plage pour regarder le lac. Stephanie Craig s'était noyée à cent cinquante mètres de la rive, à moins de dix mètres de la protection offerte par les rochers qui faisaient office de brise-lames. A la demande insistante de Hillary, ils gagnèrent cette barre de rochers. Elle avait la forme d'un hameçon dont la hampe formait avec la rive un angle nord-est, les rochers de l'extrémité revenant en arrière pour former une anse naturelle. Du côté de l'océan, les vagues s'écrasaient contre la paroi rocheuse comme avec la ferme intention de la réduire en poussière. Vers l'intérieur cependant, l'anse naturelle était aussi bien protégée que la plus grande partie de la baie intérieure, et seuls quelques embruns essayaient de rivaliser avec les flocons de neige. Au-dessus de l'anse naturelle, une échelle de fer rouillée était scellée à la paroi rocheuse. Quand Hillary lui tourna le dos, Carella comprit sur-le-champ qu'elle avait l'intention de descendre. Il lui empoigna le bras en disant :

— Hé ! là, non !

— On ne risque rien, là-dessous, dit-elle. L'océan est de l'autre côté.

Il regarda en bas. L'anse paraissait en effet assez sûre. Du côté de la mer, des vagues monumentales s'écrasaient lourdement contre la jetée, mais il aurait laissé sa fillette de dix ans patauger avec une bouée à tête de canard dans cette petite crique. Il descendit l'échelle le premier et se détourna avec discrétion quand elle le suivit avec sa jupe qui lui battait les cuisses et les mollets. En bas, il n'y avait pas de vent. Au bout de la plage de galets, il y avait une petite grotte creusée dans la jetée.

A l'intérieur, ils discernèrent vaguement une barque à la peinture verte écaillée et tachée de rouge et de jaune sous les tolets rouillés. Hillary s'arrêta pile, juste à l'entrée de la grotte.

— Qu'y a-t-il ? demanda Carella.

— Il est venu ici, dit-elle.

— Qui ?

La lumière déclinait rapidement ; il aurait dû prendre la lampe de poche dans la boîte à gants, mais il avait oublié. Cette grotte n'avait vraiment rien d'hospitalier. Il avait toujours considéré les spéléologues comme les pires des fous, et il avait même peur de se trouver dans une espèce de réduit, incapable d'avancer ni de reculer. Mais il suivit Hillary à l'intérieur en baissant la tête pour ne pas se cogner au plafond et en plissant les yeux pour essayer de voir ce qu'il y avait derrière la barque. La grotte n'était pas profonde ; elle s'arrêtait tout d'un coup à quelques pas de l'embarcation. Ses parois inclinées étaient humides. Hillary toucha un des tolets rouillés, mais en retira la main comme si elle avait reçu une décharge électrique.

— Non, dit-elle.

— Qu'y a-t-il ?

— Non, dit-elle s'éloignant de la barque. Oh ! non, mon Dieu, par pitié, non.

— Mais qu'est-ce qui se passe ?

Elle ne répondit pas. Elle secoua la tête et sortit à reculons de la grotte. Quand il arriva à son tour sur la plage de galets, elle grimpait à l'échelle. Quand elle atteignit le sommet de la paroi rocheuse, le vent plaqua sa jupe contre ses longues jambes. Il monta à sa suite. Elle courait à présent sur le brise-lames, tandis que les lames s'écrasaient sur sa droite, vers la baie sablonneuse derrière laquelle il avait garé la voiture. Il courut derrière elle, essoufflé, manquant déraper sur les rochers et réaliser ainsi le second de ses cauchemars, celui de se noyer. Quand il arriva à la voiture, elle était déjà dedans, les bras croisés sur son manteau de ragondin, tremblant de tous ses membres.

— Que s'est-il passé là-bas ? dit-il.

— Rien.

— Quand vous avez touché cette barque...

— Rien, dit-elle.

Il fit démarrer la voiture. Il y avait au moins cinq centimètres de neige dans le parc de stationnement. La pendule du tableau de bord indiquait quatre heures. Allumant tout de suite la radio dans l'espoir d'entendre les informations locales, il entendit d'abord un exposé sur le nouveau plan du président pour lutter contre l'inflation, puis un compte rendu des derniers incidents au Proche-Orient, pour finir par un bulletin météorologique. La tempête de neige qui s'était abattue sur la ville avait fini par atteindre le Massachusetts, où on pensait qu'elle laisserait entre vingt et vingt-cinq centimètres de neige avant le lendemain matin. La nationale 44 était fermée et l'autoroute du sud et de l'ouest était dangereuse. Le service des routes de l'état avait demandé aux automobilistes de ne pas circuler pour laisser le passage aux chasse-neige.

— Nous ferions mieux de rentrer en ville, dit-il, pour essayer de trouver deux chambres pour la nuit.

— Non, dit-elle. (Elle tremblait encore.) Je veux voir la maison que Craig a louée cet été-là.

— Je ne tiens pas à me retrouver bloqué ici, en pleine...

— C'est sur le chemin, dit-elle. A trois kilomètres du Bight. Ce n'est pas ce qu'elle vous a dit ? Ce n'est pas ce que sa fille vous a dit ?

Abigail Craig avait dit : « Elle s'est noyée dans le lac de Bight, à trois kilomètres de l'endroit où mon père avait loué sa fameuse maison hantée. » Le converti que Carella était à demi était prêt à reconnaître que Hillary, qui ne pouvait pas être au courant de la conversation qu'il avait eue avec Abigail Craig, l'avait donc devinée grâce à ses pouvoirs psychiques. Mais le sceptique qu'il était encore songeait que Hillary connaissait bien le livre que Craig avait écrit sur cette maison, et n'était-il pas logique de croire qu'il l'avait décrite en détail, y compris sa situation géographique ?

— A trois kilomètres du Bight, ça peut être dans un sens ou dans l'autre, dit-il. Je n'ai pas envie d'aller faire un tour dans l'océan Atlantique.

— Non, c'est sur le chemin de la ville, dit-elle.

— C'est ce qu'il a écrit dans son livre ?

— Je l'ai reconnue quand nous sommes passés devant, dit-elle.

— Vous n'avez pas répondu à ma question.

— Non, il ne donnait pas sa situation exacte dans le livre.

— Pourquoi n'avez-vous rien dit quand nous sommes passés devant ?

— Parce que le champ était trop fort.

— Quel champ ?

— Le champ électromagnétique.

— Si fort que vous ne pouviez pas parler ?

— Si fort que j'avais peur.

— Mais pas le Bight, hein ? Quand nous sommes passés devant le Bight...

— Le Bight n'est que l'endroit où elle s'est noyée. La maison...

Elle frissonna de nouveau et se tassa dans son manteau. Il n'avait encore jamais entendu quelqu'un claquer vraiment des dents ; il avait toujours cru que c'était une image. Mais elle claquait à présent des dents pour de bon ; il en entendait le petit bruit par-dessus le ronronnement du chauffage de la voiture.

— Qu'est-ce qu'elle a, cette maison ? demanda-t-il.

— Il faut que je la voie. C'est la maison qui est à l'origine de tout. C'est dans cette maison que tout a commencé.

— Que tout quoi a commencé ?

— Les quatre meurtres.

— Quatre ? dit-il. Il n'y en a eu que trois.

— Quatre, répéta-t-elle.

— Gregory Craig, Marian Esposito, Daniel Corbett...

— Et Stephanie Craig, ajouta-t-elle.

9

La maison était au bord de l'océan, à deux kilomètres huit cents du lac de Bight, à en croire le compteur. Il gara la voiture dans une allée sablonneuse couverte de neige et bordée de plantes et de buissons fanés. Un pin solitaire, aux branches alourdies par la neige, montait la garde à gauche de la porte d'entrée, tel un grognard géant devant Moscou. La maison était presque entièrement grise : murs recouverts de planches grises sur toutes les façades ; bardeaux d'un gris plus foncé sur le toit ; porte, volets, encadrement des fenêtres eux aussi revêtus d'une couche de peinture grise qui commençait à s'écailler. Du côté nord, une cheminée en brique se dressait le long du mur comme une protestation verticale contre la grisaille de la maison et la blancheur de la neige. Cette fois, il avait pensé à se munir de la lampe de poche. Il la dirigea d'abord sur un panonceau à l'intérieur de la fenêtre la plus proche de la porte. Cet avis annonçait que la maison était à louer ou à vendre et donnait le nom et l'adresse de l'agent immobilier à joindre. Il braqua le faisceau de la lampe sur la poignée ternie de la porte et tourna la poignée. La porte était fermée.

— Et voilà, dit-il.

Hillary posa la main sur la poignée. Elle ferma les yeux. Il attendit, ne sachant plus à quoi s'attendre quand elle touchait quelque chose. Un flocon de neige lui atterrit sur la nuque et fondit le long de son cou.

— Il y a une porte de service, dit-elle.

Pataugeant dans la neige, ils contournèrent la maison, passèrent devant un mûrier épineux et arrivèrent à un auvent en bois gris face à la mer. De ce côté, le vent avait repoussé la neige contre la porte. Carella déblaya un peu du pied, entrebâilla la double porte puis essaya la poignée de la porte intérieure.

— Fermée, dit-il. Retournons en ville.

Hillary posa la main sur la poignée. Carella soupira. Elle tint la poignée un temps qui parut bizarrement long, tandis que le vent qui soufflait de l'océan fouettait le petit auvent et faisait claquer la double porte contre le flanc de la maison. En lâchant enfin la poignée, elle dit :

— Il y a une clef derrière la gouttière.

Carella dirigea la lumière vers la gouttière. La conduite s'arrêtait à une vingtaine de centimètres du sol. Il tâta derrière avec la main. Suspendu à l'arrière de la gouttière, il y avait un de ces petits porte-clefs magnétiques dont le but est de faciliter l'entrée aux cambrioleurs. Il ouvrit le boîtier métallique et s'empara de la clef, qu'il introduisit dans la serrure. Elle s'engagea sans difficulté ; en la faisant tourner, il entendit un déclic bien huilé. Il tourna de nouveau la poignée et la porte s'ouvrit. En tâtonnant sur le mur, à droite de la porte, il trouva un interrupteur, qu'il alluma. Il fit un pas à l'intérieur. Derrière lui, Hillary referma la porte.

Ils se trouvaient dans une salle de séjour meublée d'un bric-à-brac de maison de campagne. Un canapé recouvert d'un tissu à fleurs faisait face à la fenêtre qui donnait sur la mer. Deux fauteuils club capitonnés dépareillés contemplaient le canapé à la manière de deux vilains soupirants qui briguent la main d'une princesse. Entre le canapé et les fauteuils, il y avait un bout de tapis ovale plein de taches sur lequel était posé un banc de cordonnier qui faisait office de table basse. Un piano droit était placé contre un mur dans lequel s'ouvraient deux portes, celle de la cuisine et celle de l'office. A l'autre bout de la pièce, un escalier menait à l'étage supérieur.

— Ce n'est pas celle-ci, dit Hillary.

— Comment ça ?

— Ce n'est pas la maison dont Greg parlait dans son livre.

— Je croyais que vous aviez dit...

— J'ai dit que c'était ici que tout a commencé. Mais ce n'est pas la maison dont il parle dans *Ombres mortelles*.

— Comment le savez-vous ?

— Il n'y a pas de fantômes dans cette maison, dit-elle simplement. Il n'y a jamais eu de fantômes dans cette maison.

Ils la visitèrent tout de même de la cave au grenier. Hillary se montra calme, presque indifférente. Elle visitait la maison comme une acheteuse dont le mari l'obligeait à visiter une maison dont elle n'avait pas envie — jusqu'au moment où ils descendirent au sous-sol. Au sous-sol (et Carella commençait à s'habituer à ces sautes d'humeur psychique), elle se hérissa à la vue d'une porte fermée. Ses mains se mirent à battre l'air, les doigts écartés, comme un aveugle qui redoute les obstacles. Elle s'approcha de la porte, tremblante. Soulevant le loquet grossier, elle entra dans la pièce garnie d'étagères qui abritait la chaudière. Carella se rendit tout à coup compte du froid glacial qui régnait dans la maison. Il avait les pieds en plomb ; il avait les doigts gourds. Sur une des étagères, il y avait un masque de plongée, une paire de palmes en caoutchouc et une bouteille d'air comprimé. Hillary s'approcha des étagères, mais sans toucher à rien. Comme elle l'avait fait près de la barque, elle recula de nouveau en disant :

— Non, oh ! mon Dieu, non.

Il sentit quelque chose de presque palpable dans cette pièce, mais il n'en était pas à confondre ses intuitions avec celles de Hillary. Sa réaction à lui fut terre à terre, celle d'un inspecteur de police d'une des plus grandes villes du monde, étoffée par des années d'expérience et des kilomètres de déduction empirique, assaisonnée d'une pincée de flair et d'une cuillerée d'espoir — puisque l'espoir fait vivre. Stephanie Craig, excellente nageuse, s'était noyée dans un lac de Bight plus calme que jamais, au souvenir de tous, cet été-là. L'un des témoins au moins affirmait avoir eu l'impression qu'elle était happée par en dessous par un requin ou une sorte de poisson. Dans le sous-sol de la maison que son ancien mari, Gregory, avait louée pour l'été, ils venaient de tomber sur un attirail de plongée sous-marine. Etait-il possible... ?

— C'est Greg, dit Hillary. C'est Greg qui l'a noyée.

A l'hôtel Hampstead Arms, ils prirent deux chambres communicantes pour la nuit. Tandis qu'il composait le numéro de chez lui, à Riverhead, Carella entendit Hillary parler au téléphone. Il ne savait pas qui elle appelait. Il savait seulement que, dans la voiture, alors qu'ils revenaient en ville, elle avait refusé de préciser sa brutale accusation. Fanny décrocha le téléphone à la quatrième sonnerie.

— Salut, dit-il. Je suis bloqué ici.

— Et où est-ce, ici ? demanda Fanny.

— J'ai demandé à Cotton d'appeler...

— Il ne l'a pas fait.

— Je suis dans le Massachusetts.

— Ah ! dit Fanny. Et, si je puis me permettre, qu'est-ce que vous faites dans le Massachusetts ?

— Je visite des maisons hantées.

— Votre sens de l'humour italien laisse beaucoup à désirer, dit Fanny. Teddy va piquer une crise. Elle croyait que vous vous étiez fait assassiner dans une ruelle sombre.

— Dites-lui que je vais bien et que je rappellerai demain matin.

— Ce n'est pas ça qui va la calmer.

— Alors dites-lui que je l'aime.

— Si vous l'aimez, qu'est-ce que vous fichez dans le Massachusetts ?

— Est-ce que tout va bien, là-bas ?

— Tout est au poil.

— Il n'a pas reneigé, au moins ?

— Pas un flocon.

— Ici, il est déjà tombé au moins vingt centimètres.

— C'est bien fait, dit Fanny avant de raccrocher.

Il appela ensuite Hawes, à la salle de permanence, et tomba sur lui à la troisième sonnerie.

— Tu devais prévenir ma femme que j'étais dans le Massachusetts, dit-il.

— Merde, dit Hawes.

— Tu as oublié.

— Je n'ai pas arrêté de la journée. Trois types ont voulu braquer une banque à l'angle de Culver Avenue et de la Dixième Rue. Quand l'alarme s'est déclenchée, ils se sont enfermés dedans et ont essayé de tenir en échec toutes les forces de police de la ville. On a fini par les faire sortir vers quatre heures.

— Pas de blessés ?

— Un des caissiers a eu une crise cardiaque. Mais c'est tout. Je suis content que tu appelles. On a un tuyau à propos des bijoux. Pendant que je jouais aux gendarmes et aux voleurs, un prêteur sur gages a appelé la permanence. Il tient une boutique au coin d'Ainsley Avenue et de la Troisième Rue.

— Ouais, continue.

— Je l'ai rappelé dès mon retour. Il paraît que, cet après-midi, un type a essayé de mettre au clou le pendentif en diamant. Attends une seconde, je prends la liste. (Le silence se fit. Carella imagina Hawes en train de parcourir la liste fournie par Hillary Scott.) Ouais, dit Hawes, le voici. Un pendentif, diamant taillé en poire, monté sur platine, avec une chaîne en or dix-huit carats de quarante-cinq centimètres.

— A combien est-elle estimée ?

— Trois mille cinq cents.

— Qui l'a engagé ?

— Essayé de l'engager. Le prêteur en a offert mille six cents, le type a accepté, et puis il s'est ravisé quand le prêteur lui a demandé une pièce d'identité. Ils sont tenus de le faire, tu sais, à cause des listes de transactions qu'ils doivent nous envoyer.

— Et le type a refusé ?

— Le prêteur lui demandait un simple permis de conduire. Le type a répondu qu'il n'en avait pas.

— Alors que s'est-il passé ?

— Il a repris le pendentif et il est parti.

— Génial, dit Carella.

— Ce n'est pas si mauvais que ça. Aussitôt après son départ, le prêteur a regardé l'avis de recherche qu'on lui avait fait parvenir, et il y a vu le pendentif. Alors il a appelé ici. Il y avait le numéro sur l'avis, tu te souviens...

— Ouais, alors, qu'est-ce qui s'est passé ?

— Il m'a dit que le type avait mis les mains partout sur la plaque en verre du comptoir de la partie bijouterie. Il s'est dit que nous pourrions peut-être y relever des empreintes. Il est futé, ce vieux bonhomme.

— Est-ce que tu y es allé ?

— J'en viens, en fait. J'ai laissé l'équipe du labo sur place à traiter le comptoir, la poignée de porte et n'importe quoi d'autre que le type aurait pu toucher. Il y a des douzaines de personnes qui passent chaque jour par cette boutique, Steve, mais on aura peut-être de la chance...

— Ouais, peut-être. A quoi ressemble ce type ?

— Il correspond au signalement. Un type jeune, aux cheveux noirs et aux yeux bruns.

— Quand est-ce que tu auras le rapport des gars du labo ?

— Ils sont dessus en ce moment.

— Ce qui veut dire ? Demain matin ?

— Je leur ai dit qu'il s'agissait d'un meurtre. Ils vont peut-être se grouiller.

— D'accord, préviens-moi dès que tu auras quelque chose. Je suis à l'hôtel Hampstead Arms ; tu veux noter le numéro ?

— Attends, je cherche un crayon, dit Hawes. On n'en a jamais sous la main quand on en a besoin.

Carella lui donna le numéro de téléphone de l'hôtel et le numéro de sa chambre, puis il le mit au courant de ce qu'il avait appris chez le coroner. Il ne lui parla pas des déductions psychométriques de Hillary. Lorsqu'il raccrocha, il était près de six heures. Il chercha le numéro personnel de Hiram Hollister dans l'annuaire local et le composa.

— Allô ! répondit une femme.

— M. Hollister, s'il vous plaît.

— De la part de qui ?

— Inspecteur Carella.

— Un petit instant.

Il attendit. Hollister vint prendre le téléphone et dit :

— Allô ! inspecteur ? Vous avez trouvé ce que vous cherchiez ?

— Oui, merci, dit Carella. Je me demandais si vous pourriez me dire qui a tapé le rapport rédigé par les membres de la commission d'enquête, monsieur.

— Tapé ?

— Oui.

— Tapé ? Vous voulez dire qui l'a tapé à la machine ?

— Oui, monsieur.

— Ça devait être la sténographe de la commission, j'imagine.

— Et qui était-ce ?

— C'était il y a trois ans, dit Hollister.

— Oui.

— Ça devait être Maude Jenkins, dit-il. Ouais. Il y a trois ans, ça devait être Maude.

— Où puis-je la joindre ?

— Elle est dans l'annuaire. Vous la trouverez à Harold Jenkins ; c'est le nom de son mari.

— Merci, monsieur.

Il raccrocha et consulta de nouveau l'annuaire. Il trouva un Harold Jenkins et un Harold Jenkins Jr. En composant le premier numéro, il tomba sur un vieux monsieur qui dit à Carella qu'il cherchait sans doute sa belle-fille, et il allait lui donner le numéro de Harold

Jenkins Jr, mais Carella lui dit qu'il l'avait, le remercia et composa le second numéro.

— Jenkins, dit une voix d'homme.

— Bonjour, monsieur, je suis l'inspecteur Carella, du commissariat 87, à Isola. J'aimerais parler à votre femme, s'il vous plaît.

— A ma femme ? A Maude ?

— Oui, monsieur.

— Eh bien... bien sûr, dit Jenkins.

Il avait un ton déconcerté. Carella l'entendit appeler sa femme. Il attendit. Dans la chambre voisine, Hillary Scott était toujours au téléphone.

— Allô ! dit une voix de femme.

— Madame Jenkins ?

— Oui ?

— C'est l'inspecteur Carella, du commissariat 87, à Isola...

— Oui ?

— Je suis ici à propos d'un meurtre sur lequel j'enquête, et j'aurais quelques questions à vous poser.

— Un meurtre ?

— Oui. Il paraît que vous étiez la sténographe de la commission d'enquête qui a établi le rapport sur la mort de Stephanie Craig, il y a trois ans...

— Oui, c'est vrai.

— Est-ce que c'est vous qui avez tapé le rapport ?

— Oui, j'ai tout pris en sténo et puis j'ai tapé le rapport à la fin de l'enquête. On essaie toujours de faire taper les textes par la personne qui les a pris en sténo. C'est que tout le monde ne prend pas en sténo de la même façon, et nous ne voulons pas qu'il y ait des erreurs dans quelque chose d'aussi important qu'un rapport d'enquête. (Elle hésita avant d'ajouter :) Mais c'était une noyade accidentelle.

— C'est ce qu'on m'a dit.

— Vous avez parlé de meurtre. Vous avez dit que vous enquêtiez sur un meurtre.

— Qui pourrait éventuellement avoir un rapport avec cette noyade, dit Carella. (Il hésita à son tour avant de demander :) Madame, avez-vous eu personnellement une raison de croire que la mort de Mme Craig n'était pas accidentelle ?

— Aucune.

— Est-ce que vous connaissiez Mme Craig ?

— Je l'avais vue en ville, c'est tout. Elle faisait partie des estivants. En fait, je connaissais beaucoup mieux son mari. On plutôt son ancien mari.

— Vous connaissiez Gregory Craig ?

— Oui, j'ai travaillé pour lui.

— Quel genre de travail ?

— De la dactylo.

— Que lui avez-vous dactylographié, madame ?

— Un livre qu'il était en train d'écrire.

— Quel livre ?

— Oh ! vous le connaissez. Celui qui a eu tant de succès. Celui sur les fantômes.

— *Ombres mortelles ?* Est-ce que c'était ce titre-là ?

— Pas quand je le tapais.

— Comment ça ?

— Il n'avait pas encore de titre.

— Il n'y avait pas de page de titre ?

— Eh bien, il n'aurait pas pu y avoir de page de titre puisqu'il n'y avait pas de pages du tout.

— Je ne vous suis pas, madame.

— Tout était sur bande.

— Le livre était sur bande ?

— Ce n'était même pas un livre, en fait. C'était seulement ce que M. Craig disait à propos d'une maison hantée. Il parlait des fantômes qu'il y avait dans la maison. Des balivernes. Ça me dépasse que ça ait pu avoir du succès. Il n'y a jamais eu de fantômes dans la maison qu'il louait. Il a tout inventé.

— Vous connaissez cette maison ?

— Ma sœur, qui habite dans l'Ohio, l'a louée l'été dernier. S'il y avait eu des fantômes, elle m'en aurait parlé, je vous le garantis.

— Cette bande que M. Craig vous a donnée...

— Hmm ?

— Qu'est-elle devenue ?

— Comment ça, qu'est-elle devenue ?

— Est-ce que vous la lui avez rendue après avoir fini de taper le livre ?

— Mais je n'ai pas fini de le taper. J'en ai fait à peu près la moitié, et puis il est rentré en ville parce que c'était la fin de l'été.

— A quel moment ?

— Après la fête du Travail[1].

— En septembre ?

— C'est la date de la fête du Travail. Chaque année la même.

— Ça devait être après la noyade de sa femme, dit Carella.

— Oui. Elle s'est noyée en août. Fin août.

— M. Craig était-il présent à l'enquête ?

— Il n'avait pas à y être. Ils étaient divorcés, vous savez. Il n'y avait aucune raison qu'on le convoque pour l'enquête. D'ailleurs, il avait déjà quitté Hampstead. Je ne me souviens plus de la date exacte de l'enquête...

— Le 16 septembre.

— Oui, eh bien, il était déjà parti.

1. Le 4 septembre.

— Quelle proportion du livre aviez-vous déjà tapée avant son départ ?

— Je vous l'ai dit, ce n'était pas un livre. Ce n'étaient que des histoires décousues à propos de fantômes.

— Plus ou moins comme des notes prises pour un livre, est-ce ainsi que vous le décririez... ?

— Non, c'était plutôt des histoires que des notes. A propos de flammes de bougies qui vacillent, vous voyez, de portes qui s'ouvrent alors qu'on les a fermées à clef. Et de la femme qui cherche son mari. Ce genre-là. Des histoires.

— Des histoires de fantômes racontées par M. Craig, c'est ça ?

— Oui. Et il prenait une sorte de voix effrayante, vous voyez ? Pour raconter ces histoires. Il essayait de rendre tout ça dramatique, en racontant qu'il s'était réveillé en pleine nuit et qu'il avait entendu cette femme descendre du grenier, il avait pris une bougie et il était allé dans le couloir, où il l'avait vue, là... C'étaient des histoires à dormir debout, mais ça vous flanquait la chair de poule.

— Les histoires.

— Oui, mais aussi sa voix.

— Effrayante, c'est-à-dire...

— Comme... grinçante, je dirais. M. Craig était un gros fumeur et il avait toujours la voix un peu rauque. Mais pas comme sur la bande. Je crois qu'il cherchait à produire un effet. Un peu comme un acteur, vous voyez, qui raconte des histoires à faire peur à la télévision. Ce que je peux vous dire, c'est que c'était bien plus impressionnant à entendre qu'à lire une fois tapé.

— Avez-vous lu *Ombres mortelles*, madame ?

— Je crois que tout le monde l'a lu, à Hampstead.

« Sauf Hiram Hollister », songea Carella.

— Est-ce que ça ressemblait à ce que vous aviez tapé d'après la bande enregistrée ?

— Eh bien, je n'avais pas tout tapé.

— A la partie que vous aviez tapée.

— Je ne l'avais pas pour faire la comparaison, mais autant que je me souvienne, c'était la même chose que ce que j'avais tapé.

— Et vous lui avez rendu la bande avant son départ de Hampstead ?

— Oui.

— Quelle était la durée de cette bande ?

— C'était une cassette de deux heures.

— Combien en aviez-vous tapé avant son départ ?

— Oh ! je dirais la moitié.

— A peu près une heure ?

— Oui.

— Combien de pages est-ce que ça faisait ?

— Pas plus d'une cinquantaine.

— La totalité de la bande aurait donc fait une centaine de pages.

— Plus ou moins.

— Je n'ai pas lu ce livre, madame... est-ce que vous vous souviendriez de sa longueur ?

— En nombre de pages ?

— Oui.

— Oh ! c'était un assez gros livre.

— Plus de cent pages ?

— Oh ! oui. Dans les trois cents pages.

— Il devait donc y avoir d'autres bandes.

— Je n'en ai aucune idée. Il ne m'a donné que celle-là.

— Comment vous a-t-il contactée ?

— Je travaille pour d'autres écrivains. Il y a beaucoup

d'écrivains qui viennent passer l'été ici. Je suppose qu'il a demandé autour de lui et qu'on lui a parlé de moi.

— Aviez-vous déjà travaillé pour lui ?

— Non, c'était la première fois.

— Et vous dites qu'il n'y avait pas de titre, à ce moment-là ?

— Pas de titre.

— Rien sur la cassette elle-même ?

— Ah ! je vois ce que vous voulez dire. Si, il y avait quelque chose. Sur l'étiquette, vous voyez ? Ecrit au stylo feutre.

— Qu'y avait-il d'écrit ?

— « Fantômes ».

— Rien que le mot « fantômes » ?

— Et son nom.

— Le nom de Craig ?

— Oui. « Fantômes », puis « Gregory Craig ».

— Il y avait donc bien un titre.

— Eh bien, si vous voulez appeler ça un titre. Mais il n'y avait pas écrit « par Gregory Craig » ; c'était juste pour reconnaître la cassette, c'est tout.

— Merci, madame, votre aide m'a été très utile, dit-il.

— Je vous en prie, dit-elle avant de raccrocher.

Franchement, il ne savait pas en quoi elle lui serait très utile, mais il espérait qu'elle pourrait l'être. Pendant qu'elle était en transe, le samedi précédent, Hillary avait répété plusieurs fois le mot « bande », qu'elle avait associé au mot « noyade ». Il s'était aussitôt figuré un noyé dont les pieds ou les mains étaient liés par une bande de tissu ou de cuir — image renforcée par le fait que Gregory Craig avait eu les mains liées dans le dos par un cintre métallique. Dans un des livres de Carella sur la pathologie et la toxicologie légales, il était tombé sur une phrase qui l'avait fait éclater de rire : « Si l'on repêche un corps entravé d'une manière impossible à accomplir par soi-même, on peut émettre l'hypothèse d'une intention homicide. » Lorsqu'on l'avait sorti de l'eau, le cadavre de Stephanie Craig ne portait ni lien ni entrave : ni chaîne, ni corde, ni bande non plus. Mais voilà qu'un autre genre de bande entrait en scène — et Carella ne pouvait pas oublier que Hillary avait associé les mots « bande » et « noyade ».

Elle entra dans sa chambre sans frapper. Elle avait les joues en feu ; elle avait les yeux brillants.

— Je viens d'avoir au téléphone une certaine Elsie Blair, dit-elle. C'est l'agent immobilier dont le nom était sur l'affiche, derrière la fenêtre de la maison que Greg avait louée.

— Et alors ? demanda Carella.

— Je lui ai décrit la maison dont Greg parle dans son livre. Je la lui ai décrite dans les moindres détails. Elle connaît cette maison. Il y a trois ans, elle était louée pour l'été à un type de Boston. Ce n'est pas elle qui a conclu l'affaire, mais elle peut se renseigner auprès de l'agent qui l'a fait et lui demander le nom et l'adresse de ce type, d'après le contrat de location... si vous voulez.

— Pourquoi le voudrais-je ? demanda Carella.

— C'est la maison d'*Ombres mortelles*, vous ne comprenez pas ?

— Non.

— C'est la maison dont Greg parlait dans son livre.

— Et alors ?

— Ce n'est pas lui qui vivait dans cette maison ; c'était quelqu'un d'autre, dit Hillary. Je veux y aller. Je veux me rendre compte par moi-même s'il y a des fantômes dans cette maison.

10

L'agent immobilier qui avait loué la maison trois ans plus tôt travaillait dans une pièce de derrière de sa maison privée de Main Street. A six heures et quart, pataugeant dans la neige, ils passèrent à côté du sapin de Noël de la grand-place, la tête dans les épaules à cause du vent coupant et de la neige. C'était une femme qui s'appelait Sally Barton, et qui parut ravie de jouer les détectives. Elle savait depuis le début que la maison dont Craig parlait dans son livre était en fait la vieille maison Loomis, sur l'isthme. Il n'en avait jamais précisé la situation, ni même cité la ville de Hampstead, d'ailleurs — ce dont ils devaient lui être tous reconnaissants, à son avis. Mais elle savait que c'était la maison Loomis.

— Il adorait la mer, je parle de Frank Loomis, dit-elle. La maison n'a rien d'une villa typique de vacances, mais sur l'isthme, elle est tout à fait à sa place. Loomis en est tombé amoureux lorsqu'il habitait encore à Salem, il l'a fait démonter morceau par morceau et remonter sur le bout de terrain qu'il possédait au bord de la mer.

— Salem ? demanda Carella. Ici, dans le Massachusetts ?

— Oui, dit Sally. Là où ils ont pendu les sorcières, en 1692[1].

Elle leur confia la clef de la maison, qu'elle n'avait pu, dit-elle, louer l'été précédent, ce qui n'avait toutefois rien à voir avec les fantômes de Gregory Craig. En dehors de la ville, peu de gens savaient que c'était la maison qu'il avait rendue célèbre par son livre.

— Je ne sais pas comment il a fait son compte, dit-elle. Il prétendait que c'était une histoire vraie, mais il ne disait à personne où la maison se trouvait vraiment. Il disait que c'était pour protéger les innocents. Quels innocents ? Frank Loomis était mort depuis cinquante ans, et ses deux fils habitent en Californie, et ils se fichent pas mal que la maison soit hantée. Tout ce qui les intéresse, c'est de la louer chaque été. Encore que Craig a peut-être eu peur de complications judiciaires. Vous êtes sans doute plus au courant que moi de ce genre de choses, ajouta-t-elle en souriant à Carella.

— Eh bien, je ne suis pas avocat, madame, répondit-il en lui rendant son sourire, se rendant compte qu'elle lui avait adressé une flatterie. Je me demandais si vous pouviez me dire qui a loué la maison, il y a trois ans ?

— Oui, j'ai consulté le contrat de location juste après votre coup de fil. C'est un certain Jack Rawles.

— Comment est-il ?

— Il avait un physique agréable.

— Jeune, vieux ?

— A peine trente ans, à mon avis.

— Les cheveux de quelle couleur ?

1. Salem est un port sur l'Atlantique, au nord-est de Boston. Cette paroisse puritaine exemplaire fut le théâtre d'une chasse aux sorcières qui se termina par trois exécutions et que le pasteur Cotton Mather (1663-1728) s'efforça de justifier.

— Noirs.
— Et les yeux ?
— Marron.
— Et son adresse ?
Elle lui donna un bout de papier sur lequel elle avait recopié l'adresse de Rawles, dans Commonwealth Avenue, à Boston, avant de dire :
— Ce n'est pas une maison facile à louer, vous savez. Frank ne l'a pas modernisée. Il y a l'électricité, bien sûr, mais elle n'est chauffée que par les cheminées. Il y en a trois, une dans le salon, une dans la cuisine, une autre dans une des chambres du premier étage. L'été, ça va à peu près, mais l'hiver, c'est une vraie glacière. Etes-vous sûrs de vouloir y aller maintenant ?
— Oui, nous en sommes certains, répondit Hillary.
— J'irais bien avec vous, mais je n'ai pas encore préparé le dîner de mon mari.
— Nous vous rapporterons la clef dès que nous l'aurons visitée, dit Carella.
— On dit qu'il y a là-bas une morte qui cherche son mari, dit Mme Barton.
Dans un garage du coin, Carella acheta des chaînes et demanda au mécanicien de les fixer sur les pneus pendant qu'il allait dîner avec Hillary dans un snack de la rue. Lorsqu'ils sortirent de la ville, à sept heures du soir, il neigeait encore. Les chasse-neige étaient en train de déblayer les rues et les principales routes, mais quand ils arrivèrent à l'embranchement d'où partait la route de la langue de terre qui s'avançait dans l'Atlantique, Carella se félicita d'avoir des chaînes. Une pancarte coiffée de neige leur indiqua Albright's Spit, et en dessous un panneau avertissait qu'il s'agissait d'une voie sans issue. La voiture avançait avec peine dans la neige épaisse, patinant et dérapant sur ce qui devait être, en dessous, un

chemin de sable. Il faillit s'embourber à deux reprises, et quand il aperçut enfin la vieille maison Loomis, au bord de la mer, il poussa un soupir de soulagement et arrêta la voiture sur un bout de terrain plus ou moins plat, au bas de l'allée en pente. Ils descendirent tous deux et, s'éclairant avec une lampe de poche, Hillary et lui arrivèrent à la porte d'entrée.

— Oui, c'est ça, dit Hillary. C'est cette maison.

La porte d'entrée s'ouvrait sur un petit vestibule, face à l'escalier qui conduisait à l'étage. Carella trouva un interrupteur sur le mur, à droite de la porte, et appuya dessus plusieurs fois. Il ne se passa rien.

— Le vent a dû abattre les poteaux électriques, dit-il en promenant le faisceau de la lampe de poche d'abord sur l'escalier puis autour du vestibule.

A droite, une porte donnait sur une cuisine aux poutres apparentes. A gauche, il y avait le salon — la « pièce de réception », devait-on dire à l'époque où la maison avait été construite. Une seule poutre massive allait d'un bout à l'autre de la pièce. Il y avait deux fenêtres, l'une donnant sur la mer, l'autre sur un mur en diagonale. La cheminée n'était pas au milieu du mur ; c'était la cage d'escalier qui était à cet endroit. Elle était dans un renfoncement, c'était une énorme cheminée à hauteur d'homme avec une bouilloire en fer noir suspendue à une crémaillère, des bûches et du petit bois entassés à côté, des grands chenets noirs déformés par la chaleur d'un trop grand nombre de feux. Sur le manteau, au-dessus de l'âtre, Carella trouva deux bougies dans deux chandeliers en étain. Il ne fumait pas ; il demanda une allumette à Hillary pour allumer les deux bougies.

Comme il le voyait à présent, la pièce était superbement meublée dans le style vieil américain, le genre de meubles qu'il était devenu difficile de trouver, sauf à prix d'or. Autour de la pièce, il y avait plusieurs lampes-tempête accrochées au mur, qu'il alluma, et leur lumière fit aussitôt revivre les tons chauds des boiseries et des meubles. S'il y avait des fantômes dans cette maison, ils n'auraient pas pu trouver demeure plus hospitalière. Dans une bassine de cuivre, près de la cheminée, Carella trouva plusieurs exemplaires jaunis du *Hampstead News*. Ils étaient datés de deux ans plus tôt, la dernière fois que la maison avait été louée. Il prit les journaux, les déchira, les plaça dans la cheminée et les recouvrit de petit bois sur lequel il posa trois grosses bûches. Le feu dissipa le froid qui régnait dans la pièce et, du même coup, l'idée que des esprits frappeurs allaient sortir des boiseries d'un instant à l'autre. Dehors, le vent hurlait au-dessus de l'océan et les contrevents tremblaient, mais le feu crépitait et les lampes et les bougies étaient allumées, et les seuls fantômes visibles étaient l'ombre des flammes qui dansaient dans l'âtre. Carella gagna la cuisine, y alluma les lampes et les bougies et fit un autre feu dans la seconde cheminée. Ni lui ni Hillary n'étaient encore montés au premier.

Dans un des placards de la cuisine, il trouva une bouteille de whisky presque pleine. Les bacs à glace du frigidaire étaient vides et on avait coupé l'eau. Il allait sortir avec la bouteille et deux verres quand il remarqua que la porte de la cuisine était entrouverte. Posant la bouteille et les verres, il alla l'ouvrir tout grand. La double porte extérieure était fermée, mais le loquet était tiré. Il le poussa puis examina la serrure de la porte intérieure. C'était une serrure rudimentaire que le premier cambrioleur venu aurait pu ouvrir en deux secondes avec une lame de couteau, une carte de crédit ou un bout de celluloïd. Il la boucla tout de même, tourna la poignée pour s'assurer que la porte était fermée puis retourna dans le salon en emportant la bouteille de whisky et les verres. Hillary se tenait debout devant la cheminée. Elle avait ôté son manteau de ragondin et même son cardigan vert. Elle se tenait les jambes légèrement écartées, les bottes sur le dallage, les mains tendues vers les flammes.

— Vous en voulez ? s'enquit-il.

— Oui, je veux bien.

— Il n'y a que des esprits[1], ici, dit-il, hasardant une blague qui, à sa surprise, ne la fit même pas sourire. Il faudra le boire sec, dit-il.

Il versa une ration copieuse dans chaque verre, posa la bouteille sur la tablette de la cheminée et leva son verre en disant :

— A la vôtre ! et but une gorgée qui le réchauffa jusqu'aux doigts de pieds.

— Vous avez vu des fantômes ? demanda-t-il.

— Pas encore.

— Si vous en voyez un, est-ce que vous le reconnaîtrez ?

— Je le reconnaîtrai.

— Avez-vous déjà vu des fantômes ?

— Non. Mais c'est un phénomène que je comprends.

— Si vous me l'expliquiez ?

— Vous êtes sceptique, dit-elle. Je perdrais mon temps.

— Essayez toujours.

— J'aime mieux pas.

— Bon, dit-il en haussant les épaules. Parlez-moi plutôt de la manière dont Craig travaillait.

— Comment ça ?

1. *Spirit* veut dire à la fois « spiritueux » et « esprit ».

— Comment travaillait-il ? Le jour de sa mort, il y avait une feuille de papier dans sa machine à écrire. Est-ce qu'il avait l'habitude de taper ses textes ?

— Oui.

— Toujours ? Est-ce qu'il lui arrivait d'écrire à la main, par exemple ?

— Jamais.

— Et est-ce qu'il lui arrivait de dicter ?

— A une secrétaire ? Non.

— Ou à une machine ?

— A un magnétophone ?

— Oui. Est-ce qu'il lui arrivait d'enregistrer sur une bande ?

Ce mot eut l'air de résonner dans la pièce. Carella n'avait pas encore dit à Hillary que Maude Jenkins avait tapé une partie du livre de Craig en transcrivant une partie d'une cassette de deux heures qu'il lui avait confiée vers la fin de l'été, trois ans plus tôt. Une bûche remua dans l'âtre ; le feu crépitait et soupirait.

— Est-ce que ça lui arrivait ? dit Carella.

— Pas à ma connaissance.

— Comment était sa voix ?

— La voix de Greg ?

— Oui. Il paraît qu'il fumait beaucoup. Avait-il une voix rauque, ou... ? (Il chercha un autre mot mais finit par reprendre celui que Maude Jenkins avait employé pour décrire la voix de la bande.) Grinçante ? Est-ce que vous la diriez grinçante ?

— Non.

— Une partie au moins d'*Ombres mortelles* était sur bande, dit-il. Une centaine de pages. Y avait-il... ?

— Comment le savez-vous ?

— J'ai parlé à la dame qui les a tapées à la machine.

Y avait-il d'autres bandes ? Le livre imprimé faisait dans les trois cents pages, n'est-ce pas ?

— Près de quatre cents.

— Alors où sont les bandes ? Si la première partie du livre était sur bande...

— Je n'ai jamais vu de bandes, dit Hillary.

— Qui a tapé le manuscrit définitif ?

— Je ne sais pas. Je ne connaissais pas Greg, quand il travaillait sur *Ombres*.

— Qui tapait ses textes, d'habitude ? En ville, je veux dire.

— Il n'a rien fait taper ces derniers temps. Il travaillait encore à son prochain livre ; il n'avait aucune raison de le faire taper au propre tant qu'il ne l'avait pas terminé.

— Est-ce que Daniel Corbett aurait pu être au courant de l'existence de ces bandes magnétiques ?

— Je n'en ai aucune idée, répondit Hillary, et les bougies de la cheminée s'éteignirent.

Sentant un brusque courant d'air dans la pièce, Carella se retourna tout d'un coup vers la porte d'entrée, pensant que le vent déchaîné avait pu l'ouvrir. Au-delà de la cage d'escalier, il voyait le vestibule. La porte d'entrée était fermée. Il alla tout de même en vérifier la serrure — la même que celle de la porte de la cuisine, mais bien fermée tout de même. Il entra dans la cuisine. Les lampes-tempête brûlaient toujours sur la cheminée et sur l'égouttoir, mais les bougies qu'il avait allumées sur la table de la cuisine étaient éteintes — et la porte de la cuisine était ouverte.

Il alla regarder la porte. Il était seul dans la cuisine. Les mèches des bougies éteintes laissaient des filets de fumée ondoyer vers les poutres du plafond. Il posa son verre sur la table et s'approcha de la porte pour regarder la serrure. On avait tourné le verrou ; le pêne était rentré dans le boîtier de la serrure. Comme tout à l'heure, la double porte était fermée — mais le loquet était à nouveau tiré. En entendant un bruit derrière lui, il fit volte-face. Hillary se tenait sur le pas de la porte.

— Ils sont là, murmura-t-elle.

Il ne lui répondit pas. Il referma les deux portes et se tournait pour rallumer les bougies sur la table quand la lampe-tempête posée sur l'égouttoir fut soudain projetée en l'air et tomba par terre, le verre se brisant et le pétrole qui s'en échappa prenant feu. Il éteignit les flammes à coups de pied, puis il sentit un autre courant d'air et eut la certitude que quelque chose était passé près de lui.

Jamais de sa vie il ne raconterait à personne ce qui se passa ensuite. Il ne le raconterait pas à ses collègues du commissariat parce qu'il savait qu'en cas de coup dur, ils ne feraient plus jamais confiance à un aliéné. Il ne raconterait pas non plus à Teddy parce qu'il savait qu'elle non plus n'aurait plus jamais tout à fait confiance en lui. En se retournant vers l'endroit où se tenait Hillary il aperçut une silhouette derrière elle. C'était la silhouette d'une femme. Elle était vêtue d'une robe longue sur laquelle était noué un tablier. Elle était coiffée d'une sorte de bonnet. Elle avait un regard lugubre ; elle avait les mains crispées sur la poitrine. Apparaissant ainsi soudain, elle aurait eu l'air effrayant en n'importe quelles circonstances, mais le plus terrifiant était que Carella pouvait voir le petit vestibule à travers son corps. Hillary se retourna en même temps, ayant senti une présence derrière elle ou bien l'ayant compris à l'expression de Carella. La femme disparut sur-le-champ ou plutôt parut balayée par un vent violent qui l'aspira par l'escalier jusqu'à l'étage. Une longue plainte s'étira derrière elle ; le murmure du nom « John » se répercuta dans la cage d'escalier avant de se dissiper.

— Suivons-la, dit Hillary.

— Dites, dit Carella, je crois qu'il vaudrait mieux...

— Venez, dit-elle en s'engageant dans l'escalier.

Carella ne se sentait pas d'humeur à affronter un esprit agité à la recherche de ce John. Que faisait-on lorsqu'on se trouvait face à face avec un fantôme ? Il n'avait pas eu de crucifix à la main depuis tant d'années qu'il ne souhaitait pas les compter, et la dernière fois qu'il avait porté une gousse d'ail autour du cou, c'était quand sa grand-mère lui en avait mis une pour éloigner le mauvais œil, lorsqu'il avait eu une pneumonie, étant enfant. D'ailleurs, est-ce qu'on traitait seulement les fantômes comme les vampires, en leur enfonçant un pieu dans le cœur pour les faire retourner à leur état de mort ? Avaient-ils seulement un cœur ? Ou un foie ? Ou des reins ? Qu'était-ce diable qu'un fantôme ? Et d'ailleurs, qui y croyait ?

Carella y crut.

Il n'avait jamais eu aussi peur depuis le jour où il s'était trouvé nez à nez avec un fou furieux armé d'un hachoir, un homme aux yeux écarquillés, à la bouche écumante, tenant dans sa main gauche une main qu'il avait coupée à quelqu'un et dont le sang s'égouttait par terre, et se ruant sur Carella qui restait cloué sur place. Il l'avait finalement abattu de six balles, se décidant à le descendre juste avant que le hachoir ne lui emporte le nez et la moitié du visage. Mais comment pouvait-on abattre un fantôme ? Carella n'avait certes pas envie de monter au premier. Seulement Hillary était déjà à mi-étage et il ne voulait pas non plus se faire traiter de poule mouillée. « Et pourquoi pas ? songea-t-il. Traitez-moi de poule mouillée, allez-y. J'ai peur des fantômes.

Cette satanée maison a été transportée morceau par morceau de Salem, où l'on pendait les sorcières, et je viens de voir une femme habillée comme Rebecca Nurse, Sarah Osborne, Goody Proctor ou que sais-je encore, qui attendait un certain John alors qu'il n'y a que nous autres poules mouillées, les gars. Adieu », songea-t-il en voyant Hillary disparaître en haut de l'escalier, mais il l'entendit soudain hurler. Sortant son arme, il monta l'escalier quatre à quatre.

Hillary, l'intrépide chasseresse de fantômes, avait tourné de l'œil sur le palier. Une étrange lumière bleue baignait le couloir. Il y faisait un froid glacial qui donna la chair de poule à Carella avant même qu'il ait vu les femmes qui se tenaient là. Il y en avait quatre. Elles étaient toutes les quatre habillées selon la mode qui semblait être celle de la fin du dix-septième siècle. A travers leurs corps, il voyait la fenêtre du bout du couloir avec ses vitres enchâssées dans du plomb fouettées par la neige. Elles s'avancèrent vers lui. Elles souriaient. L'une d'elles avait du sang sur les mains. Et tout à coup un bruit descendit de quelque part — du grenier, supposa-t-il. Il ne reconnut pas ce bruit tout de suite. C'était un son régulier, comme des battements de cœur étouffés. En entendant ce bruit, les femmes s'arrêtèrent. Elles levèrent la tête avec ensemble vers les poutres du plafond. Le bruit devint plus fort, mais il ne le reconnaissait toujours pas. Les femmes reculèrent, se serrèrent l'une contre l'autre dans le couloir, leurs corps se superposant avant de disparaître, aspirés par le même vent puissant qui avait balayé le spectre d'en bas.

Il plissa les yeux à cause du vent. Celui-ci retomba aussi brusquement qu'il s'était levé. Carella resta tout tremblant dans le couloir, Hillary toujours évanouie par terre derrière lui ; au bout du couloir, l'éclat de la neige perçait la fenêtre, le battement régulier résonnait toujours au-dessus de lui. Non, c'était plutôt comme des heurts, les heurts réguliers de...

Il reconnut tout d'un coup ce bruit.

Quelqu'un faisait rebondir une balle dans le grenier.

Il se posta devant la porte de l'escalier qui menait à l'étage, se demandant s'il devait monter, se disant que quelqu'un s'amusait peut-être à faire des jeux de lumière et de ventilateurs, faisant apparaître des apparitions, une sorte de théâtre du surnaturel destiné à faire tomber raide un médium et grelotter de peur un inspecteur de police dans ses mocassins trempés. Il se dit que les fantômes ne pouvaient pas exister — sauf qu'il en avait déjà vu cinq. Il se dit qu'il n'y avait rien à craindre, mais il était terrifié. Brandissant son arme devant lui, il monta l'escalier du grenier. Les marches craquèrent sous ses pas prudents. Quelque part au-dessus de lui, la balle continuait à rebondir.

Elle se tenait au sommet de l'escalier. Elle n'était pas plus âgée que sa fille April, et vêtue d'une longue robe grise et d'un bonnet aux couleurs fanées. Elle lui souriait. Elle faisait rebondir une balle, elle souriait et elle chantonnait en mesure avec sa balle. Ce chant résonnait dans l'escalier. Il lui fallut un moment pour comprendre qu'elle ne cessait de répéter les mots : « Pendez-les. » La balle rebondissait, la fillette souriait et les mots « Pendez-les, pendez-les » descendaient jusqu'à lui, qui avait son pistolet dans sa main tremblante. L'air frémissait autour d'elle ; la balle se teinta d'un reflet irridescent. Elle descendit une marche, la balle à présent dans une main. Il recula, mais rata soudain une marche et dégringola l'escalier jusqu'au palier. Au-dessus de lui, il l'entendit rire. Et la balle se remit soudain à rebondir.

Il se remit sur ses pieds et braqua son arme sur le haut

de l'escalier. Elle n'était plus là. A l'étage du dessus, il vit une lueur bleue. Son épaule, sur laquelle il avait atterri dans sa chute, lui faisait mal. Il releva Hillary, l'appuya contre lui, toute molle, puis la prit avec peine dans ses bras pour descendre au rez-de-chaussée. Au-dessus, il entendait toujours la balle. Il sortit de la maison en portant Hillary jusqu'à la voiture ; les flocons lui couvrirent les vêtements au point de la faire ressembler à un corps dans son linceul. Il la déposa sur le siège avant et retourna dans la maison — mais seulement pour reprendre leurs manteaux. Dans le grenier, la balle rebondissait toujours.

Il l'entendit en ressortant, marchant avec peine dans la neige profonde pour retourner à la voiture. Il l'entendit par-dessus le hennissement du démarreur, le grondement subit du moteur. Il l'entendit par-dessus les hurlements du vent et le fracas des vagues. Il sut que, dorénavant, chaque fois qu'il aurait peur, chaque fois qu'une terreur inconnue lui troublerait l'esprit ou lui serrerait le cœur, il entendrait le bruit de la balle que cette petite fille faisait inlassablement rebondir dans le grenier — rebondir, rebondir, rebondir.

Quand ils rentrèrent à l'hôtel, il était près de dix heures du soir. Le concierge de nuit lui tendit un message par-dessus le comptoir. Il disait : « Calvin Horse a appelé. Le rappeler chez lui. » Carella le remercia, prit les clefs des deux chambres et conduisit Hillary à l'ascenseur. Depuis qu'elle avait repris connaissance, dans la voiture, elle n'avait rien dit. Pendant qu'ils montaient, elle ne prononça pas un mot non plus. Devant sa porte, pendant qu'il l'ouvrait, elle demanda :

— Est-ce que vous vous couchez tout de suite ?
— Pas tout de suite, dit-il.

— Vous voulez prendre un dernier verre ?

— Il faut d'abord que je passe un coup de fil.

— Je vais faire monter quelque chose. Qu'est-ce que vous voulez ?

— Un *irish coffee.*

— Bon, je vais prendre la même chose. Venez quand vous aurez fini, dit-elle en ouvrant sa porte pour entrer dans sa chambre. Il ouvrit la porte de sa propre chambre, ôta son manteau, s'assit au bord du lit et composa le numéro personnel de Cotton Hawes. Il eut un instant envie de l'appeler M. Horse, mais il n'était pas d'humeur badine. Hawes décrocha à la troisième sonnerie.

— Hawes, dit-il.

— Cotton, c'est Steve. Qu'est-ce qui se passe ?

— Salut, Steve. Une seconde, je vais baisser la musique. (Carella attendit. Quand Hawes revint en ligne, il demanda :) Où étais-tu passé ? J'ai appelé trois fois.

— Je fouinais dans le coin, dit Carella. (Il ne parla pas des fantômes qu'il avait vus ; il ne parlerait jamais des fantômes qu'il avait vus. A leur simple souvenir, il ne put s'empêcher de frissonner.) Quoi de neuf ?

— D'abord, une flopée d'empreintes de la boutique du prêteur sur gages. Certaines très nettes, d'après les gars du labo. Ils les ont déjà envoyées à l'identité judiciaire ; on aura peut-être quelque chose demain matin. Du moins je l'espère.

— Bien. Quoi d'autre ?

— Notre homme a remis ça. Cette fois, il a voulu mettre en gage les boucles d'oreilles en or avec des perles. A l'angle de Culver Avenue et de la Huitième Rue. Elle valent près de six cents dollars, d'après la liste de Hillary Scott.

— Que s'est-il passé ?

— Cette fois, il avait préparé son coup. Pour éviter de montrer son permis, il a dit qu'il ne l'avait jamais eu. Le prêteur aurait accepté sa carte de sécurité sociale, mais il a dit qu'il l'avait oubliée chez lui. Il a montré une enveloppe qui lui était adressée au 1624, McGrew Street. L'enveloppe était au nom de James Rader. Le prêteur a eu l'impression que le nom et l'adresse avaient été gommés et réécrits. De toute façon, il n'aurait pas accepté ça comme pièce d'identité, mais ça lui a mis la puce à l'oreille, tu vois ? Alors il est allé dans l'arrière-boutique regarder notre avis de recherche. Quand il est revenu, le type était reparti en emportant les boucles d'oreilles.

— Tu a vérifié le nom de James Rader ?

— Rien dans l'annuaire, j'ai demandé au sommier de faire des recherches. A mon avis, c'est un faux nom. C'est sans doute un faux nom. J'en mettrais ma main au feu. J'ai aussi envoyé l'enveloppe au labo. Il pourrait y avoir des empreintes qu'ils pourraient comparer aux autres.

— Et l'adresse ?

— Inconnue. McGrew Street s'étend sur six pâtés de maisons d'est en ouest, de ce côté-ci du Stem. Le numéro le plus élevé est le 1411. Il l'a inventé, Steve.

— Essaie Jack Rawles, dit Carella. Les initiales J. R. correspondent, ça pourrait être notre homme. S'il n'y a rien sur lui en ville, appelle les renseignements de Boston pour qu'ils vérifient dans Commonwealth Avenue. Et si tu ne trouves rien, appelle la police de Boston, pour voir s'ils ont quelque chose.

— Comment s'écrit Rawles ? demanda Hawes.

— R, a, w, l, e, s.

— Où est-ce que tu as pêché ce nom ?

— C'est lui qui a loué la maison que Craig décrivait dans son livre.

— Et quel est le rapport ?

— Peut-être aucun. Vérifie. Je reste debout encore un moment ; si tu as quelque chose, passe-moi un coup de fil.

— Qu'est-ce que tu penses de ce type qui cavale partout en essayant de mettre les bijoux au clou ? demanda Hawes.

— Un amateur, dit Carella. Il a besoin d'argent mais il ne connaît pas de fourgue. Comment parlait-il ?

— Qui ?

— Le type qui a essayé de mettre la marchandise au clou, dit Carella avec impatience. James Rader ou je ne sais qui.

— Steve ? dit Hawes. Quelque chose ne va pas là-bas ?

— Tout va bien. Est-ce que tu peux joindre ces deux prêteurs ?

— Eh bien, ils ont déjà dû fermer. Il est près de...

— Essaie de les appeler chez eux. Demande-leur si le type avait la voix grinçante.

— La voix grinçante ?

— La voix grinçante, la voix éraillée. Tiens-moi au courant, Cotton.

Il raccrocha brusquement, se leva, arpenta un moment la chambre, se rassit et appela les renseignements de Boston. Dans la chambre voisine, il entendait Hillary passer commande au service d'étage. Carella donna à l'opératrice de Boston les deux noms — Jack Rawles et James Rader — et demanda si l'un ou l'autre était répertorié dans Commonwealth Avenue. Elle lui répondit qu'elle avait un Jack Rawles, mais pas dans Commonwealth Avenue. Il nota tout de même le numéro et demanda l'adresse. Elle lui répondit qu'elle n'avait pas le droit de donner les adresses. Il insista, disant qu'il était inspecteur de police et qu'il enquêtait sur un meurtre, et elle lui demanda de ne pas quitter, elle allait lui passer la responsable. La voix de la responsable était tout sucre et tout miel. Elle lui expliqua avec patience que la compagnie du téléphone avait pour principe de ne pas divulguer l'adresse des abonnés. Lorsque Carella lui eut expliqué avec tout autant de patience qu'il était inspecteur de police à Isola et enquêtait sur un meurtre, lui donnant le numéro de téléphone et l'adresse du commissariat, le nom de son supérieur et, pour faire bonne mesure, son propre numéro matricule, la surveillante lui répondit avec simplicité et une patience émoussée :

— Je suis désolée, monsieur, et raccrocha.

Furieux, il composa le numéro que l'opératrice lui avait donné pour Jack Rawles. Dans le couloir, Carella entendit frapper à la porte de Hillary. Il allait raccrocher quand une femme répondit au téléphone.

— Allô ! dit-elle.

— M. Rawles, s'il vous plaît, dit Carella.

— Je suis désolée, il est absent pour l'instant.

— Est-ce que vous sauriez où il est ?

— C'est de la part de qui, s'il vous plaît ?

— Un vieil ami, dit-il. Steve Carella.

— Je suis désolée, Steve, il n'est pas à Boston, dit la femme.

— Qui est à l'appareil ?

— Marcia.

— Est-ce que vous savez quand il doit rentrer, Marcia ?

— Non, je viens moi-même de rentrer. Je suis hôtesse de l'air ; j'ai été coincée à Londres. Il y a ici un message adressé à mon petit ami, disant que Jack avait dû aller en ville et qu'il ne rentrerait que dans deux jours.

— Quelle ville ? demanda Carella.

— La ville, mon vieux, répondit Marcia. Il n'y a qu'une seule ville au monde, et ce n'est pas Boston, croyez-moi.

— Votre petit ami... c'est-à-dire ?

— Andy, qui partage l'appartement avec Jack. Ils habitent ensemble, depuis l'incendie.

— Quel incendie ? demanda Carella.

— De l'appartement de Jack, dans Commonwealth Avenue. Il a tout perdu.

— Qu'est-ce qu'il fait, en ce moment ? demanda Carella.

— Depuis quand est-ce que vous ne l'avez pas vu ?

— Nous nous sommes rencontrés à Hampstead, il y a trois ans.

— Ah ! Alors il fait toujours la même chose. Il devait être au théâtre de Hampstead, à l'époque, c'est bien ça ?

— Toujours comédien ? demanda Carella à tout hasard en espérant que Jack Rawles n'était pas metteur en scène, électricien ou décorateur.

— Toujours comédien, dit Marcia. Ou du moins il essaie. L'été, il fait des tournées. L'hiver, il se morfond. Jack est toujours fauché, toujours à essayer de décrocher un rôle quelque part. La seule fois où il a eu de l'argent, c'était avant l'été qu'il a passé à Hampstead, justement, et il a tout claqué pour louer la maison où il habitait. Deux mille dollars, je crois, pour une publicité à la télévision qu'il avait tournée en ville. Je passe mon temps à lui dire qu'il devrait aller s'y installer. Qu'est-ce qu'il y a à faire à Boston, pour un acteur ?

— Je ne me souviens pas qu'il m'ait parlé d'un incendie, dit Carella, revenant en arrière.

— Eh bien, quand disiez-vous que vous vous étiez vus ? Il y a trois ans ? L'incendie n'a pas eu lieu avant... laissez-moi réfléchir.

Carella attendit.

— Ça devait être il y a deux ans. Ouais, à la même époque de l'année, il y deux ans.

— Hmm, dit Carella. Et sauriez-vous quand il a quitté Boston ?

— Il ne le dit pas dans son mot. Mais c'était forcément après le 20.

— Comment le savez-vous ?

— Parce que moi, c'est le 20 que je suis partie pour Londres, et Andy est parti pour la Californie le même jour, et Jack était encore là. Elémentaire, mon cher Watson.

— Où est Andy, en ce moment ?

— Mystère. Je suis rentrée il y a quelques minutes. Vous cherchez une maison de fous pour les vacances ? Je vous conseille Heathrow[1].

— Vous ne sauriez pas si Jack est toujours en ville, par hasard ?

— Eh bien, s'il était rentré, dit Marcia, je le saurais, dit Marcia. C'est le roi des bordéliques. En soulevant le couvercle du sucrier, vous risquez d'y trouver ses chaussettes sales.

Carella eut un petit rire et demanda :

— Est-ce qu'il a toujours cette voix particulière ?

— Vous parlez de Rawles le Rauque ?

— Un peu grinçante ?

— Comme une scie, dit Marcia.

— Vous ne sauriez pas où il est descendu en ville, par hasard ?

1. L'aéroport de Londres.

— C'est une grande ville, Steve. Il pourrait être n'importe où.

— Ouais, dit Carella. Eh bien, écoutez, dites-lui que j'ai appelé, d'accord ? Rien d'urgent, je voulais juste lui souhaiter une bonne année.

— Ce sera fait, dit Marcia avant de raccrocher.

Carella raccrocha le combiné. Il hésita à rappeler Hawes pour lui dire qu'il avait pris contact, mais y renonça. Tel qu'il connaissait Hawes, il aurait été en train d'appeler la police de Boston même s'il avait eu le numéro de téléphone de Rawles. Un *irish coffee*, voilà ce qu'il lui fallait pour l'instant. Il se leva pour aller frapper à la porte de communication.

— Entrez, dit Hillary.

Elle était assise, l'air abattu, dans un fauteuil, les deux tasses d'*irish coffee* devant elle sur la table basse. Elle était toujours engoncée dans son manteau de ragondin.

— Ça va ? lui demanda-t-il.

— A peu près.

Il prit une des tasses, but une gorgée et lécha la crème qui lui collait aux lèvres.

— Pourquoi ne buvez-vous pas avant que ça refroidisse ? dit-il.

Elle prit l'autre tasse, mais sans boire.

— Qu'avez-vous ?

— Rien.

— Buvez votre café.

Elle but une gorgée, les yeux baissés.

— Vous voulez me raconter ça ?

— Non.

— D'accord, dit-il.

— C'est seulement que... j'ai affreusement honte de moi.

— Pourquoi ?

— De m'être évanouie comme ça.

— Eh bien, c'était plutôt effrayant, là-bas, dit Carella en s'asseyant au bord du lit.

— Mais j'ai encore peur, dit Hillary.

— Moi aussi.

— Je n'en crois pas un mot.

— Croyez-le.

— Ma première véritable apparition, dit-elle, et je...

Elle hocha la tête.

— La première fois que je me suis trouvé face à un homme armé, je suis devenu aveugle, dit Carella.

— Aveugle ?

— De peur. En voyant l'arme dans sa main, je n'ai plus rien vu d'autre. Tout est devenu blanc.

— Que s'est-il passé ? demanda Hillary.

— Il m'a tiré dessus et je suis mort.

Elle sourit et but une gorgée de café.

— Ce qui s'est passé, c'est que j'ai repris mes esprits peut-être trois secondes avant qu'il ne soit trop tard.

— Est-ce que vous lui avez tiré dessus ?

— Oui.

— Est-ce que vous l'avez tué ?

— Non.

— Est-ce que vous avez déjà tué quelqu'un ?

— Oui.

— Est-ce que vous avez déjà été touché ?

— Oui.

— Pourquoi est-ce que vous continuez ?

— Je continue quoi ?

— Le métier de policier.

— J'aime ça, dit-il simplement en haussant les épaules.

— Je me demandais comment je pourrai...

Elle hocha de nouveau la tête et posa sa tasse.

— Vous pourrez quoi ?

— Continuer à faire ce que je fais. Après ce soir, je me demande si je ne devrais pas trouver un emploi de vendeuse de rubans dans un grand magasin, par exemple.

— Vous ne feriez pas ça bien.

— Je ne suis pas bonne là-dedans non plus.

— Voyons, vous êtes très bonne, dit-il.

— Bien sûr. Je tourne de l'œil comme une...

— Quand vous avez monté l'escalier, j'ai failli ne pas vous suivre, dit Carella.

— Bien sûr !

— C'est la vérité. J'ai failli m'enfuir de cette maudite maison.

— Mais vous êtes prêt à affronter des hommes armés.

— Un pistolet, c'est un pistolet. Un fantôme...

Il haussa les épaules.

— Je suis quand même contente d'avoir vu ça, dit-elle.

— Moi aussi.

— J'en ai mouillé ma culotte, vous savez.

— Non, je ne le savais pas.

— Si, si.

— J'ai failli en faire autant.

— Fine équipe, dit-elle en souriant de nouveau.

Le silence se fit.

— Est-ce que je ressemble vraiment à votre femme ? demanda-t-elle.

— Oui. Vous le savez.

— Je ne suis plus sûre de rien.

Le silence se refit.

— Bon, dit Carella en se levant.

— Non, ne partez pas tout de suite, dit-elle.

Il la regarda.

— S'il vous plaît, dit-elle.

— Bon, d'accord, quelques minutes, dit-il en se rasseyant sur le bord du lit.

— Est-ce que la personnalité de votre femme ressemble à la mienne ? demanda Hillary. Ou est-ce une ressemblance purement physique ?

— Purement physique.

— Est-elle plus jolie que moi ?

— Eh bien... vous vous ressemblez vraiment beaucoup.

— J'ai toujours pensé que ma sœur était plus jolie que moi, dit Hillary en haussant les épaules.

— C'est aussi ce qu'elle croit.

— Elle vous l'a dit ?

— Oui.

— Garce, dit Hillary, mais en souriant. Est-ce que nous en commandons une autre tournée ?

— Non, je ne crois pas. Nous avons une longue route à faire demain. Nous ferions mieux de nous coucher.

— Oui, nous ferions mieux, dit Hillary.

— Bon, dit Carella en se levant de nouveau. Je vais demander que...

— Non, ne partez pas, dit-elle. J'ai encore peur.

— Il se fait vraiment tard, dit-il. Nous...

— Chaque fois que je pense à elles, je frissonne.

— Il n'y a aucune raison d'avoir peur, dit-il. Vous êtes ici et nos amies sont à des kilomètres de...

— Restez avec moi, dit-elle.

Ses yeux rencontrèrent les siens. Il la dévisagea.

— Couchez ici, dit-elle. Avec moi.

— Hillary, dit-il, merci, mais...

— Rien que pour me serrer, dit-elle. Dans le noir.

— Rien que vous serrer ? dit-il en souriant.

— Eh bien, ce que vous voudrez, dit-elle en lui rendant son sourire. D'accord ?

— Non, dit-il. Pas d'accord.

— Je crois que ça vous plairait, dit-elle.

Elle souriait toujours. Il hésita.

— Oui, ça me plairait, dit-il.

— Alors qu'est-ce que... ?

— Mais non.

— Nous sommes loin de tout...

— Oui...

— Personne ne le saura jamais.

— Moi, je le saurai.

— Vous vous pardonneriez, dit-elle avec un sourire plus large.

— Allez, Hillary, ça suffit, d'accord ?

— Non, dit-elle. Pas d'accord.

— Ecoutez, je... allez, vraiment.

— Vous savez comment ma sœur aurait procédé ? demanda-t-elle. Elle vous aurait dit qu'elle avait lavé sa culotte dès son retour dans sa chambre. Elle vous aurait dit qu'elle avait mis sa culotte à sécher sur la pomme de douche, dans la salle de bains. Elle vous aurait dit qu'elle ne portait pas de culotte sous sa jupe. Vous croyez que ça vous aurait intéressé ?

— Seulement si j'étais vendeur de lingerie, dit Carella.

A sa grande surprise et à son vif soulagement, Hillary éclata de rire.

— Vous le pensez vraiment, n'est-ce pas ? dit-elle.

— Ouais, mais qu'y faire ? dit-il en haussant les épaules.

— Eh bien alors d'accord, dit Hillary. Du moins je crois. (Elle se leva, se débarrassa de son manteau, se remit à rire moins fort et murmura :) Vendeur de lingerie ! (Puis elle hocha la tête et dit :) A demain matin.

— Bonne nuit, Hillary, dit-il.

— Bonne nuit, Steve, dit-elle en soupirant avant de passer dans la salle de bains.

Il regarda quelques instants la porte fermée de la salle de bains avant de retourner dans sa propre chambre, dont il ferma la porte au verrou derrière lui.

Cette nuit-là, il rêva que la porte de communication s'ouvrait aussi mystérieusement que la porte de la maison Loomis. Il rêva que Hillary se tenait nue sur le pas de la porte, la lumière de sa propre chambre auréolant un instant les contours de son jeune corps avant qu'elle ne referme la porte derrière elle. Elle se tenait un moment immobile sans rien dire, le temps que ses yeux se fassent à l'obscurité, puis elle s'avançait à pas de loup sans rien dire vers le lit et se glissait à côté de lui sous les couvertures. Sa main trouvait la sienne. Dans l'ombre, elle murmurait :

— Je me moque de ce que vous pensez, et sa bouche descendait.

Le lendemain, à son réveil, il ne neigeait plus.

Il s'approcha de la porte de communication et tourna la poignée. La porte était fermée. Pourtant, dans la salle de bains, il sentit un effluve de son parfum et vit un long cheveu noir, recourbé en forme de point d'interrogation, sur le blanc de l'émail du lavabo.

Il ne parlerait pas non plus de cette apparition-là à Teddy. Sept fantômes en une seule nuit, c'était plus qu'il n'en fallait.

11

La surveillance de la boutique du prêteur sur gages prit effet le 28 décembre, à la suite d'une réunion qui s'était tenue tôt le matin dans le bureau du lieutenant Byrnes. Le lieutenant était assis à son bureau, vêtu d'un cardigan bleu (cadeau de Noël de Harriet, sa femme), d'une chemise blanche et d'une cravate bleue. Son bureau était envahi de papiers. Il avait prévenu Hawes et Carella qu'il avait un quart d'heure à leur consacrer, et à l'instant où Carella ouvrit la bouche, il regarda la pendule.

— Il semble que le type que nous cherchons s'appelle Jack Rawles, dit Carella. Il est arrivé de Boston la veille des meurtres et il n'était pas rentré hier, quand j'ai téléphoné.

— Pourquoi as-tu téléphoné ? demanda Byrnes.

— Parce que c'est lui qui louait la maison dont Craig parle dans son livre.

— Et alors ?

— Alors, il paraît qu'il y a des fantômes dans cette maison, dit Carella sans oser ajouter qu'il avait vu lui-même ces fameux fantômes.

— Quel rapport avec la choucroute ? demanda Byrnes, expression de prédilection qu'il ne se lassait jamais d'employer quand ses subordonnés semblaient tenir des discours incohérents.

— Je crois qu'il y a un rapport, dit Carella.

— Quel rapport ? demanda Byrnes.

— La dactylo de Craig, à Hampstead, m'a dit qu'elle avait tapé une partie du livre de Craig d'après des bandes qui ont peut-être été enregistrées par Rawles.

— Comment sais-tu que c'est Rawles qui les a enregistrées ?

— Je n'en suis pas sûr. Mais quand j'ai parlé à la petite amie du type avec qui il partage un appartement, elle m'a confirmé qu'il avait une voix grinçante. On m'a dit que la voix enregistrée sur la bande était grinçante.

— Continue, dit Byrnes en consultant de nouveau la pendule.

— Bon. Quelqu'un qui répond au signalement de Rawles a essayé deux fois d'engager des bijoux volés chez Craig le jour du meurtre.

— La première boutique de prêteur était au coin d'Ainsley Avenue et de la Troisième Rue, dit Hawes. La seconde était au coin de Culver Avenue et de la Huitième Rue. Nous supposons qu'il se terre quelque part dans le quartier et il essaie de se débarrasser de la marchandise chez les prêteurs du coin.

— Combien y en a-t-il dans le district ? demanda Byrnes.

— Il y en a dix-sept qui nous envoient un rapport quotidien.

— Hors de question, trancha aussitôt Byrnes.

— On n'aurait pas besoin de les surveiller tous...

— Combien, alors ?

— Huit.

— Où ?

— Un carré de cinq cents mètres de côté au nord et à l'est de Grover Avenue et de la Première Rue.

— Huit boutiques de prêteurs. Vous demandez seize hommes.

— C'est ça, seize, dit Carella.

— Avez-vous recherché ce Jack Rawles dans les hôtels et les motels ?

— Tous ceux du district. Ça n'a rien donné.

— Et en dehors du district ?

— Genero est en train de le faire. La liste est longue, Pete. Pourtant, nous pensons qu'il est dans le coin. Autrement, il aurait essayé les boutiques de prêteurs d'autres quartiers de la ville.

— Où habite-t-il, alors ? Dans une pension de famille ?

— Possible. Ou bien chez un ami.

— Seize hommes, répéta Byrnes en hochant la tête. Je ne peux prendre personne de la brigade. Il va falloir que je demande des agents en tenue à Frick.

— Tu le ferais ?

— Il va m'en falloir quatorze, dit Byrnes.

— Seize, dit Carella.

— Quatorze plus Hawes et toi, ça fait seize.

— Ouais, c'est vrai.

— J'aimerais mieux lui en demander dix. Quand il s'agit d'affecter des hommes à une mission spéciale, il est vachement radin.

— On pourrait se débrouiller avec dix, dit Carella, si tu penses que ça passera mieux.

— Je vais lui en demander douze, dit Byrnes. Il m'en proposera huit et on se mettra d'accord sur dix.

— Très bien, dit Carella. Nous allons dresser la liste des boutiques à surveiller.

— Il ne retournera pas dans les deux où il est déjà

allé, dit Byrnes. Je vais appeler le capitaine. Faites taper votre liste à la machine. Quand voulez-vous commencer ?

— Tout de suite.

— D'accord, laissez-moi l'appeler.

La planque commença à dix heures ce matin-là, un peu après le début de la pluie. En hiver, dans cette ville, le temps était cyclique. Il commençait par neiger. Puis il pleuvait. Puis il faisait un froid de canard qui transformait les chaussées et les trottoirs en patinoires. Puis il se remettait à neiger. Puis, la plupart du temps, il pleuvait. Et tout gelait de nouveau. C'était une histoire de masses d'air qui se déplaçaient. C'était une vraie plaie. Bien au chaud dans l'arrière-boutique du prêteur Silverstein, au coin de North Street et de la Cinquième Nord, Carella et Hawes se plaignaient du climat en buvant du café brûlant dans des gobelets en carton déformés. Ailleurs dans le district, dix agents en tenue étaient ainsi rencognés, à attendre qu'apparaisse un homme répondant au signalement de Rawles, de préférence muni d'un bon échantillon des bijoux volés chez Craig.

— J'ai quelque chose à te dire, dit Hawes.

— Quoi donc ?

— J'ai invité Denise Scott à dîner, hier soir.

— Il n'y a pas de mal à ça, dit Carella.

— Eh bien... en fait, quand je t'ai parlé au téléphone, elle était chez moi.

— Ah ? dit Carella.

— En fait, elle était dans mon lit.

— Ah ! dit Carella.

— Si je te le dis, c'est juste parce qu'elle sera citée comme témoin une fois qu'on aura attrapé ce type, et que j'espère que ça ne va pas compliquer...

— Si seulement nous l'attrapons.

— Oh ! nous l'attraperons.

— Et si seulement c'est notre homme.

— C'est notre homme, dit Hawes. C'est forcément notre homme, tu ne crois pas ?

— C'est ce que j'espère, dit Carella.

— Pourquoi a-t-il fait ça, à ton avis ?

— Je n'en suis pas sûr. Mais je pense... (Carella hésita. Puis il dit :) Je pense que c'est parce que Craig lui avait volé ses fantômes.

— Hein ? dit Hawes.

Adolf Hitler devait se prendre pour un héros ; Richard Nixon continue sans doute à se prendre pour un héros ; chaque homme et chaque femme au monde est le héros ou l'héroïne de son propre scénario. Il était dès lors compréhensible que Carella se prenne pour le héros du drame qui avait commencé le 21 décembre par le meurtre de Gregory Craig. Il ne lui venait même pas à l'idée que Hawes pouvait lui aussi se prendre pour le héros. Hawes était son associé. Les héros ont parfois des comparses qui ne sont là que pour leur dire : « Bravo, patron. » Du point de vue de Hawes, le héros, c'était lui, et Carella n'était que son associé. Ni l'un ni l'autre ne pouvait prévoir que c'était encore un autre héros qui allait procéder à l'arrestation qui éluciderait l'affaire.

Takashi Fujiwara était un agent de vingt-trois ans attaché au 87e. Ses collègues l'appelaient « Tack ». Comme tous les hommes, il se considérait comme un héros, et plus que jamais en cette soirée du 29 décembre, alors que la planque durait depuis deux jours et que la neige s'était changée en pluie. Fujiwara croyait dur comme fer qu'aucun agent sain d'esprit ne devrait faire une ronde à pied sous la pluie. Il n'était même pas très sûr qu'il faille faire des rondes à pied, pluie ou pas.

Qu'est-ce qui empêchait de mettre tous les agents de la ville dans des voitures ? Où était-on allé chercher que les rondes à pied étaient plus dissuasives ? Ça faisait deux ans que Fujiwara faisait sa ronde à pied, et il n'avait pas remarqué de baisse sensible du taux de criminalité. Il ne savait pas qu'à cinq heures et deux minutes, en ce vendredi pluvieux et pourri, il allait devenir un héros, non seulement à ses propres yeux, mais à ceux de ses collègues. Il ignorait aussi qu'avant que la nouvelle année soit vieille d'une semaine, il allait être promu inspecteur de troisième classe et devenir membre à part entière de l'équipe de ces messieurs du premier étage du commissariat. Tout ce qu'il savait, c'était qu'il était trempé jusqu'aux os.

Les parents de Fujiwara étaient nés l'un et l'autre aux Etats-Unis. Il était le dernier de quatre fils, et le seul à être entré dans la police. Son frère aîné était avocat à San Francisco. Ses deux autres frères possédaient un restaurant japonais dans le centre, Larimore Street. Fujiwara détestait la cuisine japonaise, si bien qu'il allait rarement voir ses frères sur leur lieu de travail. Sa mère lui répétait qu'il devrait faire un effort pour apprécier la cuisine japonaise. Elle persistait à lui servir du *sashimi.* Il persistait à l'embrasser sur la joue en lui demandant un bifteck.

La malchance de sa mère, quand elle avait seize ans et que Fujiwara et ses trois frères n'étaient même pas une lueur au fond de ses yeux, avait été d'accepter de rendre visite à sa grand-mère à Tokyo. Reiko Komagone (car tel était son nom de jeune fille) fréquentait à l'époque une école privée de la vallée de San Fernando, car ses parents étaient des immigrés japonais aisés qui possédaient et géraient un prospère négoce de soie établi à Tokyo et dont la première implantation américaine était à Los Angeles. Les vacances de la Toussaint de Reiko commencèrent cette année le 21 novembre, et elle ne devait pas rentrer en classe avant le 1er décembre. Mais comme son anniversaire tombait le 10 novembre, et qu'on pouvait après tout considérer un voyage au Japon comme utile à l'éducation et à la culture, la mère de Reiko était parvenue à convaincre la direction de l'école de la laisser partir une bonne semaine avant le début des véritables vacances — pourvu qu'elle fasse scrupuleusement ses devoirs pendant qu'elle serait en Orient. Reiko était partie pour le Japon le 9 novembre. Cependant, à la fin de son séjour, elle avait attrapé un gros rhume accompagné de fièvre, et sa grand-mère avait eu peur de la renvoyer pour ce long voyage jusqu'aux Etats-Unis. Elle avait appelé Los Angeles, et la mère de Reiko lui avait donné la permission de la garder à Tokyo au moins le temps que la fièvre retombe.

C'était en 1941.

Le 7 décembre — alors que la température de Reiko était normale et ses valises bouclées — les Japonais bombardèrent Pearl Harbour. Elle ne rentra pas à Los Angeles avant l'été 1946, âgée de vingt et un ans. Elle se maria l'année suivante avec un homme qui l'initia dans la foulée aux subtilités du commerce du jade et aux joies du sexe (Reiko fut ravie d'apprendre que les estampes japonaises ne mentaient pas), lui donnant du même coup le premier de ses quatre fils, dont le dernier était Tack Fujiwara.

La façon dont Fujiwara se mua en héros et, partant, en inspecteur de troisième classe, fut à peu près fortuite. Il avait pris son poste à cinq heures moins le quart, et parcourait une partie particulièrement sinistre de Culver Avenue, à trois pâtés de maisons du commissariat, une zone de tristes logements agrémentés de plusieurs snacks, d'une académie de billard, d'une supérette, d'un prêteur sur gages, d'un bar et d'une boutique tapageuse qui vendait de la lingerie coquine. La plupart des magasins seraient ouverts jusqu'à six ou sept heures du soir ; ce n'est qu'à ce moment-là qu'il serait obligé de tourner les poignées pour s'assurer que tout était fermé. L'un des snacks restait ouvert jusqu'à onze heures ; l'autre fermait à minuit. L'académie de billard fermait en général ses portes entre deux et trois heures du matin, selon le nombre de clients qui restait. Le sergent qui conduisait la voiture Adam 6, auprès de qui il s'était présenté au rapport, lui avait dit de chercher une berline Mercury bleue flambant neuve dont le vol avait été déclaré dans l'après-midi, et lui conseilla en riant de ne pas se noyer, avec cette pluie.

A cinq heures moins dix, il fit un saut à l'académie de billard pour s'assurer que personne n'assommait son voisin à coups de queue de billard. A cinq heures moins quatre, il passa la tête à l'intérieur du snack voisin du billard et refusa le café que lui offrit le propriétaire, à qui il dit qu'il repasserait plus tard. A cinq heures et deux minutes très précises, il passait la boutique de prêt de Martin Levy, quand l'occasion de devenir un héros se présenta. Les grilles de la boutique étaient déjà posées pour la nuit mais il y avait encore de la lumière à l'intérieur. Fujiwara n'y vit rien d'inhabituel ; M. Levy continuait souvent à travailler dans sa boutique une bonne demi-heure après la fermeture. Il ne jeta pas même un coup d'œil à l'intérieur. S'il se retourna, ce fut uniquement parce qu'il avait entendu la clochette tinter au-dessus de la porte, et il eut la surprise de voir un homme brun, nu-tête, qui sortait en courant sous la pluie, serrant dans son poing ce qui ressemblait fort à un collier de diamants.

Fujiwara ne se doutait pas le moins du monde qu'il s'agissait du ras de cou en or dix-huit carats orné de diamants, d'une valeur de seize mille cinq cents dollars, appartenant à Hillary Scott. Il ne savait pas non plus que la boutique de Levy était l'une de celles qui avaient été judicieusement éliminées de la liste de Carella, puisqu'il était impossible de faire mettre deux hommes en planque dans huit boutiques quand on n'en avait qu'une douzaine pour cette mission. En fait, Fujiwara ne se doutait même pas qu'une planque était en cours dans un choix de boutiques de prêteurs du quartier ; on communiquait rarement ce genre de renseignements aux simples agents, pour éviter que leur comportement ne trahît des opérations ultra-secrètes. Fujiwara n'était qu'un pauvre flic trempé faisant sa ronde à pied qui avait vu se dérouler sous ses yeux ce qui ressemblait fort à un cambriolage. En sortant en courant de la boutique, l'homme fourra le collier dans la poche de son manteau, et si Fujiwara avait encore nourri quelques doutes, ceux-ci s'évanouirent alors. Sortant son arme, il cria :

— Police ! Arrêtez ou je tire !

Mais l'homme en fuite le fit tomber assis sur le derrière en le bousculant, lui passa dessus comme un troupeau de bisons et continua sa course vers le coin de la rue.

Fujiwara se retourna à plat ventre et, tenant son arme des deux mains en s'appuyant sur les coudes, comme on le lui avait appris à l'école de police, il tira deux fois de suite dans les jambes du fuyard. Il le rata deux fois et jura dans sa barbe en voyant l'homme disparaître au coin de la rue. Fujiwara se releva d'un bond. L'arme dans la main droite, le ciré noir battant sous la pluie comme les ailes d'une chauve-souris géante, il courut jusqu'au coin de la rue, tourna et se retrouva nez à nez avec l'homme qu'il pourchassait. Celui-ci tenait dans la main droite ce qui ressemblait à un couteau à pain.

Ne sachant pas que cet homme était soupçonné de trois meurtres, croyant qu'il avait seulement volé un bijou dans la boutique de prêt de M. Levy, Fujiwara ouvrit des yeux ronds dans lesquels se mêlaient la peur, la surprise et l'incrédulité. C'était une chose d'entrer dans une boutique dans laquelle un petit voleur braquait une arme sur quelqu'un ; dans une telle situation, on pouvait s'attendre à se faire attaquer. Mais ce type avait déjà pris de l'avance et il avait une chance de s'en tirer en continuant à courir, alors pourquoi diable prendre le risque de s'attaquer à un flic ? « Je suis flic, pauvre cloche ! » songea Fujiwara en faisant d'instinct un pas de côté pour éviter le couteau. La pointe de la lame pénétra le ciré, lui passant à deux doigts du corps, entaillant le tissu caoutchouté avant de ressortir pour porter ce que Fujiwara espérait ne pas être un coup plus définitif. Cette fois, il ne s'encombra pas des subtilités du tir dans les jambes. Cette fois, il visa l'homme tout droit dans la poitrine et, cette fois, il l'atteignit — pas à la poitrine, mais à l'épaule. Ce qui était bien suffisant. L'impact fit reculer l'homme. Le couteau lui tomba de la main pour atterrir sur le trottoir glissant. Il se retournait pour repartir quand Fujiwara lui dit, avec tant de douceur qu'on aurait dit le murmure de la pluie :

— Tu bouges, tu es mort.

L'homme s'arrêta pile, hocha la tête et, à la grande stupeur de Fujiwara, il se mit à pleurer.

L'interrogatoire officiel se déroula dans la chambre d'hôpital de Jack Rawles, le jour de la Saint-Sylvestre, à huit heures vingt. Etaient présents le lieutenant Peter Byrnes, l'inspecteur Stephen Louis Carella, l'inspecteur

Cotton Hawes et un adjoint du procureur nommé David Saperstein. Un sténographe de la police transcrivit tout ce qui fut dit. C'est Saperstein qui posa toutes les questions ; c'est Rawles qui donna toutes les réponses.

Q : Monsieur Rawles, pouvez-vous nous dire comment vous avez acquis le ras de cou que vous avez essayé de mettre en gage le 29 décembre ?

R : Je l'ai pris parce que j'y avais droit.

Q : Quand ça, monsieur Rawles ?

R : Je l'ai déjà dit aux agents.

Q : Oui, mais vous faites maintenant une déposition officielle, et je voudrais que vous me le répétiez.

R : C'était le 21 décembre.

Q : A cette date, comment en avez-vous pris possession ?

R : Je l'ai pris chez Gregory Craig.

Q : Avez-vous volé d'autres... ?

R : Mais je ne l'ai pas volé. Je l'ai pris en remboursement partiel d'une dette.

Q : Quelle dette ?

R : L'argent que Gregory Craig me devait.

Q : Combien vous devait-il ?

R : La moitié des droits d'*Ombres mortelles*.

Q : Vous avez bien dit ombres mortelles ?

R : Oui.

Q : Ombres mortelles ? Excusez-moi, qu'est-ce... ?

R : Vous plaisantez, je pense.

Q : Non. Qu'entendez-vous par ces ombres mortelles ?

R : C'est un livre. Gregory Craig était écrivain.

Q : Ah ! je vois. Et vous avez pris le ras de cou chez lui parce que vous considériez qu'il vous devait cinquante pour cent...

R : Par contrat.

Q : Vous aviez un contrat avec M. Craig ?

R : Oui. Cinquante pour cent des droits d'auteur. Ecrit noir sur blanc et signé par les deux parties.

Q : Je vois. Et où se trouve maintenant ce contrat ?

R : Je ne sais pas. C'est pour ça que je suis allé chez lui. Pour en chercher un exemplaire.

Q : Nous parlons du 21 décembre, n'est-ce pas ?

R : Oui.

Q : C'est-à-dire le jour où vous êtes allé voir M. Craig pour chercher un exemplaire du contrat.

R : Oui. Mon exemplaire à moi avait brûlé dans un incendie. J'habitais dans Commonwealth Avenue, à Boston. Il y a eu le feu chez moi, le contrat a brûlé avec tout le reste.

Q : Donc... si je comprends bien... après l'incendie, il ne restait plus du contrat que l'exemplaire de M. Craig.

R : Oui. C'est pour ça que je suis allé là-bas. Pour essayer d'en avoir un.

Q : A quelle heure y êtes-vous arrivé, monsieur Rawles ?

R : Vers cinq heures.

Q : Nous parlons bien du 781, Jackson Street, n'est-ce pas ?

R : Oui. Chez Craig.

Q : Et vous y êtes allé à cinq heures du soir, le 21 décembre.

R : Oui.

Q : Qu'avez-vous fait en arrivant là-bas ?

R : J'ai dit au gardien que j'étais Daniel Corbett. Je savais que c'était Corbett qui avait publié le livre. J'avais lu un article là-dessus dans la revue *People*.

Q : Pourquoi vous êtes-vous présenté sous un faux nom ?

R : Parce que je savais qu'autrement Craig ne m'aurait pas laissé monter. Je lui avais écrit ; j'avais essayé de lui téléphoner. Il ne répondait pas à mes lettres et quand je l'appelais, il raccrochait. Il a fini par changer de numéro de téléphone. C'est pour ça que je suis venu en ville. Pour lui parler de vive voix. Pour exiger ma part.

Q : Que s'est-il passé une fois que vous êtes monté ?

R : J'ai sonné à la porte, et Craig m'a vu par le judas. Je lui ai dit que je ne voulais pas faire d'histoires. Je voulais seulement lui parler.

Q : Est-ce qu'il vous a ouvert ?

R : Oui, mais seulement quand je lui ai dit que s'il refusait de me parler, j'irais voir le procureur.

Q : Nous parlons bien de l'appartement 304, n'est-ce pas ?

R : Oui, sans doute. Je ne me souviens pas quel appartement c'était. Le gardien me l'a indiqué, je suis monté, mais je ne me souviens pas quel numéro c'était.

Q : Que s'est-il passé quand vous êtes entré ?

R : Nous nous sommes assis pour parler.

Q : De quoi ?

R : De l'argent qu'il me devait. Il savait qu'il y avait eu un incendie chez moi ; j'avais été assez bête pour le lui écrire et lui demander une copie du contrat.

Q : Vous avez parlé de l'argent...

R : Oui. D'après mes calculs, il me devait dans les huit cent mille dollars. Je devais toucher la moitié de tout, vous comprenez. A eux seuls, les droits de l'édition cartonnée montaient dans les quatre cent mille dollars. Les droits pour l'édition de poche ont été vendus un million et demi, et la part de l'auteur était de sept cent cinquante mille dollars. Son éditeur a touché dix pour cent de la vente des droits pour le cinéma, ce qui lui laissait quand même quatre cent cinquante mille dollars. En additionnant tout ça, on arrive à un million six, et la moitié fait huit cent mille. Il ne m'a jamais donné un sou.

Q : Est-ce que vous lui avez réclamé cet argent ?

R : Quand ça ?

Q : Quand vous étiez chez lui en train de lui parler.

R : Mais bien sûr que je lui ai réclamé cet argent. C'est pour ça que j'étais venu. Pour exiger cet argent. Pour lui dire que s'il ne me payait pas jusqu'au dernier sou, j'irais trouver le procureur.

Q : Comment a-t-il réagi à cette menace ?

R : Il m'a dit de m'asseoir et de ne pas m'énerver. Il m'a proposé un verre.

Q : Avez-vous accepté ?

R : Oui.

Q : En a-t-il pris un aussi ?

R : Il en a pris deux ou trois.

Q : Et vous ?

R : La même chose. Deux ou trois.

Q : Que s'est-il passé ensuite ?

R : Il m'a dit que je pouvais aller trouver le procureur si ça me faisait plaisir, mais que ça ne m'avancerait à rien. Mon exemplaire du contrat avait brûlé dans l'incendie, et lui, il avait détruit le sien, si bien qu'il ne restait plus trace de cette transaction. Il m'a dit que je n'avais pas la moindre preuve. Il m'a dit que si je voulais entamer des poursuites judiciaires, je n'avais qu'à aller voir son éditeur, qu'il me rirait au nez. C'est ce qu'il m'a dit mot pour mot. Qu'il me rirait au nez.

Q : Pourquoi n'étiez-vous pas allé trouver son éditeur ?

R : Parce que je savais qu'il avait raison. Je n'avais pas le contrat ; je n'avais même pas les bandes enregistrées. Pourquoi m'auraient-ils cru ?

Q : A quelles bandes enregistrées faites-vous allusion, monsieur Rawles ?

R : Je lui avais tout mis sur bandes magnétiques. Tout ce que j'avais vécu dans cette maison de Hampstead. Nous en avions parlé un jour, dans un bar, il m'avait dit que c'était très intéressant, qu'il était écrivain et qu'il aimerait bien que je lui enregistre mon histoire. Nous l'avons enregistrée dans la maison qu'il louait cet été-là — mais seulement après qu'il m'eut proposé un marché. Moitié-moitié. Il s'occuperait de vendre le livre et il me donnerait la moitié des droits. Je lui ai dit que non ; je voulais aussi mon nom sur la couverture ; je voulais apparaître comme coauteur. Je me disais que ça me ferait connaître. Je suis comédien. Je pensais que s'il y avait mon nom sur un livre, ça m'aiderait à décrocher des rôles.

Q : Est-ce qu'il a été d'accord pour mettre votre nom sur la couverture ?

R : Non. Il m'a dit que s'il y avait deux noms d'auteur, il n'arriverait jamais à vendre le livre. Alors j'ai dit d'accord. Je me suis dit que cinquante pour cent des droits, ça me permettrait de voir venir.

Q : Et c'est donc ce qui était prévu au contrat ?

R : Oui, noir sur blanc. Il a rédigé lui-même le contrat et nous l'avons signé tous les deux en bas. En fait, c'était une simple lettre, mais qui avait valeur de contrat.

Q : L'avez-vous montré à un avocat ?

R : Non, je ne pouvais pas me payer un avocat. Je suis comédien.

Q : Très bien, monsieur Rawles. Donc, le soir du 21 décembre, un peu après cinq heures, alors que vous preniez un verre en compagnie de M. Craig...

R : Oui.

Q : ... il vous a dit que ça ne vous avancerait à rien d'aller trouver le procureur.

R : C'est ça.

Q : Que s'est-il passé ensuite ?

R : J'ai sorti le couteau.

Q : Quel couteau ?

R : Un couteau.

Q : Oui, mais quel couteau ?

R : Celui que j'avais dans mon porte-documents. Je l'avais apporté de Boston.

Q : Pourquoi ?

R : Au cas où.

Q : Au cas où quoi ?

R : Au cas où je serais obligé de lui faire peur, par exemple. Cet homme n'avait répondu à aucune de mes lettres ; il me raccrochait au nez. Je m'étais dit qu'il faudrait peut-être que je lui fasse peur pour qu'il me donne la part qui me revenait.

Q : C'est pour ça que vous avez sorti le couteau de votre porte-documents ? Pour lui faire peur ?

R : Oui.

Q : Que s'est-il passé ensuite ?

R : Je l'ai forcé à aller dans la chambre.

Q : Et après ?

R : Il a essayé de me prendre le couteau.

Q : Oui ?

R : Alors je l'ai frappé.

Q : Vous l'avez tué parce qu'il essayait de...

R : Non, il n'était pas mort. Je l'ai fait rouler sur le ventre et je lui ai attaché les mains dans le dos avec un cintre. Et puis j'ai fouillé partout. Quand il disait qu'il avait détruit le contrat, je le croyais, mais je pensais qu'il avait peut-être encore les bandes cachées quelque part chez lui. Les bandes avec ma voix. Les bandes dans lesquelles je racontais l'histoire. Elles auraient constitué une preuve, vous comprenez. Alors je me suis mis à leur recherche.

Q : Est-ce que vous les avez trouvées ?

R : Non.

Q : Alors qu'avez-vous fait ?

R : Je lui ai donné d'autres coups de couteau.

Q : Pourquoi ?

R : Parce que j'étais en colère. Il m'avait volé mon histoire et il ne me l'avait pas payée.

Q : Quand vous avez quitté l'appartement, était-il mort ?

R : Je ne sais pas s'il était mort ou pas. Plus tard, quand j'ai lu le journal, on disait qu'il était mort.

Q : Le rapport du coroner établit que M. Craig a reçu dix-neuf coups de couteau.

R : Je ne sais pas combien je lui en ai donné. J'étais en colère.

Q : Mais vous ne saviez pas qu'il était mort. Vous l'avez frappé dix-neuf fois...

R : Je ne sais pas combien de fois je l'ai frappé, je vous dis.

Q : ... et pourtant vous ne saviez pas qu'il était mort.

R : C'est vrai, je ne le savais pas.

Q : Qu'avez-vous fait ensuite ?

R : J'ai pris tout ce que j'ai trouvé. Comme remboursement partiel de ma dette. Et puis j'ai lavé les verres dans lesquels nous avions bu et je suis parti.

Q : Pourquoi avez-vous lavé les verres ?

R : Les empreintes. Vous croyez que je ne connais pas les empreintes ? Tout le monde a entendu parler des empreintes digitales.

Q : Que s'est-il passé quand vous êtes parti ?

R : Une femme m'a vu. J'ai traversé le vestibule sans

encombre, mais dans la rue, cette femme m'a vu. J'avais du sang sur les vêtements, je sortais en courant de l'immeuble, et elle m'a regardé d'un drôle d'air. J'avais le couteau sous mon manteau. Je... je l'ai sorti et je l'ai poignardée.

Q : Est-ce que c'était Marian Esposito ?

R : A ce moment-là, je ne savais pas qui c'était.

Q : Quand l'avez-vous appris ?

R : J'ai lu quelque chose dans le journal. Je me suis dit que ça devait être elle.

Q : Monsieur Rawles, est-ce vous qui avez tué Daniel Corbett ?

R : Oui.

Q : Pourquoi ?

R : Parce qu'après... vous comprenez, après, quand je me suis mis à réfléchir à tout ça... eh bien, je savais que Corbett était son directeur littéraire, et c'est son nom que j'avais donné au gardien, alors je me suis dit... ce que je me suis dit, c'est qu'il était possible que Corbett ait entendu les bandes enregistrées. Il y avait peut-être une chance qu'il sache que c'était mon histoire à moi. Et si c'était le cas, il allait peut-être parler de moi à la police, leur dire que Jack Rawles avait... eh bien... un différend avec Craig, alors on m'aurait recherché. Alors je suis allé le voir.

Q : Dans l'intention de le tuer ?

R : Eh bien... pour être sûr.

Q : Sûr de quoi ?

R : Qu'il ne dirait à personne qu'il y avait un lien entre Craig et moi. J'ai eu du mal à le trouver. Il n'est pas dans l'annuaire ; je ne savais pas où il habitait. Alors, pour finir, je suis allé à Harlow House et j'ai attendu qu'il sorte...

Q : Comment saviez-vous comment il était ?

R : Dans *People*, y avait une photo de lui avec Craig. Je savais comment il était. Je l'ai suivi jusque chez lui et puis je... je crois que je l'ai tué.

Q : Et avez-vous aussi essayé de tuer Denise Scott ?

R : Je ne connais pas de Denise Scott.

Q : Hillary Scott ?

R : Hillary, oui.

Q : Vous avez essayé de la tuer ?

R : Oui.

Q : Pourquoi ?

R : Pour la même raison. Je pensais que Craig avait pu lui parler de moi. Je savais qu'ils vivaient ensemble ; quelquefois, c'était elle qui répondait au téléphone quand j'appelais. Le lendemain du jour où... où j'ai tué Craig, je l'ai suivie depuis chez elle. Elle était là avec deux officiers de police, je les ai vus sortir ensemble. Elle avait un autre domicile à Stewart City, il y avait marqué Scott, sur la boîte aux lettres. J'ai pensé qu'elle pouvait être dangereuse, elle aussi, vous voyez. Je ne voulais pas que quelqu'un d'autre soit au courant de mon existence. Il y a quelqu'un d'autre qui...

Q : Oui ?

R : Non, ça ne fait rien.

Q : Qu'alliez-vous dire ?

R : Seulement que quelqu'un d'autre était au courant.

Q : Qui ça ?

R : Stephanie Craig. Son ex-femme.

Q : L'ancienne femme de M. Craig ?

R : Oui.

Q : Au courant de quoi ?

R : Des bandes enregistrées. Un jour, elle a entendu les bandes. Nous étions dans le salon, en train de les écouter, quand elle est venue le voir. Le magnétophone était en marche ; elle a entendu.

Q : Pourquoi était-elle venue le voir ?

R : Elle passait tout le temps. Elle en pinçait toujours pour lui.

Q : Et elle a entendu les bandes ?

R : Oui. Mais je n'avais pas à m'en faire, vous voyez. Elle s'est noyée cet été-là.

Pendant tout le trajet entre l'hôpital de Buena Vista, dans le centre, et le Mercy General Hospital, où Meyer Meyer se remettait, Carella repensa à la déposition de Jack Rawles. Les mobiles des meurtres le laisseraient toujours perplexe, mais, à part le meurtre de Marian Esposito (qui, comme il l'avait soupçonné depuis le départ, était dû aux circonstances), les mobiles des meurtres de Gregory Craig et de Daniel Corbett étaient compliqués et contradictoires. Rawles était allé voir Craig parce qu'il voulait être reconnu en se faisant payer sa contribution à un livre qui avait eu un succès phénoménal. Il avait tué Craig parce que celui-ci lui avait refusé cette reconnaissance. Puis il avait tué Corbett et tenté de tuer Hillary parce qu'il avait eu peur de cela même qu'il avait désespérément recherché : être reconnu.

Il y avait des lacunes dans sa déposition ; il y avait toujours des lacunes. Rien qui pût l'empêcher d'être condamné, non. Saperstein avait fait du bon travail et pointé du doigt tous les faits. Et obtenu des aveux complets, et Carella se disait que le procureur n'aurait aucun mal à convaincre un jury que Jack Rawles avait bel et bien tué trois personnes pendant la période de Noël et tenté d'en tuer une quatrième. Pourtant, en garant sa voiture devant le Mercy General Hospital et en prenant l'ascenseur jusqu'à la chambre de Meyer, au cinquième étage, Carella s'interrogea sur cette étrange collaboration, trois ans plus tôt, et se demanda comment Craig avait pu finir par convaincre Rawles de renoncer à la seule reconnaissance qu'il aurait dû exiger : son nom sur la couverture. A bien des égards, Rawles était exactement ce que Hillary avait dit de lui : un fantôme [1] — au sens littéraire, du moins. En enregistrant son histoire, il avait en fait écrit le livre de Craig, et il s'était vu refuser la seule chose qui aurait pu l'arracher à son existence d'ectoplasme : son nom sur la couverture.

Carella s'interrogeait aussi (et cela le tracassait fort) sur la noyade de Stephanie Craig. Elle avait entendu la voix de Rawles sur les bandes, elle savait sans aucun doute que Craig écrivait un livre et, si on pouvait croire aux médiums, elle avait menacé de révéler que la matière en était volée, que le livre de Craig n'était pas le sien mais celui de quelqu'un d'autre. Mais avait-elle bel et bien menacé Craig de tout révéler, ou n'était-ce que le fruit de l'imagination parapsychique fertile de Hillary Scott ? Car si elle l'avait bel et bien menacé et si Craig était bel et bien coupable de sa noyade, c'était qu'il avait d'ores et déjà l'intention de flouer Rawles alors que le livre n'était qu'en préparation et qu'il n'avait jamais eu l'intention d'honorer le contrat passé avec Rawles.

Carella soupira en suivant le couloir jusqu'à la chambre de Meyer.

Assis dans son lit, Meyer était en train de lire. Au moment où Carella entra, il posa son livre, lui tendit la main et écouta d'abord le récit de la capture de Rawles par un agent du nom de Tack Fujiwara, puis celui de la déposition de Rawles et des questions qu'elle avait laissées sans réponse.

1. *Ghost* (« fantôme ») veut aussi dire « nègre ».

— Ça m'ennuie de penser qu'il y a encore des choses que je ne sais pas, dit Carella.

— Mon vieux, dit Meyer, si tu savais tout, tu serais Dieu.

Carella sourit. Meyer lui rendit son sourire. Les deux hommes se serrèrent de nouveau la main en se souhaitant l'un à l'autre une bonne année, puis Carella rentra à Riverhead. Fanny était déjà partie chez sa sœur, à Calm's Point. Ils permirent aux jumeaux de rester debout jusqu'à minuit et leur laissèrent même boire une gorgée de champagne quand ils burent à la nouvelle année. Plus tard, après avoir couché les jumeaux, ils firent l'amour, tradition qu'ils observaient depuis leur première année de mariage parce que — comme disait Teddy — elle tenait à commencer l'année en beauté.

Au milieu de la nuit, Carella se réveilla et s'assit sur le lit, les yeux ouverts dans le noir, toujours troublé par l'idée qu'il ne saurait jamais avec certitude si Gregory Craig avait tué son ancienne femme. Puis il se rendormit parce qu'il n'était pas Dieu, après tout, et qu'il y avait sans doute, dans toute la création, des réponses qu'il était incapable d'imaginer.

DU MÊME AUTEUR

Aux Éditions Gallimard

Dans la collection Série Noire

DU BALAI !, *nº 341*

LE SONNEUR, *nº 370*

LE FOURGUE, *nº 383*

ON SUICIDE, *nº 882*

DIX PLUS UN, *nº 904*

LA HACHE, *nº 954*

LES HEURES CREUSES, *nº 907*

ENTRE DEUX CHAISES, *nº 994*

CAUSE TOUJOURS MA POUPÉE !, *nº 1062*

80 MILLIONS DE VOYEURS, *nº 1108*

LA ROUSSE, *nº 1295*

MORT D'UN TATOUÉ, *nº 1350*

EN PIÈCES DÉTACHÉES, *nº 1396*

EN PETITES COUPURES, *nº 1451*

TOUT LE MONDE SONT LÀ !, *nº 1478*

APRÈS LE TRÉPAS, *nº 1599*

LE SOURDINGUE, *nº 1639*

N'ÉPOUSEZ PAS UN FLIC, *nº 1716*

LE DERNIER PLONGEON, *nº 1723*

CALYPSO, *nº 1777*

UN POULET CHEZ LES SPECTRES, *nº 1832*

FAUSSES NOTES, *nº 1872*

COUP DE CHALEUR, *nº 1886*

PIÈGE POUR KING-KONG, *nº 1918*

NID DE POULET, *nº 1941*

SI ED McBAIN M'ÉTAIT CONTÉ, *nº 1958*

BRANLE-BAS AU 87, *nº 2484*

FLOUZE, *nº 2497*

ADIEU COUSINE, *nº 2506*

L'ÉNERVÉ DE LA GÂCHETTE, *nº 2515*

ÇA FAIT UNE PAYE !, *nº 2540*

Dans la collection Folio

SENTINELLES, *nº 1635*